脳が読みたくなるストーリーの書き方

リサ・クロン
府川由美恵 訳

フィルムアート社

WIRED FOR STORY

The Writer's Guide to Using Brain Science
to Hook Readers
from the Very First Sentence

Lisa Cron

WIRED FOR STORY

The Writer's Guide to Using Brain Science
to Hook Readers
from the Very First Sentence

by Lisa Cron

私の知る最高の物語の語り手であるわが子たち、アニーとピーターへ

脳が読みたくなるストーリーの書き方

目　次

2 *How to Zero In on Your Point*

要点に迫る——脳の注意をとらえる

047

3 *I'll Feel What He's Feeling*

登場人物の感情を書く

083

4 *What Does Your Protagonist Really Want?*
主人公のゴールを定める

5 *Digging Up Your Protagonist's Inner Issue*
主人公の内面の問題を掘り起こす

6 The Story Is in the Specifics
特定のイメージを脳に刻む

7 Courting Conflict, the Agent of Change
変化の動因となる対立を作る

8 Cause and Effect
原因と結果で物語を展開する

9 What Can Go Wrong, Must Go Wrong: and Then Some
主人公にとことん試練を与える

10 *The Road from Setup to Payoff*
パターンを作る——伏線から伏線回収までの道筋

11 *Meanwhile, Back at the Ranch*
サブプロット、フラッシュバック、予兆を使う

〔注記〕
本文中の〔〕は訳注を示す。

Introduction はじめに

むかしむかし、賢い人々は、世界は平らだと信じきっていた。しかしその後、世界は平らではないことがわかった。それでも彼らは、太陽は地球のまわりを回っているのだと信じていた……その理論も間違いだとわかるまでは。さらにそれよりもずっと長いあいだ、賢い人々は、物語がただの娯楽の一形式だと信じていた。物語が与えてくれる限りない楽しみ、面白い物語が私たちに残してくれる一時の喜びと深い満足感のほかに、物語そのものには欠かせない目的などないのだと思っていた。もちろん物語がなければ、人の生活ははるか昔からもっと彩りの欠けたものになっていただろうが、それでも人間は生き延びてこられたはずだ、と。

これも間違いだ。

物語は人間の進化にとって重要なものだ——ほかの指と向きあっている親指《オポーザブル・サム》よりもずっと。親指があるおかげで、人間は物をしっかりつかむことができるが、物語は何をつかむべきかを教えてくれる。物語とは、未来に起きうることを想像し、それに備える能力を与えるものだ。親指があろうとなかろうと、ほかの生物にはない妙技だ。[1] 物語は、隠喩としてのみならず、文字どおり私たちを人間たらしめてくれる。脳科学の近年の飛躍的な進歩により、人間の脳には物語に反応する神経系統が組み込まれていることがわかっている。よくできた物語がもたらす喜びとは、人間が物語に注意を向けるよう誘い込むための、自然の手だてなのだ。[2]

つまり人間は、世界の動きを教えてくれる物語に反応するようにできているというわけだ。誰にだって、高校時代の歴史の先生がドイツの君主の名を懸命に暗唱するのを聞きながら、つい眠気を誘われた経験はあるだろう。それは名誉にも、あなたが人間である証だ。

人がノンフィクションよりフィクションを好みがちなことも、そう考えれば驚きではない。歴史書よりも歴史小説を、無味乾燥なドキュメンタリーよりも映画を好む人間は多い。[3] それは人間が怠け者だからではなく、人間の神経回路が物語を求めるようにできているからだ。優れた物語が誘発する陶酔感は、人間を隠れ快楽主義者にするためのものではない。この陶酔感のおかげで、人間は個々の物語が伝える大量の教訓を吸収し、熱心に学ぶ生徒としてしつけられていく。[4]

これは作家にとっては、事態を一変させる情報ではないだろうか。調査研究の助けを借り、読者の脳に組み込まれた物語の真実の青写真を解明できれば、脳が物語に何を求めるのかも明らかにできる。さらに興味深いことに、力強い物語は、読者の脳を書き換えることもできるという――たとえば感情移入を使うなどの方法で。[5] だからこそ作家は、つねに世界に大きな影響力を持つ人間と見なされてきたわけだ。

作家は自分のキャラクターの目を通じ、ただ人生というものを垣間見せるだけで、人々の考えを変えてしまうこともできる。読者を、行ったこともない場所へ連れだしたり、夢見ていただけの状況へ投げ込んだり、読者の現実認識を完全に変えてしまうような世の中の複雑な真実を明かして見せたりすることもできる。苦境を乗り越えるために必要な、大なり小なりの助けを与えることもできる。こうしたことは、決してささいなことではない。

ただし難しい点もある。読者の心をとらえる物語を書くには、たえず読者の神経系統が期待するものに応えなければならない。アルゼンチンの作家、ホルヘ・ルイス・ボルヘスが「芸術とは炎に代数を加えたもの」と言ったのも、このことだろう。[6] これについて少々説明しておきたい。

〝炎〟は、書き手には確かに重要なものだ。どんな物語でも、これが第一の構成要素となる。情熱は執筆を駆り立て、自分の言いたい何か、人と違う何かがあるという刺激的な感覚を与えてくれる。

だが、瞬時に読者を魅了できる物語を書くためには、情熱だけでは足りない。優れた物語を創るには、炎――燃えるような野心、創造の火花、真夜中にはっと目が覚めてしまうような鮮烈なアイデア――があればいい、と勘違いしている作家は多い。喜び勇んで物語に飛び込んでも、物語の方程式に必要なもうひとつの因数、つまり〝代数〟を忘れてしまえば、書いたすべての文章が失敗に行きついてしまう。

この点でボルヘスは、のちに認知心理学と脳科学が解明したことに、直観的に気づいていた。

つまり、こうした情熱、こうした炎で読者の脳を焚きつけるには、まず物語の基盤となる潜在的な枠組みがなければならないことを知っていた。この枠組みがない物語は読まれない。そしてこの枠組みを持つ物語なら、どんなに頑なな読者の度肝も抜くことができる。

物語創作にはアイデアや言葉の選択以外にも大事なものがあるということを、受け入れたがらない作家が多いのはなぜだろう？　人間は読む物語には夢中になりやすいが、そのぶん書く物語への理解を曖昧にしがちだ。誰もが本能的に、どんなものが面白い物語かはわかると信じている——逆に、面白くない物語もすぐにわかる。面白くないと思ったら、せせら笑って本棚に戻せばいい。あきれて目をぐるっと回し、それから映画館へ出かけてもいい。親戚のおじさんがぶつぶつと南北戦争を語り始めたら、そのときは深呼吸をして、早く話が終わることを祈るしかないが。人間は、出来の悪い物語には三秒と耐えられない。

出来の良い物語もすぐにわかる。人は三歳ぐらいからその識別ができ、以来さまざまな形式の物語に耽溺する。人間の神経系統が、物語の最初の一文からこれは面白いとわかるようにできているのなら、面白い物語を書くのだって簡単なはずではないか？

これについても、進化の歴史が答えを提供してくれている。そもそも物語は、人間の生命を維持する特定の情報を共有するため、仲間をまとめる方法として生まれた。「ほら、そこの若いの、そのつやつやした赤い実を食べちゃいかん、でないと隣のネアンデルタール人みたいなしわがれ声になるぞ、実は前にこんなことがあったんだ……」。そんなふうに、かつての物語は単純で実用的なものであり、現在ではゴシップと呼ばれるものとも大した差はなかった。長い年月を経て書き言葉が進化すると、物語は近隣のニュースや共同体の心配事にとどまることなく、自由に広がり始めた。その結果、読み手――神経系統にあらかじめ物語への期待が組み込まれた読み手――は、物語そのものの魅力に惹きつけられるようになった。どんな時代にも熟練の語り手は存在していただろうが、頭がいかれたいとこのちょっとした噂話を共有するのと、〝偉大なるアメリカ小説〟を生みだすのでは、話はまったく違ってくる。

もちろん、野心ある作家も物語を読むのは好きに違いない。が、読者を惹きつけるものは何かという問いに最高の答えを与えてくれるのは、彼らがむさぼり読んだお気に入りの本たちだろうか？

違う。

これも進化によって生じた効果だが、人間が面白い物語に接すると、「どうやってこんな魅力的な現実の幻影を創ったのだろう」という脳の問いかけは、完全に麻痺させられてしまうものらしい。つまり、面白い物語は、幻影とは感じられないものなのだ。まさに人生そのもののように感じられる――文字どおりに。最近『サイコロジカル・サイエンス』誌に報告されたブレインイメージング研究によれば、視覚、聴覚、味覚、そして現実生活の動きといった感覚を処理する脳の部分は、人が魅惑的な語りに夢中になったときに活性化されるという[7]。真夜中を過ぎても読書をやめられずに徹夜してしまうとき、人があざやかな心的イメージ〔現実に物理対象が存在しないにもかかわらず生じる類知覚体験〕や本能的な反応を感じるのもそのせいだ。物語が人の心を奪うとき、読者は物語の渦中にいて、主人公が感じることを感じ、わが身に起きたことのように体験している。物語の仕組みに注目する余裕などない。

要するに、どんな魅惑的な物語の根底にも、相互に組み合わされてひとつにまとまり、一見そうは見えなくても精密に構築された網の目のような要素があるのだが、それに読者がまったく気づかないとしても驚くことではない。このため読者は、自分が引き込まれたものがなんなのか、正確に理解しているような気分になりがちだ。しかし、美しいメタファー、本物らしく響く会話、興味深い登場人物、そうしたものがいかに魅力的であっても、実際には二次的な要素でしかない。読者を引き込むのはもっと全然別の、奥底からひそかにこうした要素に生気を与えているものなのだ——私たちの脳はそれを〝物語〟として理解している。

人が物語を読むときに無意識に反応しているものは何か。何が実際に人の脳の注意を惹いているのか。少し立ち止まってそれを分析しないことには、読者の脳をとらえるような物語を書くことはできない。書きたい作品が文学的な小説だろうと、ハードボイルドなミステリーだろうと、ティーン向けの超自然的なロマンスだろうと同じことだ。ジャンルということでは読者に個々の趣味はあるにしても、物語が読者の脳に組み込まれた期待に見合ったものでなければ、その本は本棚に置き去りになるだけだ。

あなたの書く物語がそんな目に遭わないようにするため、本書では、全一二章の各章において脳機能のさまざまな側面に焦点を当て、物語に関連した思いがけない真実や、物語作品において実現すべき要点を明らかにしていこうと思う。各章の終わりには、チェックポイントのリストがある。あなたの作品が今どの段階にあっても使えるリストだ。執筆に取りかかろうとしているときでも、毎日の執筆作業が終わったあとでも、ひとつの場面や章を書き終えたときでも、あるいは夜中の二時に冷たい汗をかいて目を覚まし、自分の書いている物語は史上最悪の作品だと思い込んでしまった場合でもいい（きっとそんなことはない、大丈夫）。このリストを使えば、あなたの作品は軌道をはずれることなく進み、あなたの知り合いでなくとも読みたいと思ってもらえる作品に仕上がるチャンスが膨むはずだ。

警告をひとつ。自分の物語のことは、あなたが書店で手に取る小説や、リモコンに指を載せたまま観始めた映画と同じくらい、正直な目で見るようにしてほしい。本書の目的は、作品のどこに問題点がひそんでいるかをつきとめ、問題が雑草のごとく広がって全体をだいなしにする前に修正することだ。この作業は、やってみると想像以上に楽しい。自分の作品を磨き、物語であることさえ読者が忘れてしまうような魅惑的な作品に仕上げるのは、これ以上なく爽快な体験だからだ。

1

How to Hook the Reader

読者を引き込む

——脳の潜在意識に働きかける

認知の真実

人は物語で考えることで未来をイメージすることができる

物語の真実

物語は、読者が最初の一文から、次に何が起きるかを知りたくなるようでなければならない

多くの人々は物語がなんなのかを知っているつもりでいる。いざ物語を書き始めるまでは。

——フラナリー・オコナー

この文を読むあいだ、あなたの感覚は、一秒間に11,000,000以上もの情報をあなたに浴びせている。あなたの意識が理解できるのは、そのうちおよそ四〇の情報だけだ。実際に注意を向けられる情報数となるとどうだろう？ 調子の良い日なら、一度に七つのデータを処理できる。調子の悪い日なら五つ。[1] 体調が最悪の日なら？ さらに三つは減るだろう。

それでもあなたは、複雑な世界をどうにかやっていけるばかりか、自分で世界を創造し、そこを誰かが歩む物語を記そうとしている。それなら残りの10,999,960の情報は、実際どのぐらい重要なのだろうか？

実のところ、非常に重要だ——だからこそ人の脳は、たとえ意識的に情報を理解していなくても、それがどうでもいい情報か（「空は青い」など）、それとも気にとめるべき情報か（「隣に越してきたたくましい男性のことを運転中にぼんやり考えているときに聞こえてきたクラクションの音」など）に注意を払い、分析し、判断をくだしている。

のんびり夢想を続けてもいいか、それともすぐ注意を払うべきか、脳が判断する基準はなんだろう？　単純だ。ちっぽけなアメーバにいたるまでのどんな生物体でもそうだが、人の脳にはひとつの大きな目的がある。生き延びることだ。脳の潜在意識――脳科学では〝適応的無意識〟もしくは〝認知的無意識〟〔意識的に得た情報に従うよう意識的思索の下で訓練を受けた無意識〕と呼ばれるもの――は、緻密に調整された道具のようなもので、何が重要か、何がそうでないか、なぜそれを処理すべきかに気づき、そして可能なら、処理の仕方にまで気づいてくれる。[2]そう、人間にはあれこれ考えている暇はない。「もう、あのうるさい音は何よ？　ああ、クラクションじゃない。猛スピードでこっちにくるあの大型SUVが鳴らしてるんだわ。あの運転手がメールでも打ってて私の車に気づかなかったんじゃないの。こっちが相手の進路から出てやらないと――」

ガシャーン。

つまり脳は、人間を交通事故死から守るため、のろまな意識の力よりもずっとすばやく全情報を厳選し、解釈する方法を編みだしているというわけだ。たいていのほかの動物は、こうした生得的な反射機能は進化が終了しているため、脳科学ではいみじくも〝ゾンビ・システム〟〔意識にのぼらない脳の処理システム〕と呼ぶ場所で反応するようになっているが、私たち人間にはもう少し特別なものが備わっている。[3]人の脳は、意識的に情報を探索し、もし時間に余裕があれば、自分で次の行動を決めるための方法を発展させてきた。

それが物語だ。

脳科学者のアントニオ・ダマシオは、こう総括している。「こうしたあらゆる知恵を、いかに理解しやすく伝達可能なもの、説得力と強制力のあるものに変えるか――要はどう定着させるか――という問題に対し、解決策が見つけられた。ストーリーテリングだ。ストーリーテリングは、脳が自然に、暗示的におこなっていることなのだ……これが人間社会と文化の全枠組みに浸透していることは、驚くには値しない」[4]

人は物語で考える。物語は人の脳に組み込まれている。周囲の世界に制圧されてしまわないように編みだした、戦略的な感覚だ。単純に言えば、脳は投げ込まれたすべての情報からたえず意味を求め、生存するために重要なことを必要に応じて引きだし、脳が知っている過去の経験や、それについて感じること、人間への影響などに基づいて、その物語を伝える。時系列にすべてを記録するのではなく、脳が〝主人公〟役を振り当て、映画のような精密さで人間の経験を編集し、論理的な相互関係を作り、記憶、考え、出来事のつながりを描きだし、将来の参考にする。[5]

物語とは、それが自分のものであれ、ほかの誰かのものであれ、あるいは架空の人物のものであれ、経験の言葉なのだ。ほかの人間の物語も、自分の物語と同じくらい大事だ。もし自分自身の経験だけで生きていかなければならないとすれば、赤ん坊以上に成長できる見込みはまずないと言っていい。

本当に重要な疑問はここからだ——こうしたことは、作家にとってはどんな意味があるのだろうか？　脳（つまり読者）が本当に物語に求めているものを、解明できる可能性があるということではないだろうか。まず、本書で論じる認知の真実すべての基盤となる、二つの重要なコンセプトについて考えてみたい。

1

脳科学者によれば、すでに過剰負荷に耐えている脳が、貴重な時間と空間を費やしてまで人間を物語に没頭させるのは、物語がなくては困ったことになるからだ。物語があれば、実際に起きたことでなくても、重大な経験をシミュレーションすることができる。これは石器時代においては生死にも関わる問題で、経験が教えてくれるのを待ってやぶの中を動きまわったりすれば、昼食を探しているライオンに見つかって餌食にされるだけだ。脳がさらに進化した現代においてはさらに重要で、人間は自然界を学んだのちも、もっと複雑な社会というものと取り組まなければならない。物語は、自分や他者の心を探る方法、未来のための予行練習としても発展してきた[6]。こうして物語は、生死に関わる身体的な感覚のみならず、より良い人生を求める社会的感覚としての生き残り術も伝えてくれるようになった。著名な認知科学者でハーヴァード大学教授のスティーヴン・ピンカーは、人間が物語を求める理由をこう説明している。

「物語は、いつか私たちが直面するかもしれない人生の難問や、そのときにとれる戦略の結果をとりそろえた心のカタログを提供してくれる。叔父が父を殺してその地位につき、母と結婚したという疑いをもったとしたら、私にはどんな選択肢があるのか？　不運な兄が家族から尊敬されていないとしたら、彼はどんな状況におちいったときに私を裏切る可能性があるだろうか？　妻と娘が留守の週末にクライアントに誘惑されたとして、起こりうる最悪の事態は？　田舎医者の妻としてのつまらない生活に変化をつけようとして情事をもったら、起こりうる最悪の事態は？　私の土地を求める侵入者に対して、臆病だと思われずにその日は自滅的な対決を避け、翌日に譲渡するにはどうしたらいいだろうか？　答えは書店やビデオショップで見つかる。人生は芸術を模倣するという決まり文句が真実を言いあてているのは、ある種の芸術の役割が、人生がそれを模倣することにあるからだ」[7]

2

人間はただ物語に熱中するだけでなく、読むすべての物語に対し、脳に組み込まれた特定の期待を持っている。そしてここが落とし穴でもあるのだが、普通の読者のほとんどは、その期待がなんなのかを説明することができない。たとえ問い詰められても、おそらくは物語の魔力などといった、定量化できない曖昧な言葉を持ちだすだけだろう。それも当然だ。本当の答えは、一見すると理にかなっていないように見えるものだ。人の期待に大きく関わっているのは、その物語がどれだけこの世俗的な世界を安全に渡るための情報を与えてくれるかということなのだ。そのために人間は、非常に洗練された潜在意識的感覚を通じて、明確な目標を持った登場人物が困難な状況に巻き込まれるがそこをくぐり抜ける、という形式を期待して物語を読む。物語が脳の基準に見合っていれば、読み手は自分の居心地のいい家から出ることなく、安心して主人公の中に入り込み、主人公の闘いを熱心に体験することができる。

これは、作家にはとても役に立つ情報だ。物語とは何か、物語ではないものはなんなのか、それがきちんと定義されているからだ。本章で検討するのもまさにそのことだ。まずは、物語を構成する四つの要素とは何か、読者がページをひらいて試し読みするときに自然と期待するものは何かを考えてみよう。さらに、どれだけ叙情的で美しい文章であっても、蝋でできた果物の器並みの魅力しか持てないことがあるのはなぜなのか、といったことも探ってみたい。

そもそも物語とは何か

多くの人々の考えに反し、物語はただ何かが起きた記録ではない。もしそうなら、ケーブルテレビを全部解約し、リクライニングチェアを庭に引っぱりだし、世の中の動きをながめているだけでも、毎日二四時間楽しめることになる。実際には、一〇分ぐらいは牧歌的な気持ちになれるかもしれないが、そのあとは壁にでもよじのぼりたくなってくるはずだ――庭にのぼれる壁があればの話だが。

物語とは、ただ何かが誰かに起きた記録でもない。もしそうなら、見知らぬ誰かが大まじめに書いた、毎日の買い物の偽りない記録を読んでも楽しめるはずだ――しかしそうはならない。物語とは、ドラマティックな何かが誰かに起きた記録、というわけでもない。砂埃の舞う古い闘技場で、血に飢えたグラディエーターAが、凶暴なグラディエーターBをひたすら追いまわす二〇〇ページの小説を、夜を徹して読みたいと思うだろうか？　いや、思わない。

では物語とは何か？　困難なゴールに到達しようとする誰かに対し、起きたことがどう影響するか、そしてその誰かがどう変化するか。それが物語だ。物書きの世界ではなじみ深い言葉を使ってわかりやすく並べてみると、以下のようになる。

〝起きたこと〟とは、**プロット**のこと。
〝誰か〟とは**主人公**のこと。
〝ゴール〟とは、いわゆる**ストーリー・クエスチョン**〔物語のなかで解決されるべき問題〕のこと。
〝その誰かがどう変わるか〟とは、これは**何についての物語なのか**ということ。

理にかなっていないように聞こえるかもしれないが、物語とは、プロットについて、あるいはそこで何が起きているかについて書かれたものではない。物語とは、人の周囲の世界ではなく、人がどう変わっていくかを描いたものだ。そのプロットのなかを進むのがどんな感じか、それを読み手にも体験できるように書かれていなければ、物語が読者をとらえることはできない。本書でこの先ずっと検討していくことだが、物語とは内面的な旅であって、外面的な旅ではないのだ。

物語の要素は、すべてこの単純な前提につなぎとめられ、物語が読者に現実らしく見えるように、それでいてもっと鋭く明瞭で楽しいものとなるように、協調して働く。これは、物語が人間の認知的無意識と同じように、手近な状況から人の気をそらすものをすべてふるい分けた形でできているためだ。実際、現実生活でわずらわしい小さな厄介事を全部取り除くのはほぼ不可能なので、物語のほうが手際が良いぐらいだ。水漏れする蛇口、落ち着きのない上司、気むずかしい配偶者――物語ではこうしたものをすべて無視し、目下の課題、すなわち〝作者が巧妙に仕掛けた難題を解決するためには、主人公は何に向き合わなければならないか？〟ということに集中できる。そしてこの難題が、起きるすべての物事を最初の一文から定めていくため、読者も冒頭からそれを追っていくことになる。

最初の一文から読者を物語に引き込もう

人はみな忙しい。今やっていることのほかにやるべきことがあるじゃないかと、頭の片隅の声に悩まされる人も多い――とりわけ、非生産的に見えること、たとえば、小説を読むことに時間を取られていたりする場合にはなおさらだ。たえず急かしてくる手近の状況から気をそらすためにも、物語はすばやく読者の心をとらえなければならない[8]。そして、脳科学を専門とする著作家のジョナ・レーラーも言うように、驚きほど人の心を奪うものはない[9]。普通じゃないことが起きていると感じれば、読者は強い関心を抱く。人は誰かの人生の決定的な局面に立ち会ったという気持ちを欲しがるもので、それがぎりぎりすぎてもいけない。単に問題が起きようとしているという兆しだけでなく、それが長く続き、今にも臨界量に到達しようとしていることに興奮する。つまり読者は、最初の一文から、やぶの深みに誘い込もうとするパンくずの痕跡を見つけたいものだ。フィクション作品（この場合すべての物語という意味）はたった一文でまとめられるものだという言葉をよく聞く――一見するとそうとは見えないものもあるが。つまり読者は、最初の一文から、何かが変わろうとしている（必ずしも良いほうとは限らない）のを感じたがっているということだ。

単純に言えば、人は関心を持つ理由を探している。物語が読者をつかむためには、何かが起きているというだけでなく、予想される結果がなければならない。脳科学が明かしているように、人を物語に引き込み、その世界へとどめておくという状態は、ドーパミン作動性ニューロンが活動電位を発し、興味深い情報がやってきていると知らせることで起きる。[10] つまり、実際に何かが起きているときであれ、内面的な苦境にある主人公が登場してきたときであれ、あるいはただ単に最初のページで何かが〝おかしい〟と感じられたときであれ、すでにゲームは始まっていなければならない。プレイボールの宣告ではない。ゲームを理解するために知っておくべきすべてが揃っていなくてもいい。ゲームそのものの開始だ。最初の一球が中心になる必要はない――序盤の一球、あるいは何かのきっかけの一球になることはあってもだ。ただし最初の一ページにおいては、それが唯一の一球と思わせ、完全に読者の注目を奪う必要はある。

たとえばこれはどうだろう――キャロライン・レヴィットの小説、『Girls In Trouble（悩める少女たち）』（未邦訳）の最初のパラグラフだ。どんな投球がなされているだろうか？


サラの痛みは今や一〇分ごとにやってきている。痛みが来るたび、サラは車の脇に体をぶつけ、痛みを消そうとする。サラの父親のジャックは、これまで見たこともないほど車を飛ばしていて、窓の外に見えるすべてがびゅんびゅんと通りすぎていく。肘掛けを握りしめたサラの拳はまっ白だ。まるで今にも車から飛びだしてしまいそうだというように、サラはシートに背中を押しつけ、床に足を突っ張る。停めて、と言いたい。スピードを落として。停めて。しかし言葉は出ず、口をちゃんと動かすこともできない。恐怖のなかで次の痛みを待つ以外、何もできない。ジャックはハンドルにのしかかるようにして、混んでもいない道路にクラクションを鳴らす。ジャックの顔はバックミラーに映っているが、サラのことは見ていない。かわりに、サラと一緒にバックシートに座っているサラの母親、アビーのことしか見られずにいる。ジャックの表情は読めない。[11]

トラブルが起きている？　そのとおり。長きにわたるトラブルか？　少なくとも九か月、おそらくはそれ以上。勢いを感じないだろうか？　読者を前のめりにさせ、進展する物事の渦中へ投げだしかねない勢いがある。次に何が起きるかのみならず、なぜこんなことが起きているのかを知りたくなってくる。この父親は何者なのか？　合意の妊娠なのか？　レイプされたのか？　そうやって読者は好奇心をそそられ、無意識のうちに物語を読み続けてしまうのだ。

読者はつねに〝なぜ〟を探している

読者は熱心に断片的な情報それぞれの重要性を探り、たえず「これは何を言おうとしているんだろう?」と考える。人間は食べ物なしで四〇日、水なしで三日持ちこたえることができるが、何かに意味を見いだすことができないと、およそ三五秒しかもたないと言われる。実のところ、人間の意識下で脳がデータを処理していく超高速ぶりと比べれば、三五秒など永遠にも等しい。それが生物学的な本能なのだ。人間はつねに意味を求めている。形而上学的な「現実の本質とは何か?」といった感覚ではなく、もっと根本的でとても限定的な感覚だ。「彼はいつも朝飲むコーヒーを飲まないで出て行った。どうして?」「彼女はいつも時間を守るのに、三〇分も遅れるなんて何があったの?」「隣の家の騒々しい犬は毎朝うんざりするほど吠えるのに、今日はなぜこんなに静かなんだろう?」

人間はつねに、起きている表面的な物事の下にある〝なぜ〟を探している。自分が生き延びるために必要かもしれないからというだけでなく、刺激を与えてくれるからだ。〝なぜ〟が何かを感じさせてくれる——つまり、好奇心を。人間は本能的に好奇心をそそられるようにできている。好奇心は、さらに影響力の強い感覚を導く。ドーパミンの放出から生じる快感、すなわち、欲しくてたまらない知識を手に入れられるという予感だ。好奇心を持つことは生き残りに必要であり（「茂みの中でガサガサ動いているのはなんだろう？」）、自然が好奇心をうながす。好奇心をかきたてる最良の方法は快感だろう。だからこそ、いったん好奇心をそそられた読者は、次に何が起きるかに対し、持って生まれた感情的な興味を感じるのだ。もうおわかりだろう！　面白い物語は、瞬時にして快い切迫感（ドーパミンの登場だ！）の引き金となるものなのだ。

最初の一ページに読者は何を求める？

さて、次に何が起きるか予想できず、今何が起きているかさえもよくわからない場合はどうだろう？　普通なら、すぐほかに読むものを探そうとするものだ。私もしばしば、作者が頑張って書いた原稿を読み、いらいらして両手を広げ、何を意味しているのか解説をつけてくれないかと思うことがある。書き手の情熱的な意欲は感じるし、重要なことを伝えようとしているのもわかる。問題は、それが何かわからないことだ。

もし誰かに以下のような長ったらしいおしゃべりをされたら、どんなにいらつくかを想像してみてほしい。

「フレッドのことは話したかしら？　昨日の夜来るはずだったのに、雨が降って、私ったら馬鹿だから、窓を閉めるのを忘れて、新しいソファをびしょ濡れにしてしまったのよ。高いソファだったのに。おばあちゃんの屋根裏部屋にある古い服みたいに、カビが生えてしまうのが心配。おばあちゃんはかなりの変人だけど、責めるわけにはいかないわね。一〇〇歳を超えてるんだもの。私もあの遺伝子を受け継いでるといいけど。おばあちゃんは病気ひとつしたことがないの。でも最近は心配になりつつあるわ、だって私、雨が降るたびに関節が痛むのよ。まったく、昨日の夜も、フレッドを待っているあいだじゅう痛くて……」

ここまで聞くころには足がむずむずして、こう考えることだろう――いったいなんの話なの、こっちの知ったことじゃないわよ！　それもまだ耳を傾けているならの話だが。物語の最初のページも同じことだ。何が起きているのか、それがなぜ主人公にとって大事なことなのかわからなければ、読み続けたくなくなる。結局のところ、書店に行き、棚から抜きだした小説の最初のページを読んでみて、こんなふうに思う人間がいるだろうか――うーん、ちょっと退屈だし、この登場人物たちにもあまり興味は持てないけど、きっと著者は一生懸命書いてるんだろうし、たぶん何か大事なことを言いたいはずだから、買って読んでみて、それからほかの友だちにも薦めてみようかしら？

いやいや。読者というのは、見事なまでに、残酷なまでに無情だ。作者の努力や試みなど思いやったりはしない。そしてそれが当然だ。読者は作者になんの義務もない。読者は自分の楽しみのためだけに本を読むもので、楽しめるか否かは作品の質次第だ。気に入らなければ、棚に本を戻し、別の棚へ移動するだけだ。

最初の一ページに読者が求めるものはなんだろうか？　一文一文を意識的に分析したりするだろうか？　読者がこの本を読むか、それとも別の本を探そうかと考えているとき、「この物語において緻密に調整された転換点の引き金となるものはいったいなんだろう」なんてことを考慮するだろうか？　もちろんしない。少なくとも意識的には。まばたきするときにどの筋肉を動かさなければならないかを考える必要がないのと同じで、本を選ぶということも、認知的無意識によって調整された、完全な調和反応なのだ。筋肉記憶《マッスルメモリー》〔運動や動作を自動的におこなうために蓄積されている記憶〕と同じようなものだ――ただしこの場合、〝筋肉〟とは脳のことだ。

よろしい、最初の一文が読者の心をとらえたとしよう。さて次は？

読者の疑問に答えるための三つの要素

次に読者の脳内で跳ねまわりだす疑問はこれだ——これはなんについての本だろう？ 大きな疑問のようにも聞こえる。このことは次章で深く探るつもりだが、そのぐらい大事なことだ。この疑問に、最初の一ページで答えることができるだろうか？ たいていはできない。未知の人間に出会ったとき、最初のデートでその人のすべてを知ることができるだろうか？ 絶対に無理だ。できるようになりたいか？ もちろんなりたい。物語も同じだ。その実現の助けとして、読者が最初の一ページに対し、容赦なく求めようとする基本的な事項は以下の三つだ。

1 これは誰の物語？
2 今、何が起きている？
3 危機に瀕しているものは何？

「これはなんの物語か」という疑問に答えるために、これら三つの要素がどう相互に働き合うものか見てみよう。

1 これは誰の物語？

物語には中心となる登場人物、いわゆる主人公が必要だということは誰でも知っている。主要人物が複数出てくる作品でも、ひとりが中心人物になることが多い。そこに議論の余地はなさそうだ。が、作家が見落としがちなことがひとつある。読者が物語のなかで感じることは、主人公が感じていることに触発されるということだ。物語は本能で感じるものだ。読者は主人公の身になり、五感で主人公の感じていることを感じる。それができないなら、作者が読者を引き込もうとしている世界への入り口も、その世界をながめ、評価し、体験するための視点もないことになる。

手短に言えば、主人公がいなければすべては中立となる。本書の第三章でも説明するとおり、物語においては（人生においてと同様）中立というものは存在しない。だからこそ読者は、主人公とはできるだけ早く出会う必要がある――できれば最初のパラグラフで。

2 今、何が起きている？

そうなると、主人公が影響を受けるような何かもまた、最初のページの冒頭から起きていなければならないことになる。読者に物語の〝俯瞰図〟を示せるような何かだ。かつて小説家のジョン・アーヴィングが言ったように、「できるだけ最初の一文で、その小説のストーリー全体を語る」ということだ。[12] 言うのはたやすい？ まあ、確かに。それでも目標にする価値はある。

物語の俯瞰図は、主人公がこの物語で取り組もうとしている問題を教えてくれる。たとえば古典的なロマンティック・コメディなら、「この男はこの女を手に入れられるのか？」といったことだ。そうやって読者は、すべての出来事をひとつの問題に照らし合わせて評価するようになる。この出来事は男が女に接近する助けになるのか、それとも男の期待を妨げるのか？ そもそもこの女は、男に本当にふさわしい相手なのか？

こうした問いかけが、最初のページで読者が求める第三の要素へとつながり、最初の二つの要素とともに、きわめて重要な切迫感を引き起こしていくことになる。

3　危機に瀕しているものは何？

不安定な状態になっているものはあるだろうか？　対立はどこで起きているだろう？　対立は物語を生き生きとさせるエネルギーだ――それは言うまでもない。が、契約書の細かい補則条項のように読み飛ばされがちではあるものの、役に立つ小さな対立というものも存在する。ここで言う対立とは、〝主人公の探求〟に対して起きる相容れないもののことだ。読者は最初の一文から、あたかも猟犬になったように、危機に瀕しているものは何か、それが主人公にどう影響するのかを、容赦なく嗅ぎだそうとする。もちろん読者は、主人公の求めるものがなんなのかをまだ確信していないが、問いかけを続けることでそれを見つけたがっている。つまり最初のページの冒頭から、危機に瀕している何かがそこになければならない。

最初の一文で物語の俯瞰図を見せよう

これら三つの要素を、すべて最初のページに含めることは可能だろうか？　もちろん可能だ。二〇〇七年、文芸評論家のスタンリー・フィッシュが『ニューヨーク・タイムズ』紙に書いた論説は、その疑問に的確に答えている。あるときフィッシュは飛行機の時間ぎりぎりに空港に来たが、読むものを何も持っていなかった。そこで書店に駆け込み、最初の一文だけで読む本を選ぼうと考えた。そうして選ばれたのが、エリザベス・ジョージの『What Came Before He Shot Her（彼が彼女を撃つ前に何が起きたのか）』（未邦訳）だった。

当時一一歳のジョエル・キャンベルが、殺人へと転落していったきっかけは、バスに乗ったことだった。

どうだろう。一文のなかで、三つの疑問すべての答えが示されている。

1　これは誰の物語？――ジョエル・キャンベル

2　今、何が起きている？――バスに乗っていて、そのことがなんらかの引き金となり、これから殺人事件が起きる（〝一見そうは見えないが〟というやつだ！）

3　危機に瀕しているものは何？――ジョエルの人生、誰かの命。それ以外はわからない。

誰だって続きを知りたくて読み続けてしまう書きだしだ。ジョエルが殺人に巻き込まれるという事実は、この本が何についての本かを教えてくれるのみならず、前後関係の脈絡を提供してくれる。これを判断の足がかりとして、読者は〝彼が彼女を撃つ前に起きた〟出来事すべての重要性や感情的な意味を測ることができる。

このことがとても重要なのは、この最初の一文のあと、物語が不運で勇敢で貧しいジョエルに導かれてロンドンの中心地へと舞台を移し、問題の殺人にたどりつくまでに六〇〇ページ以上もかかるためだ。それでも読者はずっと心を釘付けにされ、起きるとわかっていることに対してすべてを秤にかけ、ジョエルを運命に投げ込むことになる出来事は〝これ〟だろうかとつねに考え、さまざまな紆余曲折がどんなふうにジョエルを避けられない殺人に押しやるのか分析を続ける。

さらに興味深いのは、この最初の一文がなければ、『What Came Before He Shot Her』はまったく異なる物語になるということだ。同じ物事は起きるが、それが何に向かって積み上げられていくのか、読者にはよくわからない。つまり、この小説がいかに巧みに書かれていようと（実際巧みに書かれて**いる**のだが）、そこまで魅力的な作品とはならないのだ。なぜだろう？

なぜなら、神経精神病学者のリチャード・レスタックも書いているように、「脳の内部では、物事はつねに特定の文脈内で評価されている」からだ。[13] 意味を与えるのが文脈なら、意味を嗅ぎつけるようにできているのが脳だ。物語が、自分が似た状況に置かれたときに備え、脳が有益な情報を探すシミュレーションだとすれば、人間はその状況の内容を知る必要がある。

作者のジョージは、物語の俯瞰図を垣間見せることにより、ジョエルに降りかかってくるすべての出来事の意味を読者が解明していけるような足がかりを提供している。これは数学の証明と似ている――こうした足がかりが、どんな出来事が積み重なっていくかを読者に予想させる。ただ、一見まるで積み重なっていっているようには見えない物事の筋道を、この足がかりが無情に明かし、真実を暴露してしまうこともある。作者は自分の作品がそうなるのをなんとしても避けたいものなので、判断の足がかりを有益に使いこなすには、大胆さが必要になってくる。

〝うまく書く〟ことは二の次？

「物語は現実生活から退屈な部分を除いたものだ」とは、小説家で脚本家でもあるエルモア・レナードの有名な言葉だ。この退屈な部分というのを、主人公の探求に関連がない、あるいは影響を与えないものと考えてみるといい。サブプロット〔話の本筋となるメインプロットと絡み合う別のストーリーライン」、天候、設定、雰囲気など、物語のあらゆる要素は、読者が知りたくてたまらないこと、すなわち、「主人公はゴールに到達できるのか？」「その過程で主人公が犠牲にするものは何か？」「最後に主人公はどう変わるのか？」といったことに、明白な影響を与えるものでなければならない。読者を引き込んで読み続けさせる力となるのは、ドーパミンにかきたてられた、次に何が起きるか知りたいという欲望だ。それを感じることができなければ、ほかのことは大したことではない。

「じゃあ、見事な文体はどうでもいいのか？」と訊かれるかもしれない。「詩的表現はどうなんだ？」と。

本書では、〝神話退治〟をおこない、神聖とされる執筆原理の多くがなぜ書き手を間違った方向へと導きがちなのかを追求していくつもりだ。そんなわけで、まず最初に潰したい神話はこれだ。

神話　美しい文章は何にもまさる

現実　ストーリーテリングは、つねに美しい文章にまさる

物語の執筆を成功させるには〝うまく書く〟ことを学ぶのが大事だと広く信じられているが、これほど作家に有害な信条はない。確かにこの主張はもっともだ。とても論理的で明白なことにも思える。ほかにどんな代案があるだろう——下手に書くことを学ぶ？　皮肉なことだが、下手に書くのは、思ったほど有害なことではない。少なくとも物語を語ることができるのであれば。

この神話の問題点は、ほかの数々の執筆神話と同じで、要点をはずしているということだ。この神話の場合、〝うまく書く〟ということは、美しい言葉、あざやかなイメージ、本物らしく響く会話、洞察に満ちた暗喩、興味深い登場人物などを使い、生き生きとした感覚的な細部描写を全体にたくさんちりばめるという意味だ。

立派な信条に聞こえるのは確かだ。そういうもののない小説を、誰が読みたがるだろうか？何百万という『ダ・ヴィンチ・コード』の読者にとってはどうだろう？　あの小説がどれほど愛されているにしても、ダン・ブラウンは偉大な作家だと言う声はまるで聞こえてこない。最も簡潔かつ痛烈に評したのは作家のフィリップ・プルマンで、ブラウンの文章は「平板で発育不良で醜い」もので、作品は「まったく単調で深みのない登場人物」でいっぱいで、「お互いにまったくありえそうもない会話をしている」と述べている。[14]

ではなぜ『ダ・ヴィンチ・コード』は、史上最も売れた小説のひとつとなったのだろうか？

最初の一ページ目から、読者が次に何が起きるか知りたくてたまらなくなるように書かれているからだ。そして、それが何より大事なことなのだ。物語には、最初の一文から読者を急きたてる力がなければならない。ほかのすべて――魅力的な登場人物、よくできた会話、あざやかなイメージ、甘美な言葉――は副産物に過ぎない。

美しい文体の小説をけなしたいわけではない。私も人並みに、見事に練られた文章は大好きだ。ただ、勘違いしないでほしい。〝うまく書く〟のを学ぶことと、物語を書くのを学ぶこととは違う。そしてその二つのうち、二次的な要素は〝うまく書く〟ことのほうだ。読者が次に何が起きるかを知りたがらないなら、うまい文章など何になる？　極上の表現を備えてはいるが物語のない小説は、物書き業界の人間からすれば、しばしば美しいだけの〝どうでもいい〟作品でしかない。

さて、最初の一ページで何が読者を引き込むのかがわかったところで、次なる疑問は、実際にそれを実現するような物語をどうやって書くかだ。人生においてはなんでもそうだが、言うのは簡単でも実行は難しい。だからこそ、その疑問に答えるため、本書の残りページをすべて費やしていこうと思う。

チェックポイント

✓ 誰の物語か読者は理解している？

読者が物語を読んでいるあいだは、誰かの視点を通じてその物語の世界を見ているはずだ——すなわち主人公だ。主人公のことは、作者のあなたが生みだした世界にいる、読者の代理と考えておこう。

✓ 最初の一ページ目の冒頭から何か起きている？

のちの争いごと（対立）に向け、ただ舞台を整えるだけではだめだ。主人公に影響を与える何かをすぐさま放り込み、その結果がどうなるのか、読者が知りたがるようにしておきたい。そもそも、まだ何も起きていないのに、次に何が起きるか知りたがる読者はいない。

✓ 起きていることのなかに対立は存在する？

たとえ主人公が何を求めているかを読者がまだ知らない場合でも、対立が主人公の探求に直接的な影響を与えるものになっているだろうか？

✔ **最初の一ページから、何か危機に瀕しているものはある？**

そしてそれが何か、読者に気づかせることも重要だ。

✔ **〝一見そうは見えないが〟という感覚はある？**

最初の何ページかで主人公が登場しない場合、これは特に重要なので確認してほしい。主人公が登場するまでに読者を引き込んでおくための、募る強い予感が存在しているだろうか？

✔ **物語の〝俯瞰図〟を垣間見せ、判断の重要な足がかりとなるものを提供している？**

読者に見通しを与え、各場面の要点を伝え、物事を理解させるのが〝俯瞰図〟だ。物語がどこで進んでいるかがわからなければ、物語が動いているかどうかさえも理解できない。

2 How to Zero In on Your Point

要点に迫る
――脳の注意をとらえる

認知の真実

脳が何かに熱心に注意を払っているときは、必要のない情報はすべてふるい落とされる

物語の真実

脳の注意をとらえるには、読者が知る必要のあるすべてのことが物語に用意されていなければならない

要点から離れるな。

——W・サマセット・モーム

ひとつ不穏な話をしよう。マーケティングの専門家、政治家、テレビ宣教師は、たいていの作家よりもよほど物語というものを知っている。そもそもこうした人々は、作家がまず考えてもみないようなところから物語をスタートさせる——自分の物語が訴えようとする要点だ。彼らはまず知識で武装し、そして自分の物語に直結するような言葉、イメージ、ニュアンスを総動員して物語を創り上げる。

家の中を見回してみてほしい。目に映るもの（飼い犬も）のほとんどすべては、あなたが買ったものだと思う。あなたが気づかないうちに、したたかな物語が忍び込んできて、買えとあなたを説得した結果だ。あなたが人の言うことを聞きやすい人間だからというわけではなく、よくできた物語というものは、まずあなたの認知的無意識に語りかけてくる[1]——マーケティング担当者が期待するのは、認知的無意識がその物語を意識的な何かに書き換えることだ。たとえば、「真夜中かもしれないけど、ビッグマックぐらい食べてもいいよね」「この人とビールでも飲んだらきっと楽しいだろうな。この人に投票しようか」というふうに。

怖い話だと思わないか?

いくらかでも作家の権力を取り戻すためにも、ひとつ、一見理屈に合わなそうに見える事実を受け入れることをお勧めする——物語を決定づける要素は、実は書くことそのものとはほとんど関係ないことなのだ。むしろ、物語そのものの根底にある。著名な言語学者のウィリアム・ラボフは、これを〝評価〟と呼んだ。読者に物語の出来事の意味を評価させる要素だ。いわば、〝だから何?〟という要素だと考えてほしい。[2] 読者を物語の要点に導き入れ、物語で起きた出来事すべてとの関連によって手がかりを与えてくれる。率直に言えば、これが何についての物語か教えてくれる要素だ。文学研究者のブライアン・ボイドがいみじくも指摘しているように、参照先のない物語は、どの情報が大事かを決める方法を読者に与えずじまいにするだけだ。その結果、「いったいどれが大事なの? 人々の瞳や靴下の色? 鼻の形や靴? 名前の音節の数?」と、読者を混乱させてしまう。[3]

あなたが最初にやるべきことは、自分の物語の要点を明確にすることだ。ありがたいことに、これをしっかりやっておくと、書き直しの時間を節約することができる。なぜか? 最初に物語の要点を明確にしておく作業は、普段あなたの認知的無意識が自動的にあなたのためにやっている作業、すなわち、注意をそらすような無駄な情報を排除する作業と同じようなものだからだ。[4]

本章では、主人公の抱える問題、テーマ、そしてプロットをひとつに組み合わせることが、いかに物語の焦点を保つことになるかを探っていこうと思う。テーマとは本来何を意味するのか、テーマがどうあなたの物語を定義づけるのか？　プロットがあなたの妨げになるのはどんな場合なのか？　こうしたことを、文学の古典である『風と共に去りぬ』をサンプルに借りて確かめてみよう。

なぜ話が脱線してしまうのか

物語は最初から最後まで、その物語を支配するひとつの問いに答えるために創られる。読者としての私たちは本能的にそれがわかっていて、すべての言葉、すべての行、すべての登場人物、すべてのイメージ、すべての動きが、読者をその答えに近づけてくれるのを期待している。ロミオとジュリエットは一緒に逃げるのだろうか？　スカーレットは、時すでに遅しとなる前に、レットが自分にふさわしい相手だと気づくだろうか？　チャールズ・フォスター・ケーンが遺した「バラのつぼみ」という謎の言葉の意味は、最後には明らかになるのだろうか？

だからこそ、自分が物語を書くときは、その問いの意味を明確に定めることは簡単に見える

——ほとんど当たり前のことに思える。しかしこの問いは、しばしば腹立たしいほどにとらえにくい。どんなに最善を尽くしても、物語はあてもなくさまよい、長いこと道をはずれては、またふらふらと戻ってくる。しまいには、たくさんの面白い出来事が起きたにもかかわらず、何も伝えられずに終わってしまったりする。なんの問いかけもなく、まして答えも出ない。なんの焦点もない、読者が知る必要のないことで満ちあふれただけの物語は、もはや物語ではない。単なる出来事のコレクションだ。

焦点に欠ける物語は、何も語らない物語のまま終わることが多い。そんな馬鹿な、と思うだろうか？　だが、「これはなんの物語？」と訊かれ、「三〇〇ページの物語」としか答えようのない原稿を、私は数え切れないほど読んできた。ある編集者はこう言っていた。「二、三行で内容をまとめることができない本なら、まとめられるまで丸ごと書き直すしかない」

私も同意見だ。問い合わせの手紙、あらすじ、そして数え切れないほどの原稿や脚本を何年にもわたって読んだ経験から言わせてもらえば、自分が書いている物語を、明確かつ興味深い一行か二行の文章でまとめることができない作家には、たいていの場合、明確かつ興味深い物語は書けない。これは安易な決めつけではない。かつては私も、見込みはありそうだが無秩序でちぐはぐなあらすじを読むと、「いや、でも面白い物語を書く能力は、良いまとめを書く能力とは別物だし」と思ったものだ。が、実際の原稿を読み始めると、最後まで読めることは少なく、たいていのまとめは物語の正確な青写真を映しだしていることがわかってしまう。つまり、物語自体も無秩序でちぐはぐなのだ。
物語が脱線してしまう兆しとして、以下のようなものが見られる。

- 誰が主人公かわからないので、起きる出来事の関連性や意味を推測する方法がない。
- 主人公が誰かはわかるが、その人物が到達したいゴールを持っていないように見えるため、物語の要点が何か、あるいは物語がどこへ向かおうとしているかがわからない。
- 主人公のゴールはわかるが、取り組まなければならない内面の問題がわからないので、すべてが表面的で単調に感じられる。
- 主人公が誰で、そのゴールと抱える問題が何かはわかるが、主人公が欲しいものをすぐに手に入れたり、気ままに考えを変えたり、あるいはバスにはねられ、ほかの誰かが主要人物に変わってしまったりする。
- 主人公のゴールはわかるが、起きている物事が、主人公、もしくは主人公のゴールへの到達に影響を与えているように見えない。
- 起きたことが主人公に影響を与えているとしても、それがもっともらしく見えないため、主人公に現実味が感じられないばかりか、なぜ主人公がその行動を取っているかもわからず、次の行動を予想することができない。

これらの問題は、読者の脳に同じ影響を与える。物語を読み始めたときに感じたドーパミンの噴出が止まってしまうばかりか、期待するものと実際に与えられるものとをたえず比較している脳の一部が、これは面白くない物語だという情報を送ってくるようになる。つまり、読者はいらだちを感じることになる。[5] これは作者が自分の作品の核心に焦点を絞れていないことの証であり、たとえ洗練された文章で満ちあふれていようと、物語は方向性もないつまらないものに感じられてしまう。そうなると次に何が起きるかは、脳科学者に教えてもらうまでもない。読者は読むのをやめる。物語はおしまいとなる。

焦点を絞ろう

――主人公の抱える問題、テーマ、プロット

失敗原稿に足りないのは、焦点だ。焦点がないということは、さまざまなものの意味を推し量る手だてが何もないということだ。人はあらゆることに意味を見つけたがるようにできている――あとはおわかりだろう。焦点のない物語には、判断の足がかりも存在しない。

そもそも、この〝焦点〟とはなんだろう？ 焦点とは、物語を生みだすためにひとまとまり

となって働く三つの要素、すなわち、主人公の抱える問題、テーマ、そしてプロットが統合されたものだ。〝主人公の抱える問題〟は根本的な要素であり、前章で述べたストーリー・クエスチョン、すなわち主人公のゴールから生まれてくる。ただ、もうひとつ思いだしてほしい。物語とは、主人公が実際にゴールに到達するかどうかを描くものではなく、主人公がゴールに到達するためには、内面的に何を克服すべきかを描くものだ。これが物語を進める原動力だ。これを〝主人公の抱える問題〟と呼びたい。

第二の要素である〝テーマ〟は、その物語が人間の性質について何を語っているかということだ。テーマは登場人物同士がお互いをどう扱うかを反映する傾向があり、物語が展開する世界において、何が可能で何がそうでないかを規定することにもなる。後述するとおり、主人公が勇敢に闘うか否かにかかわらず、その努力が報われるか失敗するかは、テーマによって決められることが多い。

第三の要素は〝プロット〟だ。ゴールを目指す途上で、主人公が何度自分の問題を避けようとしても、容赦なくその問題と取り組ませようと仕向ける出来事のことだ。

これら三つの要素がひとつになり、物語に焦点を与え、読者にこれがなんの物語かを伝え、展開していく出来事の意味をとらえさせ、物語がどこへ向かっているのかを予想させる。これが大事なのは、「思考は次に何が起きるかを予想するためにある」からだ。[6] いわば思考の存在理由《レゾンデートル》だ——人間として可能な範囲で、現実世界にとどまるための手段だ。人間は物事を明らかにするのが好きで、混乱させられるのを嫌う。作者にとっても焦点は最重要事項だ。最初の二つの要素（〝主人公の抱える問題〟と〝テーマ〟）はレンズのようなもので、作者はこのレンズをのぞきながら出来事（〝プロット〟）を決めていくことになる。

どうやるのか？　物語の領域を決め、物語が記録していく主人公の人生の、ある一定の側面に焦点を絞る。結局のところ、登場人物も読者と同様に、毎日二四時間の生活を営む人間だ。食事をし、眠り、保険会社と話し、インターネットがつながらなければいらいらし、テレビの前でのんびりし、歯医者の予約は火曜と木曜のどっちだったか思いだそうとしたりする。それを全部物語に含める必要があるか？　もちろんない。そうするかわり、作者はストーリー・クエスチョンに関係する出来事を選び、次々やってくる試練の行列（つまり〝プロット〟）を構築して、主人公が行動を起こさなければならないように仕組む。いわばエスカレートしていく火の洗礼というやつだ。

これがうまくやれれば、またひとつの定理の証明が完成し、起きるすべてのことを評価するための具体的な基準ができあがるはずだ。要するに、現実生活で面倒な事態に直面したとき、人の脳が情報を処理するやりかたもまさにこれなのだ。脳科学者のアントニオ・ダマシオは、文学が模範としているものについてこんなふうに述べている。

「さてレストランでコーヒーを飲みつつ兄に会おうとしている場合を考えよう。親の遺産の話や、最近ちょっと様子のおかしい腹違いの妹をどうすべきかといった話がしたいのだという。

それでもその瞬間に存在はしているが（ハリウッドでよく使われる言い方だ）、いまや順番に、いろいろ他の場所にも飛ばされているし、兄以外にもいろいろな人々と相席していて、さらにまだ体験していないが、情報豊かな想像力の産物である状況にも直面させられることになる。自分の過去の人生が細切れに、急速に思い出されて頭に浮かび、過去現在に想像した将来の自分の人生になるかならないかわからないものが、これまた細切れにその瞬間の体験に入り込んでくる。忙しくあちこちをとびまわり、過去と将来の人生の様々な地点に存在しているわけだ。だが自分――自分の中にいる自己――は決して見失われない。こうしたコンテンツはすべて、単一の参照点に分かちがたく結びついている。遠く離れた出来事に意識を集中しても、そのつながりは残る。中心は保たれる。これは視野の広い意識であり、人間の脳の壮大な成果の一つで、人類を定義づける性質の一つだ……小説や映画や音楽で描き出されたような意識である（傍点筆者）」[7]

つまり、中心（ここでは、相続財産をどうすべきかという問いがレストランにいる弟にどう影響するか）とは、ほかのすべての物事が結びついている唯一の参照事項だ。この場面が物語なら、この弟がこの厄介な状況を切り抜けるためには、自分の抱えた内面的な問題と取り組む必要が出てくることが多い。彼はそれに成功できるだろうか？　テーマが関わってくるのはこういう場面だ。

テーマ

――登場人物が状況にどう反応するか

テーマとは何か、どう示されるべきものか、ということについては数多くの主張がある。ときには、失われた無邪気さのメタファーである〝マーガリン〟のテーマ的な用法を分析して云々、といった難解な議論にいたることもある。ただ、ありがたいことにテーマというものは、実際にはまったくもってシンプルに要約できる。

- 人間らしさとはどういうことか、その物語が伝えていること。
- 手に負えない状況に対する人間の反応について、その物語が語っていること。

テーマは、誠実、疑念、度胸、愛情など、人間の性質を構成する要素が、いかに人間の行動を決めるかを明らかにすることが多い。だが、本当のテーマとは、そこまで一般的なものではない。つまり、テーマが〝愛〟そのものということはまずない――むしろ、愛について作者が伝えたい、もっと特殊な要点と言うべきだろう。たとえばラブストーリーは、人間の善良さを示す甘く叙情的な物語になることもあれば、人間の激しさや奇妙さを示す現実的で辛辣な物語になることもあるし、ことによっては、人間関係を避けたくなるようなシニカルでずる賢い物語にもなる。

自分の物語のテーマをあらかじめ認識しておけば、登場人物が直面する状況に対して、どう反応するかを測る尺度を手に入れることができる。登場人物たちは、あなたの創造の世界に応じて、親切にも、ぶっきらぼうにも、策略家にもなる。これが、先々主人公がどんな妨害に出会うかを決めることにもなるため、ストーリー・クエスチョンをどう解決するかにも影響を与える。情愛のある世界なら、主人公は多少なりとも勇気を発揮し、真実の愛を見いだすことができるだろう。人間味が欠如した世界であれば、主人公は深い関わりを結べる相手を見つけられないだろうし、過酷な世界なら、ハンニバル・レクターと結婚するはめになるというわけだ。

物語の要点を知る方法

テーマは物語の要点を明らかにする——そしてどんな物語も、最初の一ページから要点を主張していくものだ。ただし、読者が頭を殴られた気分になるような、衝撃的な要点である必要はない。

　広告のことを考えてみてほしい。広告の意図が商品を買わせることなのは誰でも知っているが、たとえそうであっても、広告の目的は、そうとは悟られずにある特定のインパクトを与えることにある。企業コンサルタントのリチャード・マクスウェルとロバート・ディックマンは、共著『The Elements of Persuasion（説得の要素）』（未邦訳）のなかでこう述べている。「おそらくはビジネス業界にいる全員がそうだろうが、人を説得する能力が物を言う仕事をしている人間にとっての重要な生き残り術は、余計な雑事をかきわけて進み、物を売ることができる能力だ。ありがたいことに、物を売る秘訣とは、これまでずっと存在してきたものを活用することだ――すなわち、良くできた物語である[8]」

　あなたの物語の要点を知ることは、余計な雑事をかきわける助けになる。

　あなたも広告企業の重役並みに計算高くなるべきだとか、あなたの物語もストレートな目的を持つべきだとかいうことではない。自分が言わんとしていることはなんなのか、自分の物語が伝えようとしている要点はなんなのかを、作者は何度となく立ち止まって考えなければならないということだ。なぜなら、読者の認知的無意識は、あなたの本をひらいた瞬間から、人生を少し楽にする方法、物事を少し明確に見る方法、人々を少し良く理解するための方法を探し始めるからだ[9]。それなら、ほんの少し自分に問いかけてみるべきではないだろうか――読者がこれを読み終えたとき、自分が読者に考えてほしいことはなんだろう？　自分の物語が伝えたい要点はなんだろう？　これを読んだあとで、読者に見える世界がどんなふうに変わってくれたらうれしいと思えるだろう？

プロット
——主人公を動かし、テーマを明らかにする

焦点を生みだす三つの要素のうち、作者がひとつだけを重視したがることは驚きではない——プロットだ。プロットはほかの二つの要素を乗せていく乗り物のようなものであり、その二つをつい忘れがちになるのも無理はない。問題は、その二つがなければ、プロットは空っぽの乗り物にしかならないということだ。物事は起きるが、誰もその影響を受けないし、まして読者も影響されようがない。ここでまたひとつ、よく知られているものだが、たたき壊しておくべき神話を示しておこう。

神話
物語で最も大事なのはプロットだ

現実

物語で最も大事なのは、プロットがどう主人公に影響するかだ

ここまでもそれとなく述べてきたことではあるが、一度率直に言っておこう。プロットと物語は同義語ではない。プロットとは、主人公をゴール到達の妨げになるような問題に直面させ、それに取り組ませることで、物語を手助けするためにあるものだ。主人公がその世界で受ける扱いや主人公の反応が、テーマを明らかにしていく。主人公がプロットのなかを進みながら何を学ぶかが、結局のところ物語のいちばん肝心な部分なのだ。このことは、つねに気に留めておくべきだ。なぜなら、プロットそれ自体が提示する〝これはなんの物語か〟ということと、実際に物語が伝えようとしているものとは別物であることが多いからだ。

この好例として『フラクチャー』という映画がある。この作品もそうだが、映画は支配的な物語の概念について優れた例を提供してくれることが多い。なぜか？　物語ということでは、映画はしばしば小説よりも単純で、もっと率直なメディアだ（このことは、小説の映画化作品でも、映画は観ているが原作は読んでいないという人のほうが多いことでもわかる）。『フラクチャー』の主人公のウィリー・ビーチャムは、映画が始まってから一七分たつまで登場してこない。それまで観客は、映画の冒頭で妻に致命的な傷を負わせた男、テッド・クロフォードの

ほうが主人公だと思っている。これはクロフォードが刑務所行きになるかどうかの物語だろうと誰もが思うし、実際、プロットはそれを見せていく。

だが、この物語が描いているのはそれではない。『フラクチャー』は、ビーチャム――公職を辞め、エリート経営の法律事務所に転職し、楽な仕事をやろうとしていたときに、この事件を引き受けたやり手の検察官――が、転職に逃げることで自分の高潔さをおとしめるか、それとも闘い抜いて検事の職を続けるか(富と特権階級の夢とはおさらばだが)を描いた物語なのだ。このため、クロフォードとその裁判を描写するプロット部分は、ビーチャムの道徳的な本質を試すように進む。物語という観点からは、たとえビーチャムが二〇分近く映画に出てこなくても、彼の登場時までに起きることはすべて、ビーチャムに試練を与えるためのものとなっている。

要するに、主人公が最初から出てこなくても、その後の登場までに起きることは全部、主人公にどんな影響を与えるかという明確な視点を持って描かれていなければならない。そうしたとしても、読者が主人公登場までにそれに気づくわけではないし、気づきようもない。そもそも『フラクチャー』の場合、これがクロフォードの物語ではないということは、ビーチャムが出てくるまで観客にはわからない。ただ、作り手にはわかっている。だからこそ、クロフォードがやることはすべて、ビーチャムの不屈さを試すことになるような仕掛けにしてあるのだ(〝試す〟というのも一般的な感覚ではなく、特定のことに焦点を絞った形になっている)。

ビーチャムが自分自身や世間、そして自分の立場に対して持っている見解を、クロフォードの細かく計算された行動のひとつひとつがおびやかすことになるように工夫されている。物語が進むにつれ、これらの行動が、ビーチャムのうぬぼれた利己的な人格に〝亀裂《フラクチャー》〟を作り、そこからもっと意味のある勇敢な何かが浮かびあがってくる。

『フラクチャー』が人間の条件について言いたいことはなんだろう？　結局のところ、たとえしばらくのあいだ車で寝泊まりする生活になるとしても、誠実さは富よりもずっと価値があるということだろう。ただ、このメッセージはどう伝えられているだろうか？　ビーチャムが自分に向かってくる試練と取っ組み合っているあいだ、観客がビーチャムに深く感情移入できるようにしているのは、人の心を奪うテンポの速いプロットの力だ。おかげで観客は、主人公とプロットの闘いを俯瞰で見ることができ、いっそう細かくプロットを吟味することができるのだ。

テーマは血の通った現実に宿る

テーマとは、人間の経験について物語が伝えようとする根源的な要点であると同時に、普遍的特性が存在している場所でもある。普遍的特性とは、私たち人間すべてに共鳴を呼び起こす感覚、感情、真実などのことを言う。たとえば、〝真実の愛のむきだしの力〟は、カサブランカのバーのオーナーの物語であれ、海に住む人魚姫の物語であれ、アーサー王の宮廷の騎士の物語であれ、ほとんどすべての人々の心に触れるものだ。普遍的特性とは、自分とまったく違う登場人物の内面に入り込み、彼らが感じることを魔法を使うように感じ取るための入り口となってくれる。

第六章でもさらに深く見ていくつもりだが、普遍的特性の重要さを思えば皮肉なことに、普遍的特性に触れることができるのは、これが非常に限定的なものとして具体化されたときだけだ。抽象的な普遍的特性はあまりに広大で、人の心を覆い尽くすことができない。人間が普遍的特性を直接的に体験し感じることができるのは、それが物語の血の通った現実を通じて表現されたときだけなのだ。

ピューリッツァー賞受賞小説の『オリーヴ・キタリッジの生活』（小川高義訳、早川書房）は、単純かつ見事な例を示してくれている。作品のテーマは人がどのように喪失に耐えるかというもので、著者のエリザベス・ストラウトは、読者に「人間の忍耐力の本質に畏敬の念を感じ」てほしかったと言っている。[10] 以下に引用するのは、平凡な瞬間が普遍的特性に触れ、心を奪う記憶を誘いだしている場面だ。いわば、誰にでも経験はあるが、言葉では表現しがたい瞬間をとらえたものだ。

いやはや、ヘンリーと別れなくてよかった。あれほど実のある人はいやしない。そのくせ、信号待ちで息子のうしろに立っていた時間に、長い年月のうちには淋しくなることが何度もあったと思い返していた。あんまり淋しいものだから、さほどの昔ではないけれど、あるとき虫歯の穴を詰めてもらって、医者のやわらかい手の先でそっと顎の位置を変えられたら、こんなに優しいことがあったのかと切なくなり、うぐっと呑み込んだような声が出て、目に涙があふれてきた。[11]

このとても限定的な記憶、歯科医との一瞬のありふれた接触の記憶のなかで、本来なら言葉に表しようのない実存的な孤独感でしかないものがはっきりと姿を現し、読者にもわが身に起きたことのように感じられる——なぜならこれは、読者の脳において実際に起きていることだからだ。このことは第四章で述べようと思う。

喪失と人間の忍耐力というテーマをレンズとして使い、物語をフィルターにかけることで、ストラウトはオリーヴの人生から偶発的な瞬間をとらえ、オリーヴに見えている世界を読者にも見せている。そして同時に、人間でいることの代償というものを、読者の本能に訴えかける形で垣間見せてもいるのだ。

テーマがトーンを生み、トーンがムードを生む

テーマは物語の最も強力な要素のひとつだが、最も見えにくいもののひとつでもある。前述のストラウトの一節も、テーマはどこにも〝見えて〟いなかったと思う。テーマは詳しく書くものでも、参照先を提示できるものでもないが、それでもそこに存在する。声のトーンのようなもので、しばしば言葉そのものよりもたくさんのことを伝える。実際、親しい間柄ではよくあることだが、声のトーンだけで言葉と反対の意味を伝えられることもある。

物語のトーンは、自分の作品の登場人物たちに対するあなたの見かたを反映し、彼らを解き放った世界の定義を助けてくれる。トーンはテーマをいかに伝えるかの手法でもあり、読者が物語を味わうときに使ってほしい感情のプリズムを与えるということだ。映画のサウンドトラックのようなものだ。物語の焦点を絞り、読者に知っておいてほしいことを強調するやりかたのひとつだ。

たとえばロマンス小説の場合、大きな物事が確かに悪い方向に向かっているときでも、本当に破壊的なことは何も起きないと小説のトーンが知らせてくれるので、読者はリラックスして

物語に没頭でき、最後には愛が勝利をつかむはずだと安心できるし、実際にそうなる。第一章で触れた『What Came Before He Shot Her』のような小説はまったく逆で、直接そうとは言わなくとも、小説のトーンは最初の一文から暗示的だ。トーンが一定のムードをかきたてることで、読者にもそれを感じさせている。トーンは作者が使うもので、ムードは読者が感じるものだ。

言い替えれば、あなたの物語のトーンを生むのはテーマで、トーンが読者の感じるムードを生む。ムードとは、あなたの物語の世界において何が可能で何がそうでないかを読者に感じさせる基盤であり、あなたが物語のなかで訴えたい要点、テーマにも映しだされている要点へと読者を引き戻してくれる――この〝映しだす〟がキーワードだ。なぜなら、テーマは重要な要素には違いないが、公然と言葉で伝えるものではなく、つねに言外でほのめかされるものだからだ。最初にテーマを提示して、その次に物語を持ってくるような映画や本は、執筆の基本ルール（第七章でも扱うように、このルールはしばしば悲しいほど誤解されるのだが）、〝語るのではなく見せろ〟を破る傾向がある。読者にテーマを提示するのは物語の仕事だが、テーマが物語を語るわけではない。テーマには語り部の才能はまるでなく、テーマに好きに語らせたりすれば、読者に証拠を提示して考えさせたりせず、いかに考えるべきかをとうとうと語りだしてしまうだろう。放っておけば、お山の大将のように知ったかぶりを始める。誰だって考えかたを指示されるのは好きではないし、わざと反対のことを命じるほうが効果的なこともある。

要するに、なんとしても伝えたい要点があるのなら、自分の物語を信頼して任せたほうがいい。イギリスの小説家のイーヴリン・ウォーもこう言っている。「どんな文学も道徳的な基準や批判をほのめかすものだが、あからさまでなければないほど良い[12]」

そもそも、書店に行った客が、「私が本当に好きな本は、生き残りとか、激変が起きたときに根性を見せる人間とそうでない人間との違いとか、そういうことについて書かれた本よ[13]」などと考えたりするものだろうか？　「社会の欠陥を追ううちに、人間の性質の欠陥が明らかになるような本を読むのが大好き[14]」などと思うだろうか？　「今日はラテンアメリカのメタファーになっている本が読みたい気分[15]」なんて言うだろうか？　そうは思えない。『風と共に去りぬ』や『蝿の王』『百年の孤独』の作者たちは、作品のテーマを問い詰められたときに実際にそう返答しているのだが、客が本を買って帰る理由は必ずしもテーマではないだろう。

ただ、ちょっと待ってほしい。上記の本のテーマは、果たしてこれだけなのだろうか？　たぶんそうではないだろう。実際、ちょっとインターネットを検索するだけで、それぞれの作品のテーマとしてあげられた言葉は無数に見つかる。なかには、作者を怒らせるとは言わないまでも、呆然とさせそうなものもある。ただし、その大半は副次的なテーマに過ぎない。さっきからここで話題にしているのは、中心テーマのことだ――研究者がのちのち勝手に押しつけたり、大学院生の小セミナーで延々と真剣に討論するようなテーマではなく、作者としてのあなたが選ぶテーマだ。

ケーススタディ——『風と共に去りぬ』

あなたの本が何についての本なのかを明確にするために——つまり、不要な情報をすべてふるい落とす足がかりを生みだすために——どう焦点を使うかを理解するに当たり、前述した三冊のうち最も手に取りやすい作品、『風と共に去りぬ』を見てみよう。かつてこの作品は、陳腐なメロドラマで金儲け狙いの駄作であり、〝人気フィクション〟の枠を出ないと評されたこともあった。だが、この作品には読者にページをめくらせる魔力があるということを、誰も否定はできないだろう。そして意外に知られていないが、この作品は一九三七年にピューリッツァー賞を受賞している。一九六六年に『人形の谷間』(こちらはピューリッツァー賞委員会には見落とされた作品)が記録を塗り替えるまでは、最も売れた小説でもあった。

まず『風と共に去りぬ』のテーマについて、著者のマーガレット・ミッチェルが一九三六年に出版社から受けたインタビューをもとに見てみよう。

「この作品にテーマがあるとすれば、生き残りということだと思います。激変を切り抜けていくことができる人々がいる一方で、同じように能力があり、強く勇敢なほかの人々がこれに屈してしまうのはなぜなのか？　どんな激変のさなかでもこれは起きます。生き残る人々もいればそうできない人々もいる。闘って勝利の道を切りひらく人々が持っていて、屈する人々にない特質とはなんなのか？　生き残った人々が、よくこの特質を〝根性〟と表現することだけは、私も知っています。だから根性を持っている人間と、持っていない人間について書いたのです」[16]

スカーレットが闘い、策を弄し、ごまかし、もがき、そして最後には大方の予想を覆して生き残るなかで、重要な要素となるのが〝根性〟だ。妥当な説明だと思う。ただ、この小説の中心テーマの焦点はそこだろうか？　災難が次々に降りかかってきたとき、スカーレットの反応を突き動かすものは根性だろうか？　読者はそのレンズを通して、展開する物語をながめているだろうか？　読者がそれを明確にとらえていようとなかろうと、読者をとらえて離さない秘密の要素はそこにあるのか？　まさにそのとおりだ。

読者がこの作品を読み続けてしまうのは、スカーレットの頑固な意思、度胸、図太さ――つまりは根性――が、社会の命ずるものに従おうとする気持ち以上に強いということがわかるからだ。だが、間もなく読者は、スカーレットの手加減のない根性がどれほど力強かろうと、それが彼女のいちばん大事なものを完全に見失わせてしまうこともあると気づく。つまり、読者もすぐにわかることだが、スカーレットの内面の問題はそこにある。どうすればスカーレットが最高の幸福を手に入れられるか、読者にはわかる。そしてすぐさま、彼女はまずその選択肢を選ばないだろうと悟るのだ。そして疑問が浮かぶ――そのかわり彼女はどうするのか？ 彼女が目覚め、自分が本当に欲しいものに気づくことはあるのか？ それを知りたくて、読者はさらに読み続ける。

ところで、この小説全体に流れる別のテーマについてはどうだろう。たとえば愛の本質、階級社会の圧迫感、そしてもちろん、コルセットのように窮屈な一九世紀の社会の性別役割についてはどうか？ このうちのどれかが中心テーマになる可能性はあるだろうか？ いい質問だ。ちょっとしたリトマス試験紙的なテストをしてみよう。中心となるテーマとは、読者に主人公やその内面的な問題に対する特定の洞察をもたらすような精密な視点を提供し、なおかつ起きることすべて（繰り返すようだが、これがプロットだ）を考慮に入れられるぐらいの広さを持たなければならない。先ほどあげたほかのテーマを取り入れて『風と共に去りぬ』のあらすじをまとめると、どうなるだろうか。まず、愛の本質だ。

『風と共に去りぬ』は、南北戦争を背景にした南部育ちの美女の物語である。彼女は、誤った相手への見当違いの愛ゆえに、自分の求めるものを与えてくれる男の存在に気づかずにいる。

悪いあらすじではない――これが恋愛小説で、ほかのすべては単なる〝設定〟だというのであれば。だが、この小説のカバーする領域を見るかぎり、それではちょっと限定的すぎる。では、スカーレットの社会常識への反発についてはどうだろう。

『風と共に去りぬ』は、南北戦争の時代を生き延びるため、社会の潮流に逆らう南部育ちの美女の物語である。

――――

これも悪くない。ただし、もっと一般性を楽しもうとすればの話だ。そもそも社会の潮流とはなんだろう？　それに逆らう、どうやって？　具体的なものが何もないので、実際の全体像をつかむのが難しい……何に関しても。さて、階級社会についてはどうだろう？

『風と共に去りぬ』は、南北戦争の時代、伝統的な階級構造が南部でいかに崩壊したかを描く物語である。

――――

なんだかノンフィクションのようだ。ノンフィクションも売れるし、南北戦争マニアの読者も無数にいるので、これはこれでベストセラーにはなるかもしれない――ただし、これが社会の潮流に容赦なく立ち向かった勇敢な女性のセクシーな恋愛小説だということは、読めばすぐわかるだろうが。もちろんそれに気づくころには、どれほどコアな歴史マニアも口をつぐみ、スカーレットが手遅れにならないうちにどうにか目を覚まして、レットが自分にふさわしい相手だと気づいてくれるよう祈っているかもしれない。

要するに、このあらすじでも一部の読者を惹きつけることはできるかもしれないが、これが壮大かつセクシーな大作だということはどこにも書かれていないし、まるで『風と共に去りぬ』の説明にはなっていない。だが、根性を中心にあらすじをまとめると――これこそミッチェルがみずから定義したテーマだが――まったく違うものとなる。

『風と共に去りぬ』は、南部育ちの強情な美女が南北戦争の時代を生き延びるため、崩れゆく社会常識に容赦なく立ち向かうが、その断固たる根性ゆえに、自分と対等でいてくれた唯一の男を足蹴にしてしまう物語である。

これだ！　『風と共に去りぬ』のあらすじとしては不完全かもしれないが、言及に値する何かはつかめたと思う。物語を規定するテーマをつきとめるには、自分にこう問いかけてみる方法もある――この中心テーマから、ほかのテーマも見えてくるだろうか？　『風と共に去りぬ』では、まずスカーレットの根性というものがあり、それがほかのすべてのものに対して、良くも悪くも影響を与えている。スカーレットの恋愛、当時の世間の束縛への拒否、欲しいものが手に入らなければ行動を起こそうとする彼女の貪欲さ。行動を起こす？　そう、それがプロットだ。

主人公の抱える問題VSプロット

前述したとおり、プロットとは、主人公の能力を試し、しだいに難しくなっていく障害を提示するものであり、主人公が成功に近づくためには、そうした障害を克服していかなければならない。

とはいえ、プロットの目的は、主人公が成功をつかめるかどうかを見せることだけではない。もとから主人公の成功を妨げている内面の問題に、主人公を直面させるためのものでもある。内面的な問題とは、主人公の〝決定的な弱点〟と呼ぶこともでき、深く根づいた恐怖、頑なな誤解、問題のある性質など、主人公がずっと闘っていくもので、それを乗り越えないかぎり、最後の障害に堂々と立ち向かうことはできない。皮肉な話ではあるが、主人公がそれを乗り越えた瞬間、自分にとっての真の成功は、それまで成功だと信じていたものとはまるで異なるものだということに気づく場合も多い。これは特にロマンティック・コメディに多く見られ、物語の冒頭から男が必死に追い求めてきた、美しくて生意気でリッチで細身の女性が、実は最後になって、まるっきり愛らしくもキュートでもなく、可愛くも美しくもなく、どこにでもいる細身の中産階級の女の子だということがわかるという形をとる。

スカーレットの場合は違う。

スカーレットの決定的な弱点は自分に夢中だという点で、このことが彼女を際限のない根性に縛りつけ、彼女自身にはわからない無防備さを生みだしている。だが、読者にはわかる。そして読者は、ただスカーレットが生き延びるだけでなく、大事なものまで投げだしてしまわないよう目覚めてほしいと願う。そうなっただろうか？　もう少しだったが、ほんのちょっと遅すぎた。だから物語が終わったとき、読者はレットとは違い、心を痛めてしまうのだ。

テーマの意味
——彼女が本当に欲しかったものとは？

だが、待ってほしい。これでもまだ、小説のあらすじには欠けているものがあるような気がする。決定的な弱点があろうとなかろうと、スカーレットは生き残りたがっている。だが、そう思わない人間がいるだろうか？　誰だってそうだし、生き残りそれ自体は普通の望みだ——抽象的な一般概念のひとつだ。つまり、誰にとってもそうだとすれば、生き残りだけではスカーレット自身のことは何も伝えられないし、物語になんの付加価値も与えないことになる。

そこでひとつ疑問が出てくる――スカーレットにとって、生き残りとは何を意味するのだろう？　プロット（すなわち実際の行動が展開する世界）の面からは、こうも言える。人生が投げつけてきた試練から生き延びたと感じるためには、彼女には何が必要なのだろう？　答えは、スカーレットの家族の農場、タラだ。つまり土地だ。物語の最初のほうで、彼女の父親はこう言う。「土地はこの世で価値あるものと呼べる唯一のものだ……」。土地は、人間とその人の過去とを結びつけ、人を自分たらしめるものだ。土地なしでは人は何者でもない。これがスカーレットの価値基準であり、自分の生き残りを証明してくれるものだ。

彼女は正しいだろうか？　土地は人とその過去を結びつけ、人を自分たらしめてくれるものだろうか？　ああ、それは違うと言いたくなるところだ。スカーレットが成功者でありながら、なおかつ悲劇の人として浮かびあがってくるのは、この価値基準のせいなのだ。そして、決定的な弱点ゆえに、彼女が本当に求めているものが見えなくなる理由も、読者にとっては理解できるものであり、じれったくて髪をかきむしりたくなるほどいらいらするということにはならない。強情なまでにまわりが見えていない主人公に対し、読者はびっくりするほど寛容だが、それはそうなる理由が理解できるからだ。こうした物語が描くのはまさにそういうことだ――他人には痛いほどわかりきっていることがその人には見えず、いつまでもそこに拘泥してしまう理由だ。実際、「そういうことか！」という瞬間は、主人公よりも読者に訪れることが多い。読者は、主人公が変わっていかないことに気づくのみならず、主人公があえてまわりを見ないでいるのは自分を守るためなのだということの重みを、そこで初めて理解するのだ。

話をスカーレットに戻して、あらすじにこう加筆してみよう。

『風と共に去りぬ』は、南部育ちの強情な美女が南北戦争の時代を生き延びるため、自分の家族の農園タラこそ最も大事なものだと信じ込み、崩れゆく社会常識に容赦なく立ち向かう物語である。しかし彼女は、その断固たる根性ゆえに、自分と対等でいてくれた唯一の男を足蹴にしてしまう。

焦点のほうはどうだろう？　簡単な概略に含めることができたのではないか？　根性に突き動かされた生き残りというテーマをスカーレットの問題と結びつけ、プロットが彼女のために用意したハードルにその両要素を行き渡らせる。テーマ、スカーレットの内面的な問題、そしてプロットをひとつにまとめ、一〇二四ページに及ぶ小説の本質を抽出したというわけだ。これだけで（いささか長いが）この本がなんの本なのか、その明確な全体像を提示できたと思う。

焦点を利用しよう
——不要な情報をすべてふるい落とす

書き終えたあなたの物語が正確にはなんの物語か明確にするためにも、焦点を利用するというのはとても手軽な手法だが、書き始める前ならなおのこと有効活用できる。というより、あなたの物語がどの段階にあっても問題はない。早すぎる、遅すぎるということもなく、つねに役に立つ。あなたの物語の焦点が何かを知ることで、あなたの認知的無意識がやること、つまり、不要なすべて、重要ではないすべてをふるい落とすという作業を、あなたの物語においてもやることができる。物語の焦点を利用して、話のひねり、方向転換、登場人物の反応などが、物語と関連を持っているかをテストすることができる。

物語を書き始めたら、テーマやストーリー・クエスチョンを変更してはいけないとか、物語を予想とはまったく違う方向に向わせてはいけないということではない。とはいえ——最初に焦点の理解をしておくと楽だという理由はここにあるのだが——もし変更することになっても、焦点の理解があれば、作者は変更点を明白に認識し、それに従って物語を調整することができる。どうやって？　物語の方向性は前もって計画してあるので、それを使い、物語の道筋を決め直すのだ。忘れないでほしいのは、途中で物語の焦点が変われば、単に違う方向へ向かうだけでは済まなくなるということだ。変更地点までの過程も、すべて変わってくる。そうでなければ、ニューヨーク・シティ行きの飛行機に乗ったのに、シンシナティに着陸するような事態を招く。方向感覚が狂ってしまう（しかも着いた場所に不釣り合いな服しかスーツケースには入っていない）。前もって計画を準備しておけば――これについては第五章でもっと詳しく書くつもりだが――どこを変える必要があるかはすぐにわかる。

焦点を明確にすることは、あなたの読者を大いに喜ばせることにもなる。読者は、自分が知っておく必要があることすべてが物語に揃っていると信じているものだ。作者のあなたも、本来なら素晴らしいはずのあなたの物語が、不要な情報で散らかり、読者がたえずそれにつまずくようなことは避けたいものではないだろうか。

チェックポイント

✔物語の要点は何？

読み終わったときに読者に何を考えてほしいだろうか？　読者の世界を見る目がどんなふうに変わってくれるとうれしいだろうか？

✓あなたの物語は人間の性質について何を伝えている?

物語は世界を理解するための人間の手段であり、どんな物語も、作者の目的はどうあれ、人間らしさとは何かということを伝えている。あなたの物語は何を言わんとしているだろうか?

✓主人公の内面的な問題、テーマ、そしてプロットがひとつにまとまり、ストーリー・クエスチョンに答えようとしている?

どうすればわかるか? 自分に問いかけてみることだ——物語世界における主人公の扱われかたは、自分のテーマを反映したものになっているだろうか? プロットのひねりや方向転換は、主人公が内面の問題や自分を引き止める何かに対処するよう仕向けているだろうか?

✓プロットとテーマはストーリー・クエスチョンに結びついている?

忘れないでほしいのは、つねに読者の頭の片隅にはストーリー・クエスチョンがあるということだ。テーマが織り込まれたおのおのの出来事が、ストーリー・クエスチョンを維持する役割を負う。

✔ あなたの物語がなんの物語か、短い一節で要約できる？

ひとつの方法として、まずあなたのテーマがプロットをどう形作っているか考えてみよう。『風と共に去りぬ』で試してみたように、あなたの物語もテストしてみよう。骨の折れることかもしれないが、いずれ必ず役に立つはずだ。

3 I'll Feel What He's Feeling

登場人物の感情を書く

認知の真実

感情はすべての意味を決める——
感じないのなら、意識を失っているのと同じだ

物語の真実

すべての物語の基礎は感情だ——
感じないのなら、読んでいないのと同じだ

感情はただ重要なものだというだけではない——何が重要かの意味でもある。

——ダニエル・ギルバート『明日の幸せを科学する』（熊谷淳子訳、早川書房）

多くの人々は、理性と感情は両極にあるものと信じている——理性は信念の固い白い帽子、感情は不機嫌な黒い帽子であるかのように。男女どちらがどちらの帽子をかぶっていると言われているか、などという議論はやめておきたい。理性が世界をありのままの姿で見ているのに対し、不合理ないたずら小僧の感情は世界をぶちこわそうとしていると考えられている。

実のところ、脳科学ライターのジョナ・レーラーも言うように、「感情がなければ理性もまったく存在しない」のだ。[1] プラトンよ、聞いてるか？　これはある悲しい物語によって明らかになったことなのだが、さらに悲しいことに、この物語の実在の主人公は、それが悲しいことだとはまるで思っていなかった。なぜなら、悲しめなかったからだ——文字どおりに。脳科学者アントニオ・ダマシオの患者、エリオットは、良性の脳腫瘍除去手術の最中、前頭前皮質の小さな一部を失った。腫瘍ができる前のエリオットは、エリート企業の職に就き、幸福で豊かな家族の一員だった。ダマシオと出会ったころ、エリオットはすべてを失いかけていた。エリオットの知能指数は依然として高く優秀で、高機能の記憶力を持ち、課題に対する可能なかぎりの解決策を列挙することもできた。問題は、決断をくだせないことだった――どの色のペンを使うかも決められず、上司がやってほしがっている仕事と、日がな一日オフィスのフォルダーを全部アルファベット順に並べる仕事と、どちらが重要かも判断できなかった。[2]

なぜそんなことになったのか？　ダマシオが発見したのは、脳の損傷のせいで、エリオットが感情を経験できなくなっているということだった。その結果、彼はまったく超然とした人間となり、すべての物事が中立であるかのような生活をするようになった。だが、考えてみてほしい。それは良いことではないのか？　感情が出しゃばってエリオットの判断を迷わせたりしないのなら、論理的な判断がくだせるはずではないのか？　もうわかったと思う。感情がなければ、選択肢はどれもまったく同等の重みを持つことになる――すべてがいくつかのうちのひとつにしか見えなくなるのだ。

認知科学者のスティーヴン・ピンカーも書いているとおり、「感情は脳の最も高い水準のゴールを設定するメカニズム」なのだ。[3]どうやら、朝食に何を食べるかということにいたるまで、ほかのどんなゴールも含まれるらしい。エリオットは、何が重要で何がそうでないか、何が価値があって何がそうでないかの尺度を、感情なしでは持つことができなかったのだ。

物語についてもまったく同じことが言える。何が重要で何がそうでないかを読者が感じることができないなら、物語の結末も含め、重要なことは何ひとつなくなる。だとすれば、作家にとって大事なのは、こうした感情がどこから生まれるかだ。答えは単純だ。主人公から生まれる。

本章では、最も重要だがしばしば見過ごされがちな物語の要素——起きた出来事に対する主人公の内面的な反応を読者に知らせるということ——を、いかに手際よく作品に織り込むかを考えていきたい。まずは、一人称や三人称で小説を書くときに考えを伝える秘訣や、意見を述べることの問題点を明らかにしていく。ボディランゲージがいかに嘘をつかないものかも考えてみる。そして最後に、〝知っていることを書け〟といういばりくさった格言について考え直してみよう。

主人公の反応を伝えよう

物語を読むことに熱中していると、自分というものの境界線が消えてしまう。主人公になりきって、主人公が感じることを感じ、主人公の欲しいものが欲しくなり、主人公が恐れるものを恐れるようになる。次章でも述べるが、文字どおり主人公の考えすべてが自分にも反映される。小説でも映画でもそうだ。私も、大学時代にキャサリン・ヘプバーンの古い映画を観て、家まで歩いて帰ったときのことをよく覚えている。暗い店のウィンドーに映る自分の姿を見るまでは、自分がどれだけ影響されたかにも気づいていなかった。その瞬間まで、私はキャサリン・ヘプバーンだった。もっと正確に言えば、『素晴らしき休日』のヒロイン、リンダ・シートンだった。しかし突然、私はまた私に戻ってしまった。輝きに満ちた未来に出発しようとしている船の上で、私を待っているはずのケーリー・グラントもいなくなった。

ただ、少なくともシャタック・アヴェニューを歩いていた夢のような数分、私はリンダ・シートンの目を通して世界を見ていた。自然とそうしていたし、贈り物をもらった気分だった――世界を見る私の目はまったく変化していた。リンダは家族のはみだし者で、私もそうだった。リンダは結果がどうなろうとも伝統と闘い、たとえ長年子ども部屋に引きこもっていようとも、最後には勝利をつかむ。私もそうできるかもしれない。家路につく私の足どりは、映画館へ向かったときよりも軽くなっていた。

そんな贈り物をくれる作品は、その後私が読んだたくさんの原稿のなかにもめったになかった。よくある落とし穴なのだが、作者は主人公というものを、本質的に読者には触れられない存在として書きたがる。こういう作者は、起きた出来事を書くことが、物語を書くことだと勘違いしている。すでに述べたように、本当の物語とは、起きたことが主人公にどう影響するか、そしてその結果、主人公がどうするかを書くものだ。

要するに、物語のなかのものはすべて、主人公がそれに受ける影響に基づいた感情的な重要性や意味を持つ。主人公に影響を与えないなら、たとえそれがローマ帝国の誕生、衰退、滅亡の話であっても、まるっきり中立の話になってしまう。するとどうなるか？　中立は読者を退屈させる。中立なものは要領を得ないばかりか、脱線の原因になる。

だからこそ主人公は、どんな場面でも、読者が即座に理解できるような反応をしなくてはならない。反応は限定的かつ個人的で、主人公がゴールに到達できるかどうかにも影響しなければならない。冷静で客観的にコメントするだけではだめなのだ。

読者は、脳科学者が発見したことを、直観的に知っている――人間の経験は、すべて自動的に感情で塗りつぶされるものだ。なぜか？　これは一とゼロでできているコンピューターの人間バージョンで、基本にあるのは「これは私を傷つけるのか、それとも助けるのか？」という問いだ。[4] この単純な問いが、豊かで複雑で洗練された、つねに変動する人間の自己感覚のどんな側面においても基礎となっており、人間はそうやって周囲の世界を経験している。ダマシオによれば、「どんな主題に関するどんな種類の意識イメージも、感情とそこから生じる感覚の従順な合唱をともなわないものはない」[5]。人間が感じることがなければ、呼吸もしない。中立的な主人公はロボットでしかない。

読者をどうやって主人公に感情移入させるか

あなたの主人公の反応が身近に感じられる個人的なものであれば、読者を主人公の内面に飛び込ませ、主人公の感じていることを〝五感で〟感じさせて、物語全体にわたってその状態を保つことができる。これは、ほかの登場人物のことは何も感じないということではない。とはいうものの、ほかの登場人物がすること、考えること、感じることは、それ自体がどう主人公に影響するかという観点でとらえられる。結局のところ、これは主人公の物語であり、ほかのすべての人物や物事は、主人公への影響に基づいて評価される。最終的に物語を進めるのは、主人公の行動、反応、判断であり、それらの引き金になる外部的な出来事ではないからだ。

主人公の反応は、下記三つのいずれかの形で伝えられる。

1　外面的な反応

ケンがなかなか来ない。サラはいらいらしながら歩きまわり、つま先を石ころにぶつけてしまう。痛い。サラは水夫が使うような汚い言葉を吐きながら、片足でぴょんぴょん跳び、ケンが気に入っている赤のマニキュアが欠けていないことを祈る。

3 読者の直観を通じた反応

読者はサラがケンに恋していることを知っているので、ケンがサラの親友のジュリアと一緒にいるせいで遅れているとわかると、サラはまだケンとジュリアが知り合いだと知らないにもかかわらず、すぐさまこれからやってくるだろうサラの心痛を感じる。

3 主人公の内面の考えを通じた反応

ケンをジュリアに紹介したとき、サラはすぐに二人のあいだに何かあることを感じ取る。知らない者同士のふりをする二人を見て、サラは二人を破局させるために、綿密な策略を練り始める。

主人公に起きていることを読者が主人公の道理で見ることができるよう、物語のなかの出来事は主人公の視点を通じてふるいにかけられ、読者は主人公の目ですべてを見ることになる。こうして読者は、単に主人公の見ているものを見るのみならず、それが主人公にとって何を意味するかを把握する。言い替えれば、すべての出来事において主人公が体験する個人的な混乱は、読者も認識していなければならない。

　このことは、語り形式の物語作品に独自の力をもたらしてくれる。散文小説が演劇や映画や人生そのものと一線を画す特徴は、最も魅惑的で、なおかつ本来ならおよそ踏み込めない領域、つまり、ほかの誰かの心に直接入っていく手段を提供できるということだ。この重要性を忘れないためにも、人間の脳の進化の目的を念頭に置くようにしてほしい――人の脳は、他者の心をのぞき、その動機、考え、ひいてはその人の本当の姿を直観で理解できるように進化してきた[6]（これについては第四章で詳述する）。とはいえ、人生という物語において重要になるのは〝直観〟だ。映画には、動きを通じて考えを映像的に伝える強力なパワーがある。演劇の場合は会話を使う。人生を含むこれら三つの物語形式は、人を惹きつけてやまないものだが（特に人生はそうだ）、それでも最後まで推測の余地は残る。散文小説においては、主人公が起きた出来事にどんな影響を受けているか、その意味をどうとらえるかを直接的に明らかにしていくため、登場人物の考えは物語が動いているまさにその場所で明確に記される。

　読者が求めているのもそれだ。読者の脳に組み込まれた暗黙の問いかけは、「もしこんなことが自分に起きたらどんな感じがするだろう？」「どう反応するのがいちばん良いことなんだろう？」だ。たとえ主人公が、いかに反応しないでいるかという姿を示すことがあっても、それもまたひとつの答えとして利用できる。

　さて、主人公が自分に降りかかる出来事をどう理解しているか読者に伝えるためには、主人公の思考の手がかりをどのように示すべきだろう？　特に、主人公が言っていることと反対のことを考えている場合、主人公が本当は何を考えているかをどう伝えればいい？　これは二重の意味で重要な問題で、登場人物が出来事に対して内面的にしか反応しないことはしばしばある――口に出さない独白、不意に浮かんだ洞察、過去の記憶、啓示などがこれにあたる。これらをどう物語に織り込むかは、あなたの物語が一人称か三人称かによっても違ってくる。まずはその両方を考察してみよう。

一人称で考えを伝える

一人称の物語で主人公の考えを伝えるのは、一見すると簡単そうに見える。主人公が読者に物語を語り聞かせているのなら、主人公の考えがすべてに反映されるはずではないか？　そのとおり。そこがトリッキーなのだ。なぜか？　物語のなかの物事を何もかも一人称で語るには、直接的、潜在的、啓発的な工夫がなければならないからだ。語り手の意見は、語り手が読者に伝えるすべてに織り込まれていく。語り手が伝えようと選んだ細かい物事それぞれが、語り手の心のありかたを映しだし、語り手の人物像や世界観を明らかにする。『羅生門』効果のようなものだ。映画『羅生門』では、四人の人間が同じ事件を目撃するが、最後にはまったく異なる四つの物語ができあがる――そしてどれにも信憑性がある。ひとつの物語が真実なら、ほかの三つは嘘なのか？　そうではない。それが各人物の見ている世界であり、四人は起きたことを違ったように解釈している。四つの物語は、そのどれにも魅力的な面があり、おのおのが見た事件として異なる結論を引きだしている。

客観的真実というものは存在するのだろうか？　おそらくある。だが、人間の経験が文字どおりすべて主観的なものなら、客観的真実はどう見つければいい？　つまり、一人称の物語では、語り手が自分の物語を語っている以上、そこには語り手の主観的な意味づけが吹き込まれているはずだということになる。

このあたり、三人称で書かれた物語ではどう違ってくるだろう？　距離感に違いが出る。三人称の語りでは、全知全能の語り手（作者のあなた）が伝えたことの意味を、読者が、主人公について自分が知っていることに基づいて評価する。たとえば、テッドがジェーンを驚かせようとして、蛍光オレンジのビロード張りの新しいソファを買った、という事実がある場合、それ自体は中立の事実だ。しかし、もしジェーンが古いソファに愛着を感じていて、オレンジ色が嫌いで、ビロードなんてどうでもいいと思っていることを読者が知っていれば、ジェーンが新しいソファを見てどう感じるかは想像がつく――彼女がテッドになんと言うにしてもだ。

一方、一人称の物語では、一瞬たりとも中立は存在しない。つまり語り手は、自分に影響を与えないもののことは決して話さない。街の様子、誰かがオフィスに着てきた服、食べたマドレーヌの美味しさ、レーガン政権がいかにアメリカをだめにしたか、そういった客観的な長い説明はしない。たまには語るときもあるかもしれないが、それはその話題が主人公の語る物語に特定の影響をもたらすときだけだ。語り手がナルシスト（良い意味での）だと思えばわかりやすいかもしれない。物語のすべては語り手に関係があるはずで、そうでなければ読者に伝える理由がない。

こうして語り手の考えは、語り手が伝えようと決めたすべてのことに織りまぜられ、語り手が言及したことにはすべて結論が出る。だが、そこでは終わらない。語り手は、何に対してもためらわず率直に自分の考えを表現する。もちろん、語り手が話すことが全部間違いだということもある――一人称の語り手が信用のおけない人物である場合も多く、何が真実か見いだすことが読者の楽しみになることもある。

唯一、一人称の語り手が伝えられないのは、ほかの誰かの考えや感じかただ。たとえばケンがサラとの破局について話す場合、彼には「ジュリアを愛していると僕がサラに告げると、サラは腹を殴られたような気分になった」とは言えない。だが、「ジュリアを愛していると僕がサラに告げると、まるで腹を殴られたかのように、サラの顔から血の気が引いていった」となら言える。ケンがサラの感じていることを推察したり予想したりすることはできるが、確信を持ってこうだと言うことはできない――もちろんケンが、自分はほかの人間の感じていることが間違いなくわかる人間だと思っているのなら別で、その場合、「サラが腹を殴られた気分になっている」というケンの主張は、サラが実際にそう感じているかどうかよりも、ケン自身の考えかたを伝えようとしている言葉だととらえることはできる。

だが、ケンが何も感じないとしたらどうだろう？　たとえば、彼が認めることを拒否しているとしたら？「あなたたちの関係は全部お見通しよ」というサラの態度がエスカレートしても、ケンが反応しないのは不自然なことではない。これぞまさに〝キャッチ＝22〟〔J・ヘラーの小説の題名。板挟み状態を表す慣用句にもなっている〕ではないだろうか？　結局のところ、自分が否認状態にあることがわかっているのなら、それはすでに否認状態ではない。一人称で書いている場合——この件については三人称も同様だが——ケンが何も考えていないことを伝えるのはとても無理だ。

言うまでもなく、ケンに何も考えさせないという状態は、あまり望ましくないことだ。ケンが否認状態にあることを伝えたければ、ケンがサラのほのめかしをどう受け取るかを示せばいい。つまり、ケンがサラの態度をもっともらしく解釈する様子を見せるのだ。否認状態を描くのは、そう簡単なものではない。〝空っぽ〟な状態とも違う。むしろ、かなりの骨折りが必要だ。人は誰でも、幸福を維持しようとなると、まるで自分の報道対策アドバイザーのようになる。[7]つまりケンは、事態に筋を通そうと延々骨を折るが、読者にはケンが読者に示す解釈とはまったく違う意味だけが伝わる。

一人称で書く場合、どんなことに気をつけるべきかをまとめておこう。

- 語り手が話すどんな言葉も、語り手の視点を何かしら反映していなければならない。
- 語り手は、自分になんらかの影響を与えることにしか言及しない。
- 語り手は、自分が話したすべてのことについて結論を出す。
- 語り手は決して中立ではない。つねにアジェンダ（行動指針）を持っている。
- 語り手は、ほかの誰かが考えたり感じたりしていることを伝えることはできない。

三人称で考えを伝える

一人称で書くことの利点は、あなたが誰の考えを伝えているのかが読者にもすぐにわかるので、心配しなくても済むということだ。つまり、どの考えも語り手のものだ。三人称の場合はバリエーションがいくつかあるため、そう簡単にはいかない。最初に、最もひんぱんに使われる三つの手法をざっと並べてみる。

1　三人称客観

物語は客観的な外部の視点から語られ、作者は読者を登場人物の心理に誘い込もうとせず、登場人物がどう感じているか、何を考えているかも説明しない。そのかわり、映画（長々としたナレーションのないもの）と同じで、登場人物がどう行動したかのみに基づいて情報が暗示される。三人称客観で書く場合、主人公の内面的な反応は、外面的な手がかり、すなわちボディランゲージや服装、行き先、行動、一緒にいる人間、そしてもちろん台詞などによって示される。

2 三人称限定

一人称で書く場合とよく似たスタイルで、ひとりの人物——たいていの場合は主人公——が考え、感じ、見ていることだけを伝えることができる。このため主人公はすべての場面に居合わせ、起きたことすべてに気づかなければならない。一人称との唯一の違いは、〝私〟ではなく、〝彼〟もしくは〝彼女〟を使うことだ。また、一人称の場合と同じで、主人公以外の人物が考えたり感じたりしていることは、その人物が突然話に割り込み、実際に口に出して言うのでないかぎり、断定的に伝えることはできない。

3 三人称全知

すべてを見てすべてを知っている、客観的で（通常は）信頼のおける語り手（つまり作者）によって物語が語られる。語り手は、全登場人物の心に入り込み、彼らが何を考え感じているか、何をしたか、これから何をするかを伝える権限がある。これを使うコツは、当然のことながらすべてを追跡しつづけることだ。それと、つねにカーテンの後ろに隠れておくこと。一瞬でも人形遣いの姿が見えてしまったら、登場人物があなたに糸であやつられていることがわかり、すべてだいなしになってしまう。

ところで、三人称全知や三人称限定で書く場合、考えはどうやって伝えればいいだろうか？読者に対しては、一種のテレパシーみたいなものを使うといい。よくできた物語は、読者が気づかないところで、巧みにこの技が使われている。あえて言っておくと、あなたは三人称で書かれた本を大量に読んでいるだろうし、登場人物の考えの手がかりを手際よく読者に伝えるやりかたもちゃんととわかっているかもしれないが、それでもなお、これがこの人物の考えだという目印として、文を太字に変えて強調したり、引用符でくくったりしてみたくなるものだと思う。そういったものはいっさい必要ない。太字も、引用符も、目印も。

あなたの登場人物の考えをページに滑り込ませる技をマスターできれば、読者は自動的に、人物の内面の考えを語り手の声と区別できるようになる。読者は主人公が考えを持っていることを直観的に期待しているので、語り手としての作者の存在さえも感じなくなる——ただし、あなたが自分の意見を自分の内におさめていればだ。語り手の声をほぼつねに中立に聞こえるようにするには、全知の語り手であるあなたの姿を消し、ただ事実の報告しかしないでおくことだ。一方であなたの登場人物たちには、なんでも自分の意見を自由に表現させる。読者が今、誰に感情移入しているか――つまりは誰の視点で見ているか――がわかっているうちは、前口上を述べる必要もほとんどない。ここで例として、エリザベス・ジョージの『Careless in Red（赤い服のうかつ者）』（未邦訳）を見てみよう。

アランは言った。「ケアラ」

ケアラはアランを無視した。汚らしいライスとサヤインゲンを添えたジャンバラヤ、それにパンプディングにしようと決めた。長い時間がかかりそうだが、そのほうが都合が良い。チキン、ソーセージ、大きめのエビ、グリーンペッパー、貝汁……食材のリストはどんどん長くなっていく。一週間はやっていけるだろうと思った。作る練習は楽しいだろうし、どれも皿に盛って、いつでも好きなときに電子レンジで温めることができる。それに、電子レンジって素敵じゃない？　生活を簡単にしてくれる。ああ、人間を入れられる電子レンジもあればいいのに、そんなふうに願う女の子の祈りも聞き届けられないかしら？　温めるためじゃなく、かつてと違う人間にするために使うのよ。まず誰を入れるべきかしら？　ケアラは思いをめぐらせた。母親？　父親？　サント？　アラン？[8]

ジャンバラヤを作ろうと決意するというありふれた出来事を使って、まったく別の話題に持っていくジョージの手法は実に見事だ。ケアラの思考の流れに読者を乗せ、動かない現実から引き離し、人間電子レンジがいかに素晴らしいアイデアかというメタファーの世界に飛び込ませる。こんなことを考えているのが、作者のジョージではなくケアラ自身だということは、読者には直観的にわかるようになっている。実際、「(ケアラは) 決めた」「ケアラは思いをめぐらせた」という部分をなくしてしまっても、誰の考えかは読者には伝わる。

登場人物の考えは意見や物語のトーンを確立する助けになることも多く、それにより、最初の一ページからムードも決まってくる。以下はアニータ・シュリーヴの『パイロットの妻』(高見浩訳、新潮社) の二番目のパラグラフだ。この一節までに読者が知らされていることは、主人公のキャスリンが夜明け前に目覚めたということだけだ。

急に明かりで照らされた部屋は、深夜の救急治療室のように無機質に感じられて、かえって不安がつのってくる。急いで考えをめぐらした。マティかしら。それとも、夫のジャック? でなければ、だれか近所の人? どこかその辺で、自動車事故でも起きたのだろうか。でも、マティは自分の部屋で寝ているはずだ。あの子が自分の部屋にいくのを、ちゃんとこの目で見たのだから。あの子は廊下を歩いていって部屋に入り、ドアをバシンと閉めた。叩きつけるような閉め方、とまではいかないまでも、鬱憤をはっきり示した、それでいて母親の叱責を買うほどには投げやりではない閉め方だった。それと、ジャックは——そうだ、夫はどこにいるんだっけ？　頭の両側を手で梳いて、寝癖のついた、ひらたく頭に貼りついた髪の毛をふくらませる。夫は——どこだっただろう？　頭の中でスケジュール表をたどった。ロンドンだわ。帰宅するのは、こちらの昼食の時間の前後のはず。それはたしかだ。それとも、自分の勘違いで、夫はもうもどってきたのだろうか。で、例によって、鍵を持っていくのを忘れたため、ドアを叩いている？[9]

心を惹きつけるこの一節、そこに示されたあらゆる事実には意味があり、それがいかに新たな詳細のひとつひとつと混じり合っていくかに注目してほしい。要するに、つじつまが合ってくるということだ。そうして浮かびあがってきたものは、キャスリンの率直さ、彼女の家族の生活、そして、何かがひどく変だという疑いが深まるのを抑えきれないまま、キャスリンが情報を処理しようとする姿だ。場面を進める力になっているのは、ごく単純なキャスリンの思考ではなく、その思考のパターン——断続的で、不揃いで、混乱した思考パターンだ。作者のシュリーヴが提供した最低限の目印——「（キャスリンは）急いで考えをめぐらした」「（キャスリンは）スケジュール表をたどった」——が、思考そのものを強調し、スタイルを確立し、

新鮮で、読み手の心を奪い、読み進めたくなるような言葉を聞かせている。
そもそも、目印は必要だろうか？　「作者の語りがここで終わり、ここからは登場人物の内面ですよ」と、作者が読者に知らせる必要はあるのだろうか？　ない。以下はエルモア・レナードの『フリーキー・ディーキー』（高見浩訳、文藝春秋）の一節だが、ここには目印も合図もまったく見られない。

彼がワインを飲み干して、またつぎ足すさまを、ロビンはじっと見守った。可哀そうに。この男にはママが必要なのだ。手をのばして彼の腕にさわる。「マーク？」と言うと、腕の筋肉がこわばった。いい徴候だ。[10]

作者のレナードがというよりは、ロビンがマークを気の毒な男と思い、ママが必要だと考えていることは疑いの余地はない。それでも、ここには引用符も太字の強調もなく、「と彼女は思った」「不思議に思った」「気づいた」「じっと考えた」といった言葉はいっさい出てこない。これがロビンの意見だという目印は、文中には何も示されていない。なぜか？　必要がないからだ。読者にはわかる。同様に、マークの筋肉がこわばったのは良い兆しだということが、ロビンの〝意見〟だというのもわかる。レナードの観点からは、ロビンがまったく間違っている可能性もある。読者が読み進めたくなるのは、こういう部分なのだ。読者は真相を知りたいのだ。

一人称で書かれる場合と同じで、三人称で書かれた登場人物も、ほかの人間が感じたことややろうとしていることを、断言的に話すことはできない。実際の人生と同じで、登場人物たちは予測することしかできない。そして、登場人物の予測が、その人の何かを伝えてくることもしばしばだ。『Careless in Red』の一節、セレヴァンと、冷静沈着なゴスガールの孫娘、タミーの場面を見てみよう。

> タミーは考えに耽るようにうなずき、その表情からセレヴァンは、タミーがこれは自分の専門分野だと言わんばかりに、彼の言葉をねじ曲げて攻撃に使おうしているのを感じた。[11]

作者のジョージは、タミーがセレヴァンの言葉をねじ曲げようとしているとは言っていない。タミーの表情から推測したことを伝えているのは、セレヴァンだ。ここから三つのことがわかる。セレヴァンは、これからそれが起きると確信している。しかし、それは起きないかもしれない。そして、これが何よりも明らかなことだが、セレヴァンは自分の言葉すべてをタミーが誤解していると感じている。『Careless in Red』は三人称全知の形式で書かれており、実のところタミーはセレヴァンを誤解してはいないのだが、作者がそれを明確にしたかったら、次の文章でタミーの内面を読者に知らせることは可能だろうか？
いや、それはできない。それをやれば、視点がころころ変わる〝ヘッドホッピング〟というルール違反を犯すことになる。

ヘッドホッピング
――視点は一場面にひとり

誰の視点で書いている場合でも、あなたが使える視点は一場面にひとりの視点だけだ。セレヴァンの視点でその場面を書き始めたら、その視点にとどまらなければならない。なぜか？　場面の途中で視点を切り替えると、ぎくしゃくして流れが壊れることが多いからだ。たとえば以下のようなことになる。

アンは歩きまわりながら、ジェフはいつ態度を改め、何が起きたかを話してくれるんだろうと考えていた。ついに妻のミシェルに二人のことを打ち明けたんだろうか？　なぜあんなに打ちひしがれた顔をしているんだろう？　起きたことが良いことであってほしかったが、そう考えようとしても、ジェフがソファの端で身をかがめ、ぼろぼろの敷物、アンも今気づいたが、すぐにでもクリーニングに出すべき敷物を見つめている様子を見ていると、なんの望みも見いだせなかった。これ以上耐えられなくなり、アンはジェフに向き直った。「ジェフ、なんなの？　どうかしたの？」

アンはわかっている、とジェフは思った。僕には感じられる。そうとも、僕はミシェルにアンのことを話した。まさかミシェルが、笑ってあんなことを言うだなんて。「行きなさいよ、あの負け犬と逃げればいいわ。あの女、きっと汚い敷物を家じゅうに敷いてるタイプの女よね」。僕はなんて馬鹿だったんだろう。だけど、もう終わりだなんて、アンにどう言えばいい？　このままここで敷物を見つめていれば、彼女にはわかるかもしれない。女はすごく直観力のある生き物だ、そうじゃないか？

ジェフが返事をしないので、アンの心は沈んだ。意味することはひとつだけだ。ジェフがミシェルに話をして、ミシェルはまた汚い敷物の話を持ちだしたんだろう。三月に敷物クリーニングの店を始めてから、あの人はずっとそのことにこだわってる。まったく、ジェフも馬鹿よ！

混乱しないだろうか？　作者はなぜこんな書きかたをしているのだろう？　この場面における重要な情報を伝えるには、これしかないと思っているのだろう。だが、本当にそうだろうか？　そうでもない。本当のところ、言葉よりも強く響く言語はほかにもある。これからそれを聞いてみることにしよう。

ボディランゲージ
――読者が知らないことを伝える

道を歩いている自分を想像してほしい。角を曲がると、二ブロック先に、のんびり歩いている人影を目にする。後ろ姿であっても、あなたはすぐにそれが親友だと気づく。どうやって？　歩きかたでだ。[12]　それがボディランゲージというものだ。

ボディランゲージは、まず嘘をつけない言語だ。スティーヴン・ピンカーもこう言っている。「意思は感情から生まれ、感情は顔や体の表情を進化させてきた。スタニスラフスキー・システム〔外面的な誇張した演技を排し、内面的真実を蔵した人間像の形象化を目標とした演劇創造のための方法論〕流の演技を完璧に身につけたのでもないかぎり、それをごまかすのは至難の業だ。実のところ、ごまかすことが難しいからこそ、表情が進化したのだとも言える」[13]。つまりボディランゲージとは、人間が最初に読み解くことを学んだ言語だ。人間は、すでに石器時代から、人がうめく声とその人が本当に伝えたい意味とは、まったく異なる場合があるということを認識していた。

あなたの主人公にも同じことが言える。物語においては、登場人物が本当はどう感じているかを示したい場合――特に、その人物が言いたいことと、言えることのあいだに大きな差がある場合――には、ボディランゲージを使って示すことができる。作者が最も犯しがちな過ちは、読者にもすでにわかっていることを、ボディランゲージを使って伝えようとすることだ。アンが悲しんでいるとわかっているのに、泣いている様子を描写するパラグラフなど必要だろうか？　むしろボディランゲージは、読者が知らないことを伝えるべきなのだ。最大限に効果を発揮できれば、登場人物の頭のなかで実際に起きていることを、ボディランゲージが読者に伝えてくれる。起きていることと内面の感情が調和しないときほど、ボディランゲージは効果をあげる。たとえば次のように、登場人物が知られたくない気持ちを明かすこともできる。

アンはまったく冷静なふりをしているが、神経質に震える右足を止めることができないでいる。

登場人物の期待が裏切られる場合も効果的だ。

ようやくミシェルのそばを離れられて、ジェフは喜んでいるはずだとアンは思っている。しかしジェフは、そこに座って身をかがめ、悲しみに沈んで、恥ずかしいぐらいに汚れた敷物を見つめている。

読者がアンの痛みを感じられるのは、作者がすでにアンの期待——ジェフが自分の持ち物を抱えて笑顔で戻ってくること——を読者に伝えているからだ。しかしジェフは、心の重荷を抱え、しかめっ面で戻ってきた。アンの望みと彼女がかわりに得たもの、その両方を読者が認識できていなければ、どんなボディランゲージも意味をなさない。このことは当たり前にも見えるが、登場人物が何を望んでいるかを作者が読者に伝え忘れることは驚くほどひんぱんにあり、そうなると、読者には期待が裏切られたことさえわからなくなってしまう。

これを念頭に置いて、アンとジェフの場面を見直してみよう。今度はボディランゲージを使って情報を伝えてみる。

これ以上耐えられなくなり、アンはジェフに向き直った。「ジェフ、なんなの？　どうかしたの？　ミシェルに私たちのことを話したの、どっちなの？」

ジェフは何も言わず、沈み込んだソファの上でますます身を丸め、視線を下に向

けたままで、そのあいだもアンは乱暴に歩きまわり、みすぼらしい敷物からほこりが舞った。ジェフの目がちらりとアンの顔を見たのはわかったが、彼の視線はすぐにそれ、アンの歩くペースはますます速くなった。

アンの心は沈んだ。ミシェルがまた汚い敷物の話を持ちだしたに決まっている。だからジェフは、ただそこに座って、汚いカーペットを見つめてるんだろう。いくじなし。こちらがそのことに気づいて、荷物ごと追い返そうとするのを待っているに違いない。ジェフは馬鹿よ、とアンは思った。もうジェフとは別れるべきだわ。

こうしてみると、ミシェルがジェフに何を言ったかの詳細まではわからなくても、アンの洞察によって、読者は二人の動向を知ることができる。それに、ジェフが考えていることも、ボディランゲージを読むことで明白に理解できる。アンが求めているもの（ジェフ）も、アンがそれ（ジェフ）を手に入れられそうもないと気づいていることも、読者にはわかっているので、アンのボディランゲージにより、彼女が歩きまわっているあいだに頭のなかで起きていることも想像がつく。ジェフのボディランゲージも、アンに対する彼の反応を伝えている。まったく映像的だ。読者にはボディランゲージが二人のどんな感情を意味しているかわかっているので、物語という観点からもとても効果的だ。でなければ、場面が不明瞭になってしまう。二人のあいだに緊張があるのは確かにわかるが、それがなんなのか知ることができない。

ただ、ちょっと待ってほしい。こんなことをしなくても、ただそこに割って入って、二人が何を感じているかを読者に伝えれば済むのではないか？　そしてそのあいだに、誰が正しくて誰が少々愚かなのか、読者に警告すればいいのでは？　だいたい、読者が誤って解釈したらどうする？

これがまた別の落とし穴を招く。〝意見を訴える〟というやつだ。読者の理解力を信用しない作者は、しばしばこれに足を取られる。

出来事を描いたら、あとは身を引こう

読者が感じてくれるように仕向ければ、正しいのが誰で、おそらくそうでないのが誰かはわかるものだ。一方、どう感じるべきかを命じられれば、読者はいばられた気分になる。ひとつの行動がどう主人公に影響するかをきちんと伝えておかなければならないのはこのためでもあり、自分がそこへ割り込み、読者にどう考えるべきか、それについてどう感じるべきか訴えたいという欲求は抑えなければならない。〝意見を訴える〟のは、新聞の署名記事でならまったく問題ないし、こう考えるべきだ、感じるべきだと思うことを読者に伝えるのが、そうした記

事の目的でもある。物語の場合、どう感じるべきか訴えれば、読者をわずらわせるばかりか、読者を物語の世界から追いだしてしまう。読者の目的は自由に物語を体験することであって、物語を説明されることでも、特定の決まった結論に追い込まれることでもない。一見すると害のなさそうな、感嘆符のついた言葉も同じだ。いつだって気が散るだけだ！　本当に!!　それどころか、読者にあからさまな指示を与えたりして、物語そのものの力を信頼し読者の反応を引きだすことを怠ってしまうと、読者の気持ちは物語から離れかねない。

ジョンは悪い奴だ、と読者に思わせたいのなら、ジョンが悪いことをしている姿を見せればいい。実生活と同じだ。たとえば同僚のヴィッキーが、あなたが会ったことのない隣人のジョンの話をしたとする。「彼はとんでもなく嫌な奴なの。あんなに自己中心的でひどい男は見たことがないわ」。これが本当にジョンの正確な評価だとしても、あなたはジョンを知らないし、何がヴィッキーの評価につながっているのかもわからないので、それが正しいかどうかも知りようがない。それでもあなたは、ジョンがどんなにひどい人物かをさんざん聞かされる。苦々しさのようなものも感じる。「ヴィッキーはなんだってこんなに、ジョンが卑劣な男だと私に思わせたいんだろう」とあなたは思い始める。当然ながら、これはヴィッキーの意図とは逆の反応だ。

だが、ヴィッキーがジョンをどう思っているかを話すのではなく、ジョンが彼の祖母から盗みを働いているとか、電車に乗るときにほかの乗客を片っ端から押しのけるとか、彼の上司のコーヒーに唾を吐きかけているといった話をしてくれれば、あなたはヴィッキーに賛同するばかりか、ヴィッキー以上にジョンに腹を立てるかもしれない。

あなたの登場人物がどんなに卑しい、あるいはどんなに素晴らしい人物であろうと、それを判断するのはあなたの仕事ではない。あなたの仕事は、何が起きたかをできるだけ明確に、できるだけ私情を交えずに描き、それが主人公にどう影響するかを示し、あとは身を引くことだ。皮肉なことに、どう感じるべきかをあなたが言わずにおくほど、読者はまさにあなたが望むような感じかたをしていくものだ。読者が自由な判断を許されていると感じているかぎり、あなたは読者を手のひらの上で転がすことができる。だからこそ、全知の語り手が次のような文章を書くのは賢明とは言えない。

「あなたとは結婚できないと思うわ、サム」。エミリーは、自分は男が思う以上に良い女だと言いたげな、偉ぶった性悪女の口ぶりでそう言った。

――――

もちろん、これが一人称の物語で、辛辣な主人公のサムが語った言葉なら、狙いとしては悪くない。しかしこれが作者の語りなら、作者の意図する以上に、ちょっと自分のことをしゃべりすぎてしまっているように見える。念のために言っておくと、これはよくあることだ。ヨハン・ヴォルフガング・フォン・ゲーテはこう言っている。「たとえ本人にはそのつもりはなくとも、どんな作家も自分の作品のなかで、何かしら自分のことを描いているものだ」[14]。ここでまたひとつ、堅く信じられてきた神話を吟味しなおしてみよう。〝あなたが知っていることを書け〟というものだ。

神話　あなたが知っていることを書け
現実　あなたが感情的に知っていることを書け

あなたの主人公が、トランペットが趣味の元脳外科医で、今は南極大陸に配備されたCIA諜報員なら、関連知識をたくさん持っておく必要はある。だが、もっと広い意味の〝知っていることを書け〟とは、あなたが感情的に知っていることと結びついた事実ではなく、読者に触れさせたいあなたの知識のことを指していることが多い。

だが、あなたが実際に知っていることを書くのには危険がともなう。人間には生来、他者が自分と同じ知識や信条を持っていることを暗黙のうちに前提とする傾向があるからだ。[15]〝知識の災い〟と呼ばれるこうした傾向について、コミュニケーション学者のチップ・ヒースとダン・ヒースはこう説明している。「人がいったん何かを知ると、それを知らないときの状態を想像しにくくなる。知識が人間の〝災い〟となる。その知識を持たない他者の心の状態を即座に想像できないため、他者との知識共有に困難をきたしてしまうのだ[16]」

作者が無意識のうちに、自分が情熱を傾けている知識――そしてもちろん関心――を、読者も持っているはずだと決めつけてしまうと、物語はひどくむらのあるものになりがちだ。また、作者が一定の分野にあまりに詳しいと、伝えかたがいいかげんになってしまい、読者にはわけがわからなくなる。さらに、そうした分野では物事が〝どう動くか〟、作者が細かい部分にまで夢中になってしまうと、物語そのものを見失うこともある。これはどういうわけか、特に法律家が陥りがちな傾向だ。作者が物事の法的な波及効果を示そうとすると、とたんに物語が止まってしまうという原稿を、私も長年にわたってたくさん読んできた。まるで作者が、法律知識の細かい補則を見逃したら読者に訴えられかねない、と怯えているみたいだった。

これもよくある危険な誤解だが〝本当に起きた〟ことだからというだけで、現実味がある（すなわち筋が通る）ということにはならない。これについては、マーク・トウェインの簡潔な洞察を念頭に置くといい。「事実は小説より奇なるものだということは驚きに値しない。小説は筋を通さねばならないからだ[17]」

筋を通すにはどうすればいいだろう？　人間の性質や交流についてあなたが知っていることに触れ、起きている物事すべての裏にある感情的・心理学的な〝理由〟を、一貫性を持たせて提示していけばいい。作品を書き始める前に、最大限まで努力しておく必要があるだろうか？　もちろんない。小説家のドナルド・ウィンダムは賢明にもこう言っている。「私は〝知っていることについて書け〟というアドバイスには賛同しない。知る必要のあることを、理解する努力をしながら書けばいい[18]」

理解ということで言えば、もうひとつ大事な言葉を教えよう。〝声が大きいほど伝わる感情は小さくなる〟だ。実のところ、作者がひけらかそうとする曖昧な考え以外、大したものは伝わらない。駆け出しの作家であれ、全米図書賞受賞作家であれ、これを忘れてしまうことは多い。要点をわかりやすくするために、全米図書賞作家のジョナサン・フランゼンが語った、ある読者から受け取った手紙についての話を引用しておこう。「その手紙の最初に、私が小説で使った凝った言葉やフレーズ、たとえば〝昼間活動性〟〝対蹠地〟〝電子点描画法のサンタクロースの顔〟といったものが三〇並んでいました。そのあとその読者は、恐ろしい質問を投げかけてきました。『あなたは誰のために小説を書いているのですか？　ただ良書を楽しみたいという普通の人間でないことは確かでしょうね[19]』」

私たちは誰もが普通の人間で、私たちが手にする楽しみはくだらないものでもなんでもない。物語は私たちの生態に根づいている。現実の人生を抜けだして、ほかの誰かの人生を経験するのはどんな感じかを教えてくれる。難解な言葉？　そんなものは他者の人生に転がっている小石であり、皮肉にも、語られようとしている物語そのものから読者の気をそらしてしまうだけなのだ。

チェックポイント

✔主人公は起きたすべてのことに反応している？　なおかつ、読者にはそれがすぐに理解できるようになっている？

起きたことと、主人公がなぜそう反応したかとのあいだに、さりげないつながりが見えているだろうか？　読者には主人公の期待がわかり、それが報われたかどうかが理解できているだろうか？　また、主人公がその場面に登場していない場合、起きたことが主人公に今後どう影響するかがわかるようになっているだろうか？

✔一人称で書いている場合、すべて語り手の視点を通じて書かれている？

一人称の場合、語り手は物語に関係のないことや、まだ語り手の個人的な解釈が済んでいないことには言及しないようにする。

✓ 署名記事の論説のようなことは書いていない？

伝えたいメッセージがあるなら、あなたの物語がそれを伝えてくれるはずだという自信を持つようにしよう。読書の喜びは、物語の最終的なメッセージは何か、読者自身が判断することにある。執筆の喜びは、こっそり工夫を凝らし、読者があなたのメッセージを選び取ってくれるようにすることにある。

✓ 読者がまだ知らないことを、ボディランゲージを使って伝えている？

ボディランゲージとは〝手がかり〟であり、必ずしも見たままではない事実を読者に知らせるものである。

4 What Does Your Protagonist Really Want?

主人公のゴールを定める

認知の真実

どんな行動もその人の目指すゴールであり、最大のゴールは、自分のアジェンダを達成するために、ほかのすべての人々のアジェンダを見いだすことだ

物語の真実

明確なゴールのない主人公には、見いだすべきものも向かうべき場所もない

人間の脳がいちばん特異なのは社会的に考えるということであり、脳はそのためにできているように見える。

――マイケル・ガザニガ

本というものが生まれる前、人間は互いを読んでいた。現在でも、毎日、毎分がそうだ。人間は、誰もが自分のアジェンダ（行動指針）というものを持っていると本能的に知っていて、それが自分に打撃を与えることにならないようにしたいと思っている――比喩的な意味でも、あるいは実際のハンマーを使ってという意味でも。人が望むものは、優しさ、共感、それとおそらくは美味しいチョコレートの入った大きな箱だ。〝アジェンダ〟という言葉がしばしばネガティブな意味合いを含み、二枚舌やごまかしや悪知恵といった明らかな策謀を暗示することは興味深い。実のところ、アジェンダとはゴールのことだ――それ自体は完全に中立で、生き残りにはぜひとも必要なものだ。

実際、スティーヴン・ピンカーは、知的な生活を「試練に向き合いゴールに到達するために、物事の動きについての知識を活用すること」と定義した。[1] これは物語の定義とほとんど同じではないだろうか。さらに興味深いことだが、人生においても物語においてもいちばんよく見られる障害は、ほかの人間の本当の意図がわからないという状態だ。脳科学者が最近発見したことだが、人間の脳にX線眼鏡とよく似たものが備わっているのはこのためだ――これをミラー・ニューロンと呼ぶ。

研究の先駆者である脳科学者のマルコ・イアコボーニによれば、ミラー・ニューロンは、誰かが何かをしているのを見て、自分も同じことをするときに活動電位を発する。ただしこれは、単に身体的にどう感じるかを記憶に刻むだけの行動ではない。人間はそうすることにより、その行動を理解する。[2] アメリカの心理学者、マイケル・ガザニガはこう述べている。「(ミラー・ニューロンのおかげで)人間は、誰かがチョコレートバーをつかもうとしていることを理解するだけでなく、その人がそれを食べるのか、バッグに入れるのか、投げだすのか、それとも運が良ければ自分にくれるのかを知ることもできる」[3]

ミラー・ニューロンは、他者の経験をまるで自分に起きたことのように感じさせ、そのうえ「他者の望みや意図を正確に説明するために、その人が知っていること」を推測させてくれる。[4] だが、落とし穴もある。人間は他人の真似をするだけではない。架空の人物の真似もする。

最近の研究で、磁気共鳴機能画像法(ｆＭＲＩ)を使い、短編小説を読んでいる被験者の脳を検査した結果、被験者がある行動について読んでいるときと、実際にその行動を経験しているときとでは、脳の同じ場所が反応を示すことがわかった。ああ、もちろん、エロティックな小説を読んだことのある読者なら、思慮深げにうなずきながら、きっとこう考えるだろう――

まったく、そんなことを知るために、わざわざ脳をスキャンする必要なんてないだろうに！

この研究の共同著者であるジェフリー・M・ザックスは、物語が人にもたらす身体的効果についてこう述べている。「心理学者も脳科学者も、人が物語を読んでそれを本当に理解すると、物語が描写した出来事の心的シミュレーション〔別の時間、空間、社会などを無意識に疑似体験するプロセス〕をおこなうという結論に到達しつつある」。ただしそれだけではない。この研究の筆頭著者であるニコール・スピアーはこう指摘する。「この発見は、読書が決して受動的な活動ではないことを示している。むしろ読者は、物語のなかで新たな状況に出会うたび、心的シミュレーションをおこなっている。動きや感覚の詳細が文章からとらえられ、過去の経験からの個人的な知識と統合される。こうしたデータは、人が現実世界のよく似た活動を実演したり、想像したり、観察したりするときに関与するものを綿密に模倣する脳の領域を使い、心的シミュレーションにかけられる[5]」

簡単に言えば、人間が物語を読むときは、実際に主人公の内面に入り込み、主人公が感じることを感じ、経験することを経験する。読者が感じることは、主人公がほかの登場人物の行動すべてをどう評価するかを規定するもの、つまり、主人公のゴールに一〇〇パーセント基づいている。主人公が求めるものが読者にわからないなら、主人公がゴールに到達するためにどうすべきか、なぜその行動を選ぶのか、何が助けになるのかもわからない。ピンカーも簡潔に指摘しているように、ゴールなしではすべては無意味なのだ[6]。

ちょっと考えさせられる話ではないだろうか。そこで本章では、物語で起きることすべてに意味を与えるため、あなたの主人公のゴールをどう定めるべきかを探ってみようと思う。しばしば相反することもある内面的なゴールと外面的なゴールの違い、あるいは、そうしたゴールが主人公の重要な問題とどう関係するかを検討する。さらに、物語を停滞させず劇的にするために、主人公にとっての外面的障害を設定する方法も見ていこう。

すべての出来事はゴールに従う

ミラー・ニューロンのおかげで、読者は主人公の立場に立って歩きだすことができるが、それはつまり、実際にどこかへ向かわなければならないということだ。ありがたいことに、現実の人生であろうと、フィクションであろうと、その中間であろうと、人は誰でもゴールというものを持っている。今いる場所にとどまりたい、微塵も変わりたくないと思う人間でさえ、ゴールを持っている――実のところ、そこにとどまろうとすることこそが最大の試練なのだ。

たえまない変化がつねに襲ってくるなかで、同じでいるのは簡単ではない。どれだけリクライニングチェアにしがみつこうが、どれだけぎゅっと目をつむっていようが、どんなに深く耳の穴に指を突っ込んでいようが、どれだけ騒々しく歌っていようがだ。

もうひとつありがたいことに、主人公の望みは、起きるすべてのことに対する主人公の反応を決めてくれる。かつての米大統領ドワイト・D・アイゼンハワーの言葉が、よくできた物語の本質を完璧にまとめている。「人生において、戦時中において、あるいはそのほかのどんなことにおいても、われわれは唯一最重要の目的をつきとめることによってのみ成功することができ、その他のすべての問題はその目的に従う[7]」

プロットという観点からは、物語におけるほかの問題はすべて、主人公の外面的なゴールに従うことになる。簡単に聞こえるが、外面的なゴールは、内面的な問題――たやすくゴールに到達することを阻む、主人公が必死に闘っている何か――に従うということも考慮しなければならない。この先ずっと本書で論じていくことだが、意識しているかどうかはともかく、読者が見たいのはこの内面の闘争なのだ。読者が読み進む原動力は、「主人公がゴールに到達するために、どんな感情的な代償を支払うことになるのだろう?」という問いだ。

まずは手っ取り早く、わかりやすい例をあげてみよう。映画『ダイ・ハード』の主人公、ジョン・マクレーンのゴールはなんだろう? ナカトミ・プラザのクリスマスパーティの出席者が偽テロリストに殺されるのを阻止すること? ハンス・グルーバーを殺すこと? 生きて窮地を切り抜けること？　もちろん、そのどれもがマクレーンの望みだ。が、映画の冒頭の場面ではっきり示されているように、彼のゴールは心が離れた妻のホリーを取り戻すことだ。起きる出来事すべてが、否応なくマクレーンに妻が去った理由を突きつけ、その克服を強いるなか、彼は割れたガラスの破片の上を裸足で走ったり、マシンガンの攻撃をかわしたり、五〇階建てビルのエレベーターシャフト空間に飛び込んだりするのだ。

ゴールがなければ読者は夢中になれない

あなたの主人公に、なんとしても欲しいもの、いつかは実現できると信じている望みがなければ、起きる物事も行き当たりばったりに見え、何かが進んでいるとも感じられないだろう。主人公が何を求めているか、あるいは主人公の抱える問題はなんなのかがわからなければ、ガートルード・スタインの有名な詩にもあるように、「そこに行ったらそこにはそこがない」ということになってしまう（もちろん、スタインが言っているのはカリフォルニア州オークランドのことだというのはともかくとして）。求めるものがなければ、あなたの巡礼者たる主人公がどこまで進んだかを測る尺度も、意味を与える文脈もない。

そうなると、やってくる出来事の連鎖、すなわち物語そのものをイメージすることも不可能になる。アメフトの試合を見ているのに、ルールもわからない、どうすれば得点になるかもわからない、これがゲームなのかもよくわからないというのと同じことだ。詰め物をしたスパンデックス〔弾力性のある合成繊維〕のユニフォームを着ている巨漢のハンクという主人公が、楕円状のボールをキャッチしているところを想像してみてほしい（それがアメフトのボールだということもあなたにはわからない）。突然、ユニフォームを着たほかの乱暴な連中が、ハンクに向かって突進してくる。次はどうなる？　ハンクは右に走るのか、左に走るのか、赤いユニフォームの誰かにボールを投げるのか？　ひょっとしてゴールを決めるのか？　目的が何かわからなければ、すべては乱雑にしか見えない。動きに筋が通っているようにも見えないので、追うべきものもなく、次に何が起きるか予想もできない。予想は読者を引き込んで夢中にさせるものであり、それがなければ物語は読んでもらえない。

意味のあるつながりを生みだそう

さらに深い話をする前に、ひとつ頭に置くべき重要なことがある。読み手側にいるときにはこれに頼っているのに、書き手側にいると忘れがちなことだ。読者は、作者が伝えることすべてが、知る必要性に厳格に基づいているという前提でいる。読者が知る必要のないことは、作者も貴重な時間を割いてまで伝える必要はない。情報の断片、それぞれの出来事、それぞれの洞察は、どれも重要なものだと読者は信じている——主人公の故郷の描写、髪に使うジェルの量、靴のすり減り具合——そして、それが物語の因果関係を知らせたり、何が起きているかを読者が把握するのに必要な洞察をもたらしてくれたりするものだと思っている。それが重要じゃないとわかると、読者は、（一）興味を失う、（二）なりゆきや意味を自分で考えだそうとする、の二つのうちどちらかの反応を示す。二つ目のほうは興味の喪失を先延ばしにしているだけで、読者は作者が何をほのめかしているのかを知ろうと労力を費やすが、結局のところ何もわからないので、その後は不愉快さが加わる。

だが、あなたの物語の主人公が何を求めているのか、そしてそれを得るために克服すべき内面の問題は何かを認識できれば、あなたを導く頑丈な枠組みが生まれ、自信を持って主人公の探求を形成していくことができる。たとえばこんな感じだ――ケイトは愛を求めており、彼女のゴールはパーフェクトな恋人を見つけることだが、それがだめなら、できれば投げた物を取ってくるのが得意な、性格の良いゴールデンレトリバーが欲しいと思っている。これが物語の重要な目的となり、そして――もうおわかりだろう――ストーリー・クエスチョンとなる。ケイトは愛を見つけられるのか、相手は人間か、それとも別のものか？　物語を読み始めるときに読者が追う情報はこれだ。起きた出来事に主人公がどう反応するかも、その情報が教えてくれる。セスがケイトに色目を使ってきたとき、ケイトがそこまで愛に飢えてなければ感傷的な馬鹿男で終わっただろうとわかっていても、読者にはケイトの胸が期待で膨らむことが予見できる。

だが、もちろんこれだけでは不充分だ。読者はケイトの内面の問題が何かを知らない。物語を書くということは、表面下にあるものを掘り起こすことであり、単に人生を見せるだけではなく、人生というものを解き明かすことだ。物語においては、主人公がさまざまな出来事の意味を読み取る過程で、現実の人生においてはそうたやすく理解できないようなことが明らかになっていく。作家のジュリアン・バーンズは的確にこう要約している。「小説は〝彼女はこうした、なぜなら〟と語る。人生は〝彼女はこうした〟と語るだけだ。小説は物事を説明してくれるが、人生はそうではない[8]」

物語の場合、なぜ主人公はそれを求めているのか、それは主人公にとってどんな意味を持つのか、それを手に入れるためにどんな犠牲を支払うことになるのかを説明する必要がある。読者にとっては〝試着〟のようなものだ。認知心理学の教授で小説家でもあるキース・オートリーはこう言っている。「文学においてわれわれは、踏みにじられる痛み、敗北の苦悩、あるいは勝利の喜びを、安全な空間にいながら感じることができる……感情的な理解の受容力を高めることができる。通常の生活においては相容れない、あるいは危険そうに見える人間たちを感じる能力を研ぎ澄ませ、共感を持つことができる。その後自分の生活に戻ったとき、人間たちの行動の理由をよりよく理解することもできるかもしれない[9]」。もっと単純に代弁してくれるのが、『市民ケーン』の冒頭で、いらついたニュース映画のプロデューサーが放つ台詞だ。「何が人をいらつかせるかを知るのがいちばんいいんだよ」。なぜなら、どんなときに手の内を見せず、どんなときにゲームを降り、どんなときに逃げるべきかを知ることで、予測する力が生まれるからだ。

そんなわけで、ケイトがひどく恋人を欲しがっているというだけでは充分ではない。ケイトの成功の前に、なぜ恋人が欲しいのか、どんな問題を克服すべきなのかを知る必要がある。ケイトがある朝目覚めて、理由もなく突然に、愛する相手なしでは一日も生きられないと考えるはずがない。「だけど私の友人のスーザンはまさにそうだったわ」といった議論はここではやめてほしい。忘れないでほしいのは、人生なら不問に付されることでも、物語ではそういかないということだ。それに、本人が気づいているかどうかは別としても、スーザンにも本当は理由があったはずなのだ。これは重要な点なので、これを機に言っておきたい。本人がその理由に気づいているかどうかに関わりなく、理由なしに何かをする人間はいない。真空からは何も生まれないし、特に物語では、〝ただなんとなく〟は通用しない。現実の人生ではスーザンが明らかにしない〝理由〟や潜在的な問題を探求するのが物語なのだ。でなければ、読者が自分の人生を生きるためのヒントを、物語から得ることはできない。

こうして主人公の真のゴールは、外部の偶発的な出来事に誘発されつつ時間をかけて進化していくが、いざというときまでは、主人公がそのことにまるで気づかないこともある。これは主人公の望みが、単なる外面的な意味を持つ何かではなく、内面的な意味を持つものから生じているためだ。例を示してみよう。トムが大金を欲しがるのは、出かけていって贅沢な物を見つけたときに、即座に買うことができるようにするためではない。これまでずっと、大金を持つことは一人前の証だと信じてきたせいなのだ。もちろんトムは、自分を含め誰に対しても、それを認めたことはない。それでもその信条はトムの行動を駆り立てる。よく役者が持つ疑問、〝自分が演じる役のモチベーションはなんだろう?〟に対する答えが、あなたの主人公の望みの源だと考えるとわかりやすい。これまでも繰り返してきたように、物語の核心は、起きた出来事にあるのではない。起きた出来事が主人公にとって持つ意味のなかにあるのだ。

ケーススタディ
――『素晴らしき哉、人生！』

ここで、とても愛されている一本の映画に目を向けてみよう――どんなに気むずかしい人でも愛さずにはいられない映画、『素晴らしき哉、人生！』だ。主人公のジョージ・ベイリーのゴールは映画の冒頭から明白で、ベドフォードフォールズを出ていくことだ。なぜか？ジョージが父に言ったように、この先ずっとおんぼろ机に縛りつけられて生きると考えるだけで、死にたい気持ちになるからだ。何か大きなことをやって、人々の記憶に残りたい。つまり、ベドフォードフォールズにとどまることは、ジョージにとっては失敗に等しく、そこにいるかぎり何があっても成功できないことを意味する。これがジョージが闘っている内面的な問題で、ジョージにここを出ていこうという強力なモチベーションを与えている。この感情は彼の行動すべての基盤だ。何かがジョージの出立を阻むたび、その感情と闘うことになる。

その証拠に、ジョージがベドフォードフォールズにとどまっているのは、彼に降りかかってきた外面的な出来事のせいではない――父親の死のせいでもなければ、弟のハリーが父親の住宅ローン会社を継がないせいでもなく、銀行の取り付け騒ぎのせいでもない。ジョージの逃亡を引き留めているのは内面的な問題、つまり彼の誠実さなのだ。ジョージが旅立てないのは、どんなにそうしたくても、自分を頼りにしている人々がいると知っているからだ。こうした出来事に対するジョージの外面的な反応をうながすのは、内面的な闘いだ。それが彼に行動を選ばせている。注意してほしいのは、こうしたすべてが、前述の脳科学の知識を中心に動いているということ――つまり、脳は社会的に考えるようにできているということだ。ジョージにモチベーションを与えているのは、外面的に起きている出来事ではなく、ジョージがほかの人間に対して感じている責任、そして彼自身が見ている自己像だ。

もちろん、ジョージが得る最大の見返りもまた内面的なものだ。消えた八〇〇〇ドルの本当のありかを知っているのが、ジョージにいらだちを募らせていた街の老悪漢のポッターだけだということも、ジョージが金を横領していないことを証明するすべがないということも、大きな問題ではない。考えてみてほしい――ジョージが実際に金を盗み、ベイリー・パークに埋めた可能性もないわけではないことは、みんなわかっているはずだ。重要なのは、そんなことはどうでもいいということだ。なぜなら、プロット上で嫌疑が晴れることよりもずっと大事なのは、ジョージが実際に何を手に入れたかということだからだ。ジョージは、これまで望む人生が得られなかったのは自分が譲歩してきたせいではないということを、内面的に知ることができた――それどころか、よくよく考えてみれば、その譲歩こそが人生を与えてくれたのだ。それだけではない。ジョージがそう悟るのは、彼を刑務所に入れまいとして街の人々が家に押しかけてくる前のことだ。もし刑務所に連行されていたとしても、ジョージは幸福な気持ちでそれを受け入れただろう。

だが、ジョージは連行されずに済んだ。ほかの登場人物たちが、金ではないものでジョージに応えてくれたからだ。彼らの本当の贈り物も、やはり内面的なものだ。確かにプロット上では、彼らは金を出してジョージの刑務所行きを阻止する。だが、彼らがジョージに与えた本当の贈り物は——感傷的に響くかもしれないが——無条件の愛だ。ジョージは求められた誠実さを守りながら人生を送ってきた。そして、ベドフォードフォールズの人々も、ジョージの運が尽きたと思ったとき、まったく同じことをしてくれたのだ。おじのビリーが言ったように、メアリーがジョージの苦境を人々に知らせたとき、誰も事実を問いただしたりはしなかった。彼らがしたことは、ただ自分のポケットを探りながら、自分にできることがないか訊ねることだけだった。

プルーストがこう言っている。「唯一の真の発見の旅とは……未知の土地を訪ねることではなく、「新しい」視点を持つことだ」[10]。ジョージ・ベイリーに起きたことはまさにこれだ。自分の人生を新たな視点から振り返ったとき、期待とはまったく違う何かが彼には見えた。そうしてジョージが発見したことは、しばしばほかの物語の主人公が見つけることでもある——自分の外面的なゴールと内面的なゴールは、最初からずっと相反するものだったということだ。

内面的なゴールと外面的なゴールを闘わせよう

物語が進むにつれ、主人公の外面的なゴールが変化することはしばしばある。実のところ、読者がそうなるのを応援することも多い（スカーレットのケースもそうだ）。『素晴らしき哉、人生！』におけるジョージの内面的なゴールは、世間に認められる何かをするということだ。彼の外面的なゴールは、ベドフォードフォールズを出て、橋や高層ビルを建設し、〝有意義なことをなしとげる〟ことだ。ジョージはこれらのゴールを同一線上のものと見なしている。その後映画は、話の転換点が来るたびにジョージの外面的なゴールに不都合が生じる様子を描き、ジョージは有意義な仕事をするかわりに、つねに正しいことをおこなっていく。結局はそれこそが、ジョージが内面的なゴールに到達する方法だった。彼はたくさんの人々の人生を変えた。そうやってジョージは、自分が外面的なゴールにも到達できたのだということを悟る。自分は有意義な仕事をやったのだ――高層ビルを建てるよりもずっと重要な不朽の仕事を。内面的なゴールに到達することで、ジョージは外面的なゴールを定義しなおす。そして、自分がすでにそこにだとりついていたことを、喜びとともに発見する。

とはいえその時が来るまでは、内面的なゴールに行きつくには外面的なゴールに到達することが絶対に必要だ、とジョージは信じ込んでいる。そして、現実の人生でもそうだが、たいていそううまくはいかない。五キロやせさえすれば（外面的なゴール）、自分の人生は完璧なものになり幸福になれる（内面的なゴール）と考えたことのある人間はたくさんいるだろう。これは一石二鳥だ、外面的ゴールに到達できれば内面的ゴールもきっとついてくるんだと信じて、五キロ体重を減らしてみたとする（しかもハードな方法でだ。手術で胃に調節バンドをつけたり、ホチキスで留めるように胃を小さくしたり、脂肪吸引したりといった方法はなしだ）。そして発見する――あら不思議！――自分の人生は依然として完璧ではない。太っているあいだは、やせたらどんなに楽しい人生になるだろうと妄想できたが、それができなくなった分、幸福は減ったとさえ言える。そして、そのときになってようやく、もともとの前提の間違いに気づき、幸せになるには本当は何が必要だろうと考え始めるのだ。あなたの主人公の内面的・外面的ゴールを明確に定め、それを互いに闘わせておくと、外面的な緊張感と内面的な葛藤が生じ、それが物語全体の原動力となってくれることも多い。

〝主人公の最大の敵〟は主人公自身

主人公が外面的なゴールに到達するために克服すべきものは、とてもわかりやすくなっている傾向がある。たいていはプロットに導かれた外面的な障害として、主人公とその成功のあいだに立ちはだかっているものだ。一方、内面的なゴールのほうはどうだろうか？　何がその途中にあるのだろう？　火を制するには火をもって闘えという話になってくるが、内面的なゴールを阻むのは内面的な障害だ。通常は長きにわたる感情的・心理的な障壁という形をとり、いつまでも主人公を引き留めていようとする何かだ。つまりこれが、主人公の抱える内面的な問題だ。主人公が各ハードルに近づいていくときに、〝自分が何をしているかわかってるのか？〟とささやく、胸中の恐れと思ってもらえばいい。しだいにハードルが難しくなっていくにつれ、声も確信を強め、主人公は身動きできなくなり、最後のハードルを越える方法など絶対ないように見えてくる――たとえ心の声がささやかなくても。現実の人生なら、こうなったらさっさと抗鬱剤をのみ、安心できるようになるまで問題が薄らぐのをながめればいいが、物語の主人公は古めかしい方法でやらなければならない。冷静になり、自分の力で乗り越えるのだ。

内面的な障害を構築するためには、問いかけることだ――主人公はなぜ恐れているのだろう？　主人公が恐れ、ゴールへの到達のじゃまになっているものは、具体的にはなんなのだろう？

う？　すでにあなたは、主人公が恐れているのは真実の愛を失うこと、破産すること、死ぬこと、といった答えではだめだということに気づいていると思う。プロット面だけを見れば、主人公がまさにそういうものを恐れていることはあるかもしれない。だが、それは誰もが恐れるものだ――一般的でありふれた恐れだし、特に目新しいことでもない。そこから始めるのは良いとしても、ただの始まりにすぎない。

主人公のゴールと同じで、主人公の恐れの源となったり、恐れを定義したりするのは、主人公の人生経験だ。このことは、第五章でもっと掘り下げるつもりだ。今のところは、最もわかりきった恐れを取り上げておきたい――死の恐怖である。もしあなたが「あああもう、そんな説明いる？」と思っても責める気はない。普遍的な恐怖だし、一日の予定表に〝あの世への散歩〟を書き加えたい人間はいないということぐらい、学ばないでもわかる。

そのとおり。議論の余地はない。実のところ、重要なのはそこではない。問題は、「この瞬間に死ぬとしたら、それは主人公にとってどんな意味を持つのか？」ということだ。たとえば主人公は、今このときに誰よりも主人公を必要とする誰かを置いて、世を去ることになるのだろうか？　主人公が母親の墓に誓い、達成できずに終わる大事な目標はなんだろう？　主人公が守れなくなる大事な約束はなんだろう？　主人公が生き延びて正さなければならない悪はなんだろう？　こうした問いに答えることで、あなたの主人公にとっての死が、〝ああ、大変だ！〟という叫び以外に、どんな意味を持つのかがわかってくる。

そう、物語はつねにこの問いに戻ってくる——これらの出来事は主人公にとって何を意味するのか？　主人公の真のゴールは何か？　これがわかっていれば、主人公のゴールは、人間なら誰でも持っているような表面的（つまり一般的）なものではなく、独自のものになるはずだ。

それならなぜ作家は、自分の主人公に対し、つねに一般的な問題を投げつけようとするのだろう？　悲しいことに、作家たちはしばしば、ストーリーテリングにおける次の有名な神話に従おうとしてしまうのだ。

神話

外面的な問題を加えていくことで、物語にドラマが生まれる

現実

外面的な問題が物語にドラマを生むのは、主人公が自分の問題を克服するためにはそれに直面しなければならないというときだけだ

外面的な問題がドラマを生むというこの神話は、遠い昔から作家たちのあいだで蔓延してきた。ある外面的な出来事が、物語の特定の地点で起きなければならないと定められている物語構造モデル、〝英雄の旅《ヒーローズ・ジャーニー》〟の無数のバリエーションにより、図らずも不朽の神話となってしまった。その結果、作家たちは、これらの出来事によって内面的な進歩をとげていくような主人公ではなく、これらの出来事が起こるようなプロットに趣向を凝らすようになった。こうした物語は外側から内に向かって書かれる。作家はドラマティックな障害物を主人公の進む道に投げ込むが、これはこうした障害物が、有機的に盛り上がりを見せつつ主人公が内面的な問題に立ち向かうよう仕向ける筋書きの一部だからというよりも、時系列でそうなっているからそうしているだけなのだ。こうして劇的な出来事は、物語そのものからではなく、機械的な物語構造の定式によって外面的に生みだされる。

有機的で人の心を奪う効果的な障害物を生みだすには、主人公が最初のページから直面するすべての出来事が、内面と外面の双方の問題から派生しているようにしなければならない。そうしておけば、平凡な落とし穴にはまらずに済む――つまり、一般的な〝悪い状況〟を使って主人公のゴールを設定するという過ちを犯さずに済む。

大変動の渦中からスタートする面白そうな物語を、私も数知れず読んできた。主人公の夫が家を出て行く、主人公が職場へ車で向かっているときに巨大地震が起きる、主人公がクルーズ船に乗り遅れ、着の身着のままで――ビキニとビーチサンダルで――ベネズエラに取り残される。どれも良いスタートだ。問題は、作者はただ主人公を危うい状況に放りだしただけで、そのあと何が起きるかは考えていないということだ。主人公が長年探し求め、それゆえに試練にさらされていく〝ゴール〟というものがないのなら、たまたま陥ってしまった窮地を出ることだけが〝ゴール〟ということになってしまう。そうなれば、スポットライトが当たるのは問題であり、主人公ではなくなる。出来事は起きても、主人公は表面的にしかその影響を受けない。なぜなら、現在の状況をできるだけ早く脱出するというわかりきった一面的なゴール以外に、主人公に独自の望みや恐れや求めている何かがあるのかも読者にはわからないため、普通は誰でもそうだろうという一般的な反応以上の予測ができないからだ。これではどうにも退屈だ。なぜか？　〝誰でも〟やることなら、読者にも簡単にわかる。そこにサスペンスの余地はない。読者は自分の知らない何かを知りたくて物語を手にする。〝誰でも〟やることには少しも興味は湧かないが、あなたの主人公がやることになら熱心に興味を持つ——その理由がわかるかぎりは。

あなたの主人公独自のゴールや恐れが、本人にとってどんな意味を持つかという確固たる理解を持つことで、具体的なプロットのガイドラインが見つかる。私が読んだ残念な原稿のひとつ、主人公の夫が家を出るところから始まる物語を例に取ってみよう。話はこんなふうだ——妻のマリーは夫のリックの予期せぬ家出に驚くが、立ち直り、不平を言わずに自分の人生を続ける（この展開もよろしくない。わかりやすい不満がちょっとあるだけでも、二人の結婚生活がどんなふうだったか、主人公はどんな人間なのか、どんな心の動きをたどったのか、いくらかは手がかりになる）。問題は、結婚生活が破綻にいたるまでの深刻なトラブルも示されないまま、マリーがしっかり立ち直ってしまうので、なんの面白味もないということだ。実際、あまりに見事に立ち直るので、なぜリックがマリーを捨てたのか、そもそもマリーはそんなひどい男となぜ結婚したのか、読者は困惑してしまう。皮肉なことにその事実こそが、マリーが見た目以上の何かを抱えているという唯一の兆候なのだが、そこも進展しないので、プロット上のご都合主義としか見えないのだ。

さて、このマリーの物語は破棄すべきだろうか？　そうとは限らない。試しにマリーのジレンマを私たちで発展させてみよう。

主人公のバックグラウンドを描いてみよう

まず最初に、マリーのバックグラウンドだ（これについては次章でさらに掘り下げて論じる）。マリーが不幸な結婚生活にとどまっていたのは、マリー自身も自分で認めたくないことなのだが、自分ひとりではやっていけないかもしれないことを恐れていたせいだったとしたらどうだろう？　そうなると、マリーのゴールは、単に不運な状況をやりすごすことではなくなる。現在のジレンマに先立つ問題があり（それが原因かは別としても）、それを乗り越えることがゴールになる。これで前提を拡大できた。マリーの夫が彼女を置いて出ていったせいで、マリーはひとりでやっていけるかどうかを見極めなければならなくなった――彼女がつねにいちばん恐れてきたことだ。これはより大きく興味深い疑問であり、これをきっかけに、考慮する価値がある追加の疑問がたくさん出てくる。

- 経済的に自立できるのかというマリーの恐れはどこから生じているのか？
- リックと結婚したのも、元はといえばその恐れのせいなのか？
- マリーの結婚生活は平穏だったのか？
- 不幸な結婚をしたのは、自立できることを証明しなくても済むようにするためだったのか？
- その恐れがマリーを少し受動攻撃的にしたのだろうか？　リックの行動は一見ひどいものに見えるが、もしかしたらそれは一方的な見かたなのか？
- 不幸な結婚生活の日常的なドラマをやりすごすことは、実際にはもっと大きな恐れに取り組むことから逃げるために、マリー自身が望んでやっていたことだったのか？

こうした疑問があれば、読者は答えを探そうと読み続ける気になるかもしれない。

ただ、ちょっと待ってほしい――マリーのゴールや恐れの根源は決まったが、それをページ上に表現するには何をすればいい？　「マリーは一九六七年に小さな田舎の家で生まれ……」といった文章は使いたくない。忘れないでほしいのは、マリーや彼女の苦境について読者が知るべきことを最初のページに全部書くのではなく、知るべきことがたくさんあるとほのめかす程度でいいということだ。作者のゴールは、マリーを知っているような気持ちを読者に感じさせること、そして――これが大事だ――彼女にこれから何が起きるのか知りたいという関心を持ってもらうことだ。そのためには、作者は二つのことを確立しなければならない――大きな変化を到来させること、そして、すべてが見た目どおりではないと伝えることだ。しかもできるだけすばやく。試しにやってみよう。

買い物袋の重みをずらしながら、マリーは鍵を鍵穴に差し込み、覚悟を決めた。リックに殴られたことは今までない――そこまでひどかったら出ていっていただろう。今は六時、リックは帰っているはずだ。テレビもついているだろう。彼はこれでもかとばかりにマリーを無視し、逆風の中を歩く心地にさせられるだろう。リックのことは嫌いだし、と自分に言い聞かせ、それでも鼓動が速くなることに怒りを覚える。今日もつまらない一日だった。まるで大事な仕事であるかのように、買い物をし、掃除をし、それからエクササイズに行った。マリーはふと、リックが今朝不機嫌に仕事に出ていって以来初めて、自分の感覚を意識した。車回しから車が一台出ていく音。秋からずっと庭の隅で防水シートをかぶっている、腐った落ち葉の匂い。マリーはため息とともに鍵を回し、指先にカチッという感触を感じた。ドアがひらき、彼女はふらふらと静けさの中に入っていった。

家の中は空っぽだった。リックはいない。家具もない。マリーの名前がきちんとタイプされた、白い無地の封筒が炉棚の上に立てかけてあるだけだった。」

マリーのバックグラウンドの要素が埋め込まれているのがわかるだろうか？　たとえば、「リックに殴られたことは今までない、そこまでひどかったら出ていっていただろう」という文は、マリーの視点からはリックがひどいことをしていたと見えているが、殴るほどひどくはなく、我慢できる程度だったということを伝えている（つまり、マリーは合理的な理由づけが得意なのだ）。「まるで大事な仕事であるかのように、買い物をし、掃除をし、それからエクササイズに行った」という部分は、体型の維持がマリーには大事ではないことを伝えている――どうせリックが気づかないからだろうか？　「リックのことは嫌いだし、と自分に言い聞かせ、それでも鼓動が速くなることに怒りを覚える」という文が何を意味するかは明白だが、読者が引っかかりを覚える程度の曖昧さも備えている。その後、「マリーはふと、リックが今朝不機嫌に仕事に出ていって以来初めて、自分の感覚を意識した」という感情が入ってきて、リックがどんな男かが垣間見える――あくまでマリーの視点からのリックだが。そのあとにマリーが感じた音や匂いの描写は、たまたまあったささいな物事ではなく、それぞれ明らかな言外の意味を持っている。「車回しから車が一台出ていく音」（リックが出ていったことがわかるのはこのあとだが、ひょっとして彼はその車に乗っていたのか？）、「秋からずっと庭の隅で防水シートをかぶっている、腐った落ち葉の匂い」（素直に考えれば、だめになっていくリックとマリーの結婚生活のようでもある）。また、第三章でも論じたように、この物語は三人称で書かれているが、読者はマリーの頭のなかに入り込み、彼女の視点からすべてを見ているということに注意してほしい。

マリーの物語は非常に明確に見える――葛藤を抱えた女性の物語だ。夫は彼女に興味を失い、おそらくはもっと魅力的な相手のもとへ出ていってしまった。いや、実際そうなのだろうか？今のところはマリーの視点からしか見ていないので、なんとも言えない。リックの視点ならどうだろう？　リックの本当の〝アジェンダ〟を、マリーが根本的に誤解していたのかもしれないし、それもまたマリーが克服しなければならないもののひとつという可能性もある。

ケーススタディ
――『The Threadbare Heart』

物語の根底には、こうしたたぐいの誤解があることも多い。たとえば、マリーが現実的な考えかたをしない人間であり、彼女のミラー・ニューロンが、彼女の世界観や、自分がリックなりこう考えるという理解に基づいて情報を伝えてくるせいで、そこに誤解が生じる。誰でもあることだ。誰かが傷つけるようなことをしたり言ったりすれば、人は傷つく。だが、物語の軌跡をスタートさせるようなひどい言葉が、主人公が受け取った意味とは正反対のことを意味している場合もある。

ジェニー・ナッシュの『The Threadbare Heart（すり切れた心）』（未邦訳）は、ありがちな誤解がテーマの、鋭い洞察に満ちた小説だ。主人公のリリーは、トムとの夫婦生活を二五年以上続けてきた。生活は幸福で、リリーは自分がトムのことを深いところまで知っていて、二人の絆は揺るぎないものと信じている。しかし、安全と安心と幸福に包まれていたリリーは、五ページ目において、ちょっとした危険を冒す。ひどい偏頭痛を引き起こすかもしれないとわかっているチョコレートを食べようとするのだ。トムは止めようとするが、リリーは心配しないでと言う。頭痛になっても自分でどうにかできるから、と。しかしトムは腹を立て、「君の頭痛は僕の問題だ、これまでもずっとそうだった」ときっぱりとした口調で言い、そのまま足を踏み鳴らして出ていってしまう。リリーは驚愕する。そして不意に、自分は思っていたほどトムを理解していなかったんじゃないかという気持ちになり、世の中がとてつもなく危険な場所のように思えてくる。読者も即座にリリーの不安に共感する——そこから四ページのあいだだけは。九ページ目に来ると、今度はトムが、この出来事について考えをめぐらせる。

トムは長年にわたり、不平も言わずリリーの頭痛に対処してきた。だが、ここ何回かの頭痛は、トムをある種の恐怖に陥れていた。リリーがこれまで以上の痛みにのみ込まれていくところを想像すると、そのまま手の届かないところへ行ってしまうんじゃないかという気持ちになった。トムはリリーが死んでしまい、自分がひとりぼっちになることを考えた。自分に耐えられることだとは思えなかった。[11]

出来事の表面的な意味が一八〇度変わってしまう〝理由〟の好例だ。トムの感情の暴発をうながしたのは、当初表に見えたのとは正反対のものだ。トムがリリーに怒ったのは、頭痛になるリスクを冒そうとしたからではなく、それだけトムがリリーを愛していて、リリーを自分から奪うもの——そしてリリーが味わう痛み——に我慢ならないせいだった。皮肉なことに、リリーは自分が思ったとおりにトムのことをよく知っていたのだが、このせいで確信が持てなくなった。夫がどれだけ愛してくれているかもリリーにはわからなくなるが、読者のほうはわかっている。リリーが物語の過程でそのことに苦しむあいだ、読者はリリーの進歩の度合いを、トムの本当の気持ちと照らし合わせて測ることができる。これは読者がリリーのアジェンダを知っているだけでなく、トムのアジェンダもわかっているからこそ可能なことだ。

こんなふうに誰かの望みや恐れを垣間見せることで、読者の心を強く惹きつけ、単なるエンターテイメントを越えたものを生みだすことができる。他者が自分に何を求めているかを理解するのは難しい。自分が本当は何を求めているかを知ることも難しい（キャラメルチョコレートをもうひとつ食べたい、という望みは別としても)。物語を読むことは、どんなことが人をいらつかせるかを知る大切な訓練になるだけでなく、自分がどんなときにいらつくかを知る訓練にもなるのである。

チェックポイント

✓ **主人公は何を望んでいる?**

主人公がいちばん求めているものは何か? 主人公のアジェンダ、主人公の存在理由は何か?

✓ **主人公はなぜそれを求めている?**

主人公が到達したいゴールは、本人にとっては何を意味しているのか? その理由は? 平たく言って、主人公のモチベーションはなんだろう?

✓主人公の外面的なゴールは何？

主人公の欲求を駆り立てている特定のゴールとは何か？　主人公をただ一般的な〝悪い状況〟に陥らせ、どうするか見守ったりしないよう気をつけたい。ゴールに到達するということは、主人公が長きにわたり、必要としてきたものや望んできたものを手に入れるということだ――その過程で、根深い恐れと直面させることも忘れないように。

✓主人公の内面的なゴールは何？

これを理解するために、「外面的なゴールに到達することは主人公にとって何を意味するのか？」と自分に問いかけてみるのもひとつの方法だ。主人公は、外面的なゴールに到達することで、自分のイメージする自己像にどんな影響があると思っているのか？　主人公にとっての外面的なゴールは、自分の何を物語るものだと考えているのか？　その考えは正しいのか？　それとも、主人公の内面的なゴールと外面的なゴールは、実は相反するものなのだろうか？

✓主人公のゴールは、本人が長年にわたる問題や恐れに直面するように仕向けているか？

主人公がゴールにたどりつくためには、どんな心の恐れに向き合わなければならないのか？　主人公はどんな根深い信念に疑問を抱く必要があるのか？　主人公がこれまでずっと避けてきたもの、今直面するか敗北を認めるかしなければならないものはいったい何か？

5 *Digging Up Your Protagonist's Inner Issue*

主人公の内面の問題を掘り起こす

認知の真実

人は世界をありのままに見ない。自分が信じているとおりに見る

物語の真実

主人公の世界観が、いつ、なぜゆがんでしまったのか、作者は正確に知っておかなければならない

私の人生はひどい不運に満ちていたが、その多くは起きなかった不運である。

——ミシェル・ド・モンテーニュ

五歳のとき、目をつむって、今私は透明人間になってる、と一生懸命考えてみたことがある。私には何も見えない、だからほかの人だって私のことが見えないんじゃない？　そうよ、と私は思った。きっと私は消えたんだと。筋の通ったことだと思ったし、ものすごくスリリングだった。自分がとても賢く思えた。無理もない。間違うことと正しいことは実に似ている——ジャーナリストで自称〝間違い学者〟のキャスリン・シュルツも、著書『まちがっている——エラーの心理学、誤りのパラドックス』（松浦俊輔訳、青土社）でいみじくもそう指摘している。

私は何日ものあいだ策を練り、目かくしをして何にもぶつからずにキッチンを歩き、あわよくばひそかに二、三枚クッキーを頂戴しようとした。しかしそれも、私がクッキーの広口瓶に手をかけたとき、「そこで何をやってるの」と母に声をかけられるまでのことだった。私の目はひらかれた。文字どおり、そして比喩的にも。

間違うことで、自分の目に世界がどう見えるか——あるいはどう見えないか——が変わる。

人間がたくさんの間違いを犯す理由のひとつは、生き残っていくために、それが事実のすべてか一部かにかかわらず、自分に見えているものだけを頼りに結論を出すように生まれついているためだ。また、人が暗黙に信じようとするものを巧みに組み立て、組織だて、その人の世界というものを決定してしまうのは、認知的無意識のしわざであることもしばしばだ。[1] このため、あまり慰めにはならないことだが、間違いを犯すことは人間の落ち度ではないし、必ずしも「自分のやったことはよーくわかってるよな」と責められるような話でもない。たいていの場合、人は無知なものなのだ。神経心理学者のジャスティン・バレットによれば、人が暗黙に、あるいは〝深く考えもせず〟信じているものは、いわば人間のデフォルト（初期設定）モードで、これがたえず裏で記憶や経験を形成しているのだという。[2]

その結果、暗黙に信じている誤った知識のひとつ——たとえば「誰もが自分のためだけに生きているのだから、その人が良い人であればあるほど、実は人をあざむいているだけだ」といったこと——が形成されたその瞬間から、人は自分に起きるすべてのことを軽率に誤解するようになる。「ここにいる人たちはみんな良い人だ——気をつけなきゃ」と。恐ろしいことに、人は間違いを証明するようなことが起きるまではそれに気づかないもので、暗黙のうちに信じていたことが突然自分の意識に浮上してくると、間違いを正すか、理屈で正当化して逃げるかしなければならない。[3]

物語はしばしば、主人公がずっと信じていたことに疑いを感じるところから始まる。あるいはそうやって信じていたものが、主人公と、主人公が心から求めるものとのあいだに立ちはだかることもある。主人公の正しいおこないを阻むこともある。手遅れになる前に悪い状況から抜けだすため、信じていたことに立ち向かわなければならないこともある。ただ、勘違いしないでほしいが、物語を進める力となるのは、こうした〝内面的な問題〟との闘いなのだ。通常のプロットというものは、主人公を意図的に追い込み、誤った信条と対峙するか、すごすご逃げ帰るかのどちらかしか選べないような、巧みな組み立てになっている。出来事がたえず主人公を丸め込んだりおだてすかしたりして、主人公に過去の再検討を迫る。のちのち振り返ってみると、そうした過去はまるで違うものに見えてくることも多い。現実の人生と同じで、現在がたえず人間をつつき、これまでの自分の再評価を迫った結果、過去の「出来事は新しい感情的な重みを獲得する……［そして］事実は新たな重要性を持つようになる」のだ。[4] T・S・エリオットも次のような鋭い言葉を残している。「われわれの探検の終わりはスタート地点にいたること、その場所を初めて見る場所として知ることだ[5]」

　ここで問題をひとつ。物語を書く場合、どこから始めるのが最適だろうか？　いやいや、「最初から」とか「一ページ目」とか、ましてや「机の前」といった答えを求めているのではない。あなたの気の毒なお人好しの主人公を実際にページに登場させるよりもずっと前、つまり、あなたが物語を練り始めるとき、どこから手をつけるべきかという質問だ。いちばん良いのは、主人公の世界観をゆがませた内面的な問題が、初めて主人公をとらえた瞬間をつきとめるところから始めることだ。

本章では、作家が避けがちなことに取り組んでいきたい――物語を書く前に、自分の登場人物についてよく知るという試みだ。物語の概要を書くことの大きなメリットと小さなデメリットや、登場人物の過去の経緯に焦点を置いて書くことの重要性（ありがたいことに、これを書くと自然と概要ができることも多い）について論じていきたい。登場人物の経歴をあまりに細かく設定すると、何も作らない以上に面倒なことになる理由も説明しよう。そのあとは、概念にとらわれすぎないよう、サンプルを使って検証していこう。

物語の概要は最初に作るべき？

物語とは、避けられない問題に取り組む人々を描いたものだ――そんなの当たり前じゃないかと言われるかもしれない。それなら、主人公の本当の問題を正確に理解することもなく、すぐに執筆に取りかかってしまう作家が多いのはなぜなのだろう？　たいていの作家は、書き始めてしまえばいずれは明らかになると信じているようだ。が、どう壊れているかもわからないのに、それを修理する物語など書けるだろうか？　作家が編集者からもらうコメントでいちばん多いのは、「ところでこれはなんの物語？」だが、その次に多いのが「なぜ今？」だ。つまりこの物語は、なぜ昨日でも明日でもなく、今この瞬間に始まるのかという問いだ。

皮肉なことに、いちいち登場人物の経歴の概要を作ったりすると創造性が損なわれてしまう、などと断言する作家ほど、主人公に過去を見直させるのではなく、まさにその過去から物語を始めたがる。つまり、主人公の世界観や望みがゆがんでしまった瞬間、そしてそれに相反する欲求が生じた瞬間からスタートするのだ。物語そのものは、それよりずっとあと、長きにわたって対立してきた二つのものが浮上し、主人公が否応なく行動を起こさなければならなくなるところから始まるものなのだが、作者はそれに気づいていない。つまるところ、このコンセプトをエレガントに総括すると、テレビアニメ『超生命体トランスフォーマー／ビーストウォーズリターンズ』でオラクルがコンボイに言った台詞になる。「未来の種は過去に埋まっている[6]」

やはり、物語の概要は最初に考えるべきだろうか？　どうやらそのようだ。ただし、ほかのすべてのことと同じで、これはあくまで相対的な話だ。概要を作ることには賛成意見も反対意見もある。ここでその両方を見てみよう。

概要は焦点を絞ろう

物語がどう進むかの漠然としたアイデア以外は何も準備せず、いきなり一ページ目から書き始めるのが唯一の自分のやりかただ、と断言する有名作家は数多くいる。こうした作家たちにとっては、書いていくうちに物語が見えてくることが面白いのだ。先がわかってしまったら、スリルも消え、実際の執筆は余分なものになってしまう。

たとえば、イーディス・ウォートンの伝説（＝出どころの怪しい逸話）によれば、仕上げたばかりの原稿を火事で失ったウォートンは、結末を知ってしまったからもう一度書き直すのは無理だ、と編集者に言ったそうだ。ロバート・フロストも同様で、「作家に驚きがなければ読者にも驚きはない」と言っている。[7] ロバート・B・パーカーも、物語がどこへ向かうかわからない状態で書き始めるという。[8]

一方で、ウォートンと正反対のタイプの作家もいて、たとえばキャサリン・アン・ポーターは、「物語の結末がわからなければ書き始めない」と言っている。[9] あのJ・K・ローリングにいたっては、一九九二年までに出したハリー・ポッター・シリーズのプロットは、七冊すべてかなり入念に練ったという――それも第一作を書き始める時点で。[10]「物語の世界の細かいところまで、かなり長い時間をかけて考え、深い部分まで計画しました」とローリングは言っている。「基本プロットの概要はいつも決めています[11]」

どちらの言い分が正しいのか？　あるいはただ単に、概要を作ることが自分の執筆プロセスに合うかどうかは、作家が各自で決めればいいということだろうか？　おそらくはそうだろう。一方で、違った見かたもある。一部の幸運な人間には、絶対音感を持つ人々と同様、物語に対する持って生まれた自然な感覚がある。こうした作家たちは、長々とした概要などなくても、読者が不幸な登場人物の窮地に涙するような、微妙な陰影を備えた物語を生みだすことができる。あなたがそうした作家であれば、私など必要ない。そのまま前進して栄光をつかんでほしい！　だが、多くの作家――成功している数多くの作家も含め――にとっては、最初のページに取り組む（あるいは学んだことを生かして書き直しをする）前に、主人公の過去をうろつきまわっておくことは大いに役に立つ。特に、以下の二つの大きな落とし穴を避けるのには有効なやりかただ。

1　概要ができていない物語にいちばん起きがちな問題は、物語の筋が通らなくなることだ。当然のことだ。主人公の内面的な問題と長年の望みとのあいだに起きる争いに基づき、目的地を計画しておかなければ、物語は横道にそれ、景色は良いがどこへ行きつくかわからないルートをたどる。たとえば、作者が手直ししていて、ああ、二ページ目あたりでちょっと独創的なことを追加したいな、と考えたとする。いったんそうなると、その先は全部ちぐはぐなものになってくる。いわゆる〝一ページ目からの書き直し〟だ――ほとんどゼロからやり直すようなものだ。

2

いやいや、と多くの作家は考える。手直しなんて当たり前じゃないか、どっちみちそのために時間を割くことになるのはわかりきってるよ、と。もちろんそうだ。しかしこの場合、もっと大きな問題が出てくる。初稿の大部分に改訂の余地があることを認めるのはかなりつらいことだ。受け入れがたくて、ついもっともらしい理由をつけ、認めずに済まそうとしたくなる。人は無意識のうちに、物語そのものよりもすでに書いたものに執着し、新しい原稿を元の原稿に合わせようとしてしまいがちだ。皮肉なことに、〝新しい〟原稿のほうが、大幅に質が悪くなることもめずらしくない――元の原稿が単調なら、新しいものにも単調さが残り、そのうえますます筋が通らなくなってしまう。

概要を作ることも大事かもしれない、と思ってもらえただろうか？　よろしい。ただし、堅苦しくローマ数字を羅列するような概要や、もっと面倒な、長々として画一的な〝登場人物調査票〟を駆使した概要まではいらない。概要の作成は、直観的で創造的で、気持ちの高まる作業なので心配しないでほしい。びっくりするほど短いもので済むことも少なくない。理由は以下のとおりだ。

神話
登場人物を知る唯一の方法は、完全な経歴を書き上げることである

現実
登場人物の経歴は、物語に関わる情報に関する部分に絞るべきだ

あなたの登場人物たちを知るうえで、〝過剰な情報〟が出てくることはある。個人的すぎる詳細、ということではない。物語においては、個人的すぎる情報はむしろ歓迎される。だが、無関係な情報はいらない。それでも作家はしばしば、自分の登場人物たちをしっかり知るため、物語本編よりも長いんじゃないかというような登場人物の詳しい調査票を作り、以下のような項目を（念のために言っておくが、私がでっちあげたものではない）埋めるように教えられることが多い。

- この人物は自分のミドルネームを気に入っているか？
- 裏庭で寝転がって日焼けしようとしているとき、敷いているタオルはどんなタオルか？
- お気に入りの部屋があるか？
- 鮮明な記憶を呼び起こす色は何色か？

- ほくろはあるか？
- 揃いの陶磁器製品を持っているか？
- もしほくろがあるなら、陶磁器の形をしたほくろはあるだろうか？（失礼、これは私がでっちあげた）
- 安楽死についてどんな意見を持っているか？

こうした質問全部に答えるのは確かに面白いとは思うが、あなたの物語に関係ないものもあるだろう。その人物が生まれてから現在にいたるまでの全般的な経歴を書いてみるにしても、やはり同じことが言える。物語の重要なポイントは、こうした経歴に大量に含まれる不要な情報を排除することにある。すべてを網羅する長ったらしい登場人物の経歴書を書くと、皮肉にも本当に欲しい情報が見えにくくなってしまう。大事なのは、あなたが語ろうとする物語に付随する情報だけを見ることだ。物語がなんらかの問題を扱っているのなら、最初のページから展開していくその問題の根っこを探すことだ。たとえば、ベティが優れたハープ演奏家であるという事実が、物語に出てくるわけでも、影響を与えるわけでもないのなら、ベティが必死にハープの練習をしてきた長い歳月について知っておく必要はない。でないと、この事実を物語のどこかに登場させたくなってしまうし（そもそも登場させるべきではない）、ベティが休日のパーティでハープを演奏するサブプロットをつい考えてしまうだろう。物語とまるで関係ないサブプロットは、物語をストップさせる。そればかりか、ハープの話はそこで終わらずに読者の頭に残ってしまい、「このハープの演奏はいったいなんの話につながっていくんだろう？」と混乱させるだけだ。

主人公の経歴を書くときは、ターゲットを二つのことに絞ったほうがいい。第一に、主人公の世界観をゆがませ、主人公がゴールに到達するのを妨げている内面的問題の引き金となったのは、過去のどんな出来事か？　第二に、主人公がゴールそのものを求めるようになった発端は何か？　この二つが同一の場合もある。たとえば『素晴らしき哉、人生！』では、ポッターがジョージの父親に高圧的にふるまうところを、ジョージが見ている場面がまさにその瞬間だ。この出来事こそ、ベドフォードフォールズにとどまっていたら成功はできないとジョージが信じ込み（つまり彼の世界観がゆがみ）、ほかの場所で大きな仕事をすることで、父がなしえなかった成功を手に入れたいと望んだきっかけだ。その後物語は、ジョージが自分の世界観を再評価せざるを得ない方向に進み、そしてジョージはしだいに、その望み――と、外面的なゴール――が的外れだということに気づいていくのだ。

こうした〝事情説明〟の場面が明示されない物語もたくさんあるが、主人公が人生の災難と闘う過程で、その説明が出てくることはある。まったく語られず、〝事情〟が存在することを主人公の行動で暗に示すだけの場合もある。読者にはそれが見えない場合でも、あなた、すなわち作者が、主人公の行動全体にその影響をはっきりと織り込むことができていれば、読者にもそれは伝わるはずだ。

　主人公の経歴を書いてみるのであれば、こうしたきっかけの瞬間を見つけることだ。それが一連の出来事の引き金となり、あなたの物語の中心にある特定のジレンマをピークに導くまで、その軌跡を追っていけるようにしたい。そこまでやって、なおも主人公のすべてを網羅する詳細な経歴を書きたいというのなら、止める気はない。ただ、ひとつ警告はしておきたい。慎重にやらないと、面白味はあるが無関係な詳細が、勝手にあなたの物語に忍び込んでくる可能性がある。もっとも、本書のテクニックを使えば、雑草がはびこってあなたの物語がしおれてしまう前に、草取りをすることはできると思う。

　それはともかくとしても、焦点を絞った登場人物の経歴書ができあがれば、あとは物語に突入したくてたまらなくなるものだ。そこに行きつくためにも、主人公の過去を発掘する過程でやるべき・やってはいけない四つの注意点をあげておきたい。

登場人物の経歴を書くときにやるべきこと・やってはいけないこと

1 物語とは変化を描くものであることを忘れない

物事はある形でスタートし、別の形で終わる――それが〝物語の弧《ストーリーアーク》〟〔登場人物や状況をある状態から別の状態に変化させるために何回かに分けて語られる一連のストーリー〕の意味するところだ。物語自体は、〝物語前〟と〝物語後〟のあいだの空間で展開する。物事がたえず変化する生き生きとした時間を綴り、どちらにでも転ぶ可能性があるという印象を読者に与える。つまり、登場人物の経歴を書くときに探すべきは、突然にすべてが変化する瞬間を導く、物語前の特定の出来事だ。これが、あなたが物語に埋め込むべき情報、主人公がどう変化したのかを読者にも理解できるようにする情報を生みだす。たとえばこう考えてみてほしい――蝶はそれ自体美しい生物かもしれないが、かつてはイモムシだったことを思うと、興味深い生物にも見えてくる。読者にとってはこの〝物語前〟が、主人公が〝物語後〟に向かってどのぐらい進んだかを測る尺度になる。

2 登場人物の心理を深く掘り起こすことをためらわない

品性を保って控えめにやろうなどと思わないこと。あなたは登場人物の問題がなんなのかを知ろうとしている——あなたが書くことはそれなのだ。たとえ気まずい質問でも、登場人物に問いかけてみよう。個人的なものであればあるほど良い。登場人物たちの長所や短所、とりわけ、みっともない部分やいいかげんな部分、なんとしても隠しておきたい秘密を探しだしておくこと。触れてはいけないものはひとつもない。欠点を見逃さず、むしろひとつひとつつきとめ、彼らの内面的な問題とゴールに照らし合わせながら、高機能な顕微鏡をのぞくように精査しよう。あなたのゴールは、登場人物たちが現実の人間と同じように血の通った人間としてふるまい、どんなに望みがなさそうでもせいいっぱい頑張れるようにしてやることだ。物語の真髄は、現実世界では人が声高に言わないようなことを明らかにすることだ。だからこそ、あなたの登場人物たちの過去を探るときは、どんなに残酷に思えても、プライバシーも慈悲も与えないことだ。どのみち彼らは慈悲を欲しがるだろう。あなたから何かを隠そうとするだろう。あなたに嘘をつくことさえあるかもしれない。それでも、あなたが彼らのごまかしを見逃したり、問いかけから逃げることを許せば、できあがった物語に真実らしさは感じられなくなる。まず、あなた自身をごまかすのはやめたほうがいい。読者は気づくものだ。経験を積んできた人間は、自分が元来から持つ知識を自動的に活用して、他者を理解しようとする——それが現実であれ、物語のなかであれ。あなたが読者をどこへ導こうとしているかは、あなたの物語を読み始めた時点でたいてい見える。[12] そもそも読者があなたの本を手に取った理由もそこにある。道をそれれば読者にはわかるし、興味を失い、テレビでも観ようと本を置いてしまうだろう。

3 うまく書こうと思わない

登場人物の経歴を書く場合は、直線的で率直な文章でかまわないし、たどたどしくてもまったく問題ない。あちこち飛躍してもいい。すべて自分で決められる。最初の一行で読み手を惹きつける必要もないし、形容詞が多すぎるとか、そもそもうまい文章かさえも気にすることはない。関心を向けるべきはその内容だ。皮肉なことだが、登場人物の経歴がまったくちぐはぐな文章でも、素晴らしい小説につながることは普通にある。あなたが大物になるとは思ってもいない二年生のときの担任のような、悪意に満ちた編集者の過剰な批判が頭のなかで響くことはあるかもしれないが、たぶん一時的に無視しておいたほうが、結果にはつながる。

4 たとえその多くが物語に現れることはなくても、主要登場人物全員の短い経歴を書く

経歴を書くプロセスにおいて、これがいちばん重要な部分となることも多い。なぜなら、これをやることで、あなたの登場人物たちの行動の裏にあるモチベーションを見つけだし、意味を与えることができるからだ。フィッツジェラルドの有名な言葉に「登場人物《キャラクター》とは行動のことである」というものがある。つまり、人の行動はその人が何者かを定める特性《キャラクター》を明かすのだ。マイケル・ガザニガも、「人の行動には、その人の自動的な直観思考や信条が反映される傾向がある」と言っている。[13] 物語はしばしば、主人公が自分の行動の本当の原因に気づく様子を描くものでもある。その時点でそれが思ったより良い原因なら主人公は喜び、悪い原因なら修正を開始することになる。

概要作りのプロセス
——主人公の世界観を明らかにする

さて、説明はこのぐらいにしておこう。一連の簡潔な登場人物の経歴を使い、物語の概要を産み落とす魔法を実際に試してみよう。

まずは前提から

作家の多くは、「もしこんなことが起きたとしたら……?」という前提から物語をスタートさせる。何かに触発されて生まれる前提もある——あなたの人生に起きた出来事、新聞を読んでいて目に入った記事、あるいはただの願望によって。たとえば、あなたが映画に行ったとする。主役の俳優の歯はあまりにもきれいすぎる(つまり、年寄りなので本物の歯ではない)が、主演女優のほうはまるで乳歯が抜け替わったばかりのようだ(つまり、俳優の孫娘でも通るぐらい若い)。家に帰る途中、あなたはいらいらしてきた。男のほうがずいぶん年上って話はよくあるのに、女が年上となると、どうしてみんな『ハロルドとモード』〔一九七一年の米映画。七〇代の老女と青年の恋物語〕の話しかしないんだろう?〔ドラマの『クーガータウン』〔四〇歳近い

女性と若い男との恋愛模様を描く米テレビドラマ〕のほうはこの際忘れてほしい）

もちろん、あなたが四〇歳を越えようという女性でなければ大した問題ではないのだが、さらに悪いことに、あなたは年取った主役の息子を演じる若い俳優のマイクのほうに、しゃくに障るほどのぼせあがっている。妄想を抱くだけでもつい赤面してしまう。そしてあなたは気づく——自分とマイクの年齢差はせいぜい一三か一四なのに、主演の男女の年齢差は少なくともその倍ぐらいある。フェアじゃない気がする。しかし、現実の人生ではどうしようもない——結局のところ、自分が望むようなことが起きるのは、せいぜい願望の世界だけだ。あなたに残された、願望を満たすための確実なやりかたはただひとつ。物語を書けばいい。

こうして前提が生まれ始める。四〇歳を越えようという女性が、ひそかに夢中になっていた若い俳優と出会い、熱烈な恋に落ちたらどうなる？

ああ、笑わないで。絶対ないなんて誰に言える？ 問題は、どうやって起きるかだ。そしてもちろん、ストーカー、催眠術、『スタートレック』のマインドメルド〔バルカン人が手で触れた相手と精神的に接続するテレパシー能力〕みたいな話ではない。本気の恋だ。自発的な。つまり、自分のために創る作品だ。

主人公の内面の問題を探る

表面上、この物語は「四〇歳の女性が二六歳の映画スターの心をどう勝ち取るか」という話だ。が、本当のところ何を描きたいのだろう？　映画スターの心を勝ち取ることは、ヒロインにとってどんな意味があるのか？　その実現のために、ヒロインが取り組まなければならない内面的な問題は何か？　それを知るには、少し深いところを探る必要がある。ヒロインの恋愛経験はどんな感じだろう？　彼女の内面的な問題を物語るような性格のボーイフレンドを与えてみよう。善良だが退屈な恋人、ヒロインに結婚を迫っている男というのは？　そしてもちろんヒロインもどうするか考えている。なぜか？　彼が〝安全〟だからだ。ということは、ヒロインはリスクを冒してひどい目に遭ったことがあるのでは？　きっとそうだ。そうすると、この物語が本当に描きたいのは、ひとりの女性が安全で楽な将来と、なんの保証もないが心浮き立つような将来の可能性とのあいだで選択を強いられ、リスクを冒す怖さを克服するために何を学ぶかという話になる。

前提はできた。「四〇歳の女性が、ずっと年下の男の心を手に入れることができるか？」だ。これをテーマに結びつけてみよう――これまでリスクを冒したことのない人間が、安全で楽な生活を捨て、大胆な行動をとると何が起きるのか？　要するに、未知の災いに出会うリスクを冒さなければ、わかりきっている災いに縛られたまま、残りの人生を過ごすことになるだろうということだ。もう少し明確にしよう。ここで伝えようとしている人間の性質とは何か？　リスクを冒す勇気を奮い起こせば、たとえ期待したとおりのことが起きなかったとしても、何かしら良いことは起きる、ということではないだろうか。素晴らしい。世界がヒロインをどう扱うかはおおよそ決まった。

さて、登場人物の経歴や概要のほうは？　まだ何もない。どうやればいい？　目を閉じてみよう。何が見える？　大したものが見えてこないようなら、もうひとつ、ワンステップで手軽にできるテストをやってみよう。

一般的な事柄と特定の事柄とを区別する

頭に思い描けなかったら、それは一般的な事柄だ。思い描けるのなら特定の事柄だ。第六章でさらに深く探ろうと思うが、あなたにはそれが見えなければならない。一般的な事柄は、せいぜいそこにある客観的な考えを伝える程度で、中立にとどまってしまう。特定の事柄は、アイデアを具体化し、生き生きとした文脈を与えてくれる。そこには大きな差がある。

主要人物の詳細を掘り起こす

まだ掘り起こすところはある。たとえばこの女性――レイと名づけよう――レイはどんな人生を送っているのだろう？　子どもはいるのか？　実はいる。娘がひとり。レイは離婚したのだろうか？　いやいや、元夫の影がちらつくような話はやめよう。レイは未亡人だ。仕事はしているのか？　無職。亡き夫のトムは、生活できるだけの金を遺してくれた。いや、ちょっと待って。この話のゴールはどこだろう？　対立点は？　まだ活気を感じない。欲しいのはデータではなく、動いているボールだ。ヒロインの内面的な問題が、リスクを冒したがらない気質だとすれば、そうなった過去の原因はなんだろう？　レイの世界観をゆがませたきっかけは？

こういうのはどうだろう――レイは画家になりたかった。母親も画家で、レイは母に絵を習った。絵を描くことに熱中していたし、人が母の絵をほめそやすこともうれしかった。誰も絵を一枚も買い取ろうとしないことには気づいていなかった。ある日レイは、母の親友と近所の人の会話を立ち聞きし、みんなが母の絵をひどい代物だと思っていて、それでも母の気持ちを傷つけたくなくて黙っているのだということを知ってしまう。レイは母のために憤り、母が知ったらさぞ傷つくだろうと考える。自分ならきっと耐えられない。そのためレイは、自分自身の作品を、家族や友人以外の誰にも見せたことがない。自分では本物の才能があると思っている。少なくともそうであってほしいと願っている。その思いがレイを動かしている。レイが恐れているのは、絵を専門家に見せて、自分の才能も母と似たようなものだと気づかされることだ——つまりは自己欺瞞状態に陥っている。ただ、いずれは近所のアートギャラリーに絵を持っていき、見てもらおうと心に誓ってはいる（これがゴールだ！）。しかし今日ではない。そうやって一〇年ぐらい先延ばしにしてきた。別に今すぐ見せなくても困るわけじゃないし。

ここでちょっと見直してみよう。レイの内面的な問題が、リスクを冒す恐怖だということはわかった。レイがひそかに描いている絵は、〝物語前から存在する条件〟と考えていいだろう。これがレイ独自の特定の心理であるがゆえに、彼女の克服すべき問題はどうやらこれだということが読者にもわかる（つまりこの問題が、読者が積極的に予想を立てる事柄だ）。

次に、レイの娘に目を向けよう。娘の名はクロエだ。なぜこの物語にクロエが必要か？　今のところ理由はない。サブプロットすべてに言えることだが、ここで考えておきたいのは、クロエの存在が物語の本筋にどう影響するかということだ。クロエの話が物語を進行させるのか？　クロエをレイの鏡像となるようなサブプロットに使ってもいいかもしれない。サブプロットについては第一一章で論じる予定だ。ひとまずここでは、鏡像としてのサブプロットだからといって、文字どおり物語の本筋をまねたものにすべきではないということだけ言っておきたい。それでは冗長になるだけだ（つまり退屈だ）。そうではなく、ストーリー・クエスチョンに答える別の方法、主人公に恩恵をもたらすような方法を示すサブプロットにしたい——警告的なエピソードとして、あるいは変化の誘因として。

では、これはどうだろう。クロエは一六歳でサックスを吹いている。しかもうまい。おかげでジュリアード音楽学校の奨学金を受けられることになった。が、レイとクロエが暮らしているのはサウスカロライナ州のチャールストンで、学校はマンハッタンだ。レイは、クロエが高校の最終学年をスキップして知る人のない未知の都会へ行くよりも、家にとどまって高校を卒業するべきだと考えている。そうでなくても、いくらクロエが優れたサックス奏者であれ、将来の保証はないし、ミュージシャンの人生は先が見えない。もちろんクロエはなんとしてでもジュリアードへ行きたがっている。レイは行かせるのか？

これでプロットの鏡像ができた。それにこれは、あなたが登場人物たちの背景にある物語を掘り起こして探しておきたいもうひとつのものとしても使える――今ある対立だ。とりわけ、期限のある対立点は効果的だ。たとえば、クロエは奨学金を受けるか否かを一週間以内にジュリアードに知らせなければならない、というのはどうだろう。よろしい。ボールが動きだした。

さて、レイの亡くなった夫、トムについてはどうだろう？　二人の関係は、レイが人気俳優のマイクと出会うときに起きる出来事をどんなふうに映しだすのか、もしくはその出来事から何を伝えてくれるのか？　こんなアイデアはどうだろう――マイクがレイよりずっと若いのなら、トムをずっと年上にしてみるというのは？　素晴らしいアイデアだ。年齢差があっても恋愛関係が成立することは、レイにはわかっている。もちろん、若い女の立場に立つほうが、対等な関係よりもリスクは少なくて済むが。

今度は対立する勢力について考えてみよう。レイのじゃまをするものは（本人の内面の問題以外に）何があるだろう？　まずは社会常識だ。若い男が、ある程度の年齢の女性と腕を組んで歩いていたら、女が金を持っているんだろうと決めつけてせせら笑う輩は必ずいる。あるいはもっとひどいことに、厚化粧とコラーゲン注入の唇と美容整形した腹で男あさりをしている女のイメージを持たれるかもしれない。こうした暗黙の態度が物語のすべての要素から透けて見えるし、レイの心理もまた例外ではない。レイはドキドキしながらこう思うのだ――人になんて言われるだろう？　母はたかが絵のことでも、人にあんなふうにけなされたというのに？

こうしたことが対立勢力として使えるだろうか？　まだ充分ではない。まだ漠然とした、一般的な話でしかない。もちろん、レイとマイクに対する一部の登場人物の反応として生かすことはできるが、まだ概念的だ。目を閉じても何も見えてこない。もっと具体的な障害、頭に思い浮かぶような障害が欲しい。レイに必要なのは、特定の、できればマイクとの関係に影響をもたらすような何かだ――ここはひとつ、レイに結婚を迫り始めたボーイフレンド、善良だがツキのないウィルを登場させてみよう。レイは自分がなぜ結婚を承諾しないのか、よくわからないでいる。ウィルはクロエの義父としても申し分ないし、ほかの女に目を移すタイプでもないし、レイにあれこれ命じたりもしない。かといって、ウィルがレイに伝統的な女性の役割を期待していないわけではない。当然だ。レイ自身、これまで伝統的な生活を守ってきた。ただ、ウィルが気づいていないのは、彼が結婚を迫れば迫るほど、レイが別の選択肢を考えてしまうということだ。ほかの可能性は、レイがあけてみたことのないドアの向こうにある。リスクという名のドアだ。とはいえ、誰だって安心は欲しいと思うものではないか？　それにウィルは悪い男ではない。そこでレイは、週末に返事をするとウィルに約束する。

素晴らしい。これで動いているボールは二つになった。

最後に、マイクについてはどうだ？　マイクにはどんな物語があるだろう？　彼のゴールは？　内面的な問題は？　まず物語だ。マイクが人気俳優になったのは一五歳のときだ。ずっとスポットライトを浴びながら育ってきた。二日後に映画の撮影が始まることになっていて、この作品でマイクは、スーパースターからアイコン的伝説のスターに飛躍をとげることになる──周囲からはそう言われている。しかしマイクは、リッチな有名人になることがそんなに重要なことなのかと思い始めていて、自分に憐れみさえ感じている。行く先々で注目されるのにはうんざりだ。何日か姿を消して、次にどうするかを考えたい。これがマイクのゴールと内面的な問題だ。ボールは三つになった。

よろしい。主要人物のことはわかった。もう書き始めてもいいだろうか？　ここでまた目をつむるテスト《アイズ・ワイド・シャット》をしてみよう。目を閉じて何か見えるだろうか？　まだだ。いまだにここは真っ暗なバックステージだ。登場人物が〝誰〟で、どんな〝なぜ〟を抱えているかはわかった。動きがスタートする前に必要なのは、あとは〝どこ〟と〝どうやって〟だ──いわゆる、〝何が起きるか〟だ。プロットのことだ。

プロットを組み立てる

レイとマイクが知り合う場所を探すにあたり、もう一歩踏み込んでみよう。たとえば……二人が大事に思っている場所にするというのはどうだろう？　もしそれが同一の場所だったら？　これは使えそうだが、少し慎重に考えよう。偶然に同じ場所にするのはよろしくない――プロットの力で出会わせたい。だったら、二人を同時に同じ場所に引き寄せる、〝物語的な理由〟を探したほうがいい。

マイクの家族がかつて毎夏借りていた休日用のコテージが、カロライナの海岸沖に浮かぶ岩場の多い小島にあるというのはどうだろう？　マイクが有名人になる前、〝ありのままの自分〟でいられた最後の記憶が、その島にいたときのことだったとしたらどうだろう？　なるほど、悪くない。

レイのほうは、マイクが今のようなスターになるよりもずっと前、セクシーだがまだ少年だったころに、映画で観て一目惚れしていたということにしよう。その後間もなく何かの記事で、マイクの家族がよくその島に来ていたことを知ったレイは、面白半分に、そのコテージがいまだに夏休みに借りられるのか調べてみた。するとどうだろう、借りられた。だからレイはここ数年、クロエやウィルと一緒に、そこで夏の休暇を過ごしていた。これでレイとマイクの過去はどちらも、単に同じ場所で結びついたのみならず、同じ理由で結びついたというわけだ。

これでキャルとレイが、論理的に無理のないどこかで出会うことは可能になったが、どうやって出会うのだろう？　二人の様子をたくさんの人が見ているような状況にはしたくない——少なくとも最初のうちは。二人きりでお互いを知ることができる状況がベストだ。すでに二人についてわかっていることを厳密に調べ、良い方法を探してみよう。

たとえば……時期は夏の終わりだ。レイはこの一週間で、ウィルと結婚するかどうか、そしてクロエをジュリアードへ行かせるかどうかを決めなければならない。そこで、ほかの滞在者が帰ってしまったあの島にひとりで滞在し、どうするか考えることにした。多少のリスクがあることはわかっている。島は人の少ない時期だ。しかも九月はハリケーンの季節だ。それでも、これまでの人生で安全なルートを選び続けてきたレイは、ここで小さな危険を冒してみることにした。

一方マイクのほうにも時間の制限がある。自分が出演するはずの大作映画の撮影が始まろうとしている。だが、レイと同じように、マイクも自分の将来について考え直しているところだ。この映画に出れば自分の人生は完全に変わってしまうし、その前に考える時間が必要だ。どうするべきかをひとりで考えたい。そのためには、幸せだった最後の思い出がある場所に行くのがいちばんいい。あの島だ。どうせ今は人が少ないだろう。少年時代に滞在したコテージに忍び込むぐらい、そう難しくないのではないか？

主要登場人物の二人には、動きだしたばかりの時計があることに注意したい。要するに、物語の始まりが見つかったということだ。どちらも〝物語前〟の世界に立ち、〝物語後〟の形を知ろうと遠くを見つめている。物語はそのあいだの道筋をたどることになる。

さて、〝なぜ〟〝どこ〟〝どうやって〟〝いつ〟そして〝誰〟はわかった。目を閉じれば、物語が実際にどう展開するか見え始めたのではないだろうか。小学校のころなら金賞をもらえたような、完璧に形式化された体系的な概要になっただろうか？　たぶんそれはない。でも、執筆を始めるには充分では？　だいたい大丈夫だ。この物語は、〝物語前〟にしっかりとつなぎとめられ、差し迫った特定の出来事の期限に応じて今後起きることが割り振られた。主人公たちは、これから起きる出来事によって、これまで自分が隠してきた長年の恐れや望みと向き合うことを強いられる。物語の進行とともに切迫感は増し、読者は次に何が起きるかを予想して楽しめる。

もともとの前提に対する答えは見えただろうか――四〇歳を越えようという女性が、ひそかに夢中になっていた若い俳優と出会い、熱烈な恋に落ちたらどうなる？　いや、答えはない。わかったのはそれ以上に大事なことだ。この物語はその答えを出す物語ではない。これは、レイが恐れやリスクを乗り越え、自分の絵を人に見せたときにどんな反応が返ってこようとも、自分は大丈夫だということを理解する物語だ。自分自身に向き合い、結果を受け入れること、そしてその恩恵のひとつとして、ひょっとしたら真実の愛も見つかるかもしれない。まあ、言うだけならタダだ。

舞台の設定はできただろうか？　できた。概要が必ずしも原稿から自然さを奪うことにはならないというのもわかったと思う。物語がどう終わるかを正確に知っておく必要はないが、主人公が物語の過程で何を学ぶかは知っておくべきだ——つまり、何が主人公の「そうか！」と思う瞬間になるかということだ。さらに場面ごとの精密な概要を作る必要はあるだろうか？第二章で論じたように、そこはあなたの自由だ。書いているうちに気分が乗って、物語がいきなり別の領域に突入してしまうことはあるし、その新しい方向が最初に向かっていた方向よりも理にかなっている場合もある。もちろん、人生においては多くの物事がそうであるように、物語においても、計画されたもののほうがうまくいくことは多いのだが。

どんな物語を書く場合でも、準備としていちばん大事なのは、自分の主人公の世界観がどんなものかを明確に知っておくことだ。もっと厳密に言えば、どこで、なぜ、主人公の世界観がゆがんでしまったのかを知っておくことだ。そうすれば、主人公が見ている世界の様子が明白に見え、主人公が自分に起きたことをどう解釈し、どう反応するかがわかりやすくなる。物語の始まりに主人公が正しいと信じ込んでいたことを、考え直さなければならなくなるようなプロットを組み立てるためにも、そこを押さえておくと役に立つ。あなたの物語はそれを書くものであり、読者が夜更かししてでも先を読みたいと思うのも、そういう物語なのだ。

チェックポイント

✔物語はなぜそこから始まる？

時計が動きだすきっかけは何か？　望むと望まざるとにかかわらず、主人公に行動を起こさせるものは何か？

✔主人公独自の恐れや望みの根源は何？　主人公の内面的な問題は？

主人公の過去にあった特定の出来事を追跡できているか？　物語が始まる場面にいたるまでに、内面の問題が主人公の望みをどう阻んだかを理解しているか？

✔登場人物たちの最も根深く暗い秘密を把握できている？

別にあなたを四六時中監視するつもりはないが、あなたが登場人物に隠し事を許したりすれば、読者にはすぐにわかる。必ず。

✔登場人物の経歴を書くとき、特定の事柄を書くようにしている？

目を閉じたときに出来事が思い浮かぶか、それとも曖昧なままだろうか？　もし何も見えなければ、あなたの主人公の進歩を測る尺度がないということだ。〝物語前〟なしには〝物語後〟もない。

✓物語がどこへ向かうかわかっている？

最初の一語を書く時点で結末がわかっている必要はないが（わかっていてももちろんかまわない）、物語がどこへ向かっているか多少でも手がかりがなければ、一ページ目に未来の種をきちんと蒔くのは難しい。

6 The Story Is in the Specifics

特定のイメージを脳に刻む

認知の真実

人間は抽象的に考えるのではなく、特定のイメージで考える

物語の真実

概念的、抽象的、一般的な物事は、主人公の闘いにおいては具体的なものでなければならない

ぐずぐずせずに成功したいと思っている若い作家へのアドバイスはこれだ――人間について書くな、ひとりの人間について書け。

――E・B・ホワイト

ちょっと待って、とあなたは言うだろう。抽象的に考える人間だっているじゃないか、と。たとえば科学者、数学者、アルベルト・アインシュタインのような頭脳人間。もちろんアインシュタインは、優れた作家であるジェーン・オースティンとチャネリングしたおかげで $E=mc^2$ にたどりつけたわけではない。彼がこの関係式を考えだせたのは、光線に乗って空間を進む自分を想像していた少年時代のことを思いだしたからだ。では、相対性理論は？ エレベーターシャフトをまっすぐに落ちていきながら、ポケットからコインを出して落とせばどうなるだろうと想像したことが発端だ――ただし、気を失ったり、先に吐いたりせずに、という条件つきだったとは思うが。アインシュタイン自身は、自分の心理プロセスをこう説明している。「私に特別な能力があるなら、それは数学的な計算能力ではなく、効果、可能性、結果を視覚化できる能力だ[1]」

物語もまったく同じだ、と私には思える。ここでキーワードとなるのは〝視覚化〟だ。それが見えなければ、感じることもできない。「イメージは知性と同じぐらいに感情を動かす」と言っているのはスティーヴン・ピンカーで、彼によればこうしたイメージは「ずば抜けて具体的」なものだ[2]。

抽象概念、一般性、概念的な考えといったものが、人の心をとらえるのは難しい。それを見たり、感じたり、なんらかの方法で体験するのは無理で、必死になって意識的に集中しなければならない——そうできても、脳は心地良くはなれない。抽象概念とは途方もなく退屈なものだと考えられることが多い。マイケル・ガザニガはこう述べている。「注意を払うことはできても、意識に刻むには刺激が足りない。弦理論の論文を読みながら、目を集中させ、文章をぶつぶつとつぶやいていても、人の脳の意識には何も届かず、おそらくは何も残らないだろう[3]」

一方で、物語は、死ぬほど退屈な一般概念を特殊化し、読者が各自で楽しめるようにしたものだ。忘れないでほしいのは、人間は〝これは安全か？〟という基準にのっとり、生活のすべてをその場で評価するようにできている生物だということだ。よって物語は、一般的なものを特殊なものに翻訳し、人間がその本当の意味を理解できるようにして、暗い路地で何かあったときに役立てられるようになっている。

要するに、人が意味を見いだす唯一のやりかたは、それが見えるということなのだ。アントニオ・ダマシオはこう言っている。「意識的思考の構造は、すべて同じ素材からできている——イメージだ[4]」。脳科学者のV・S・ラマチャンドランもこれに同意する。「人間は視覚的な想像に優れている。人間の脳はこの能力を進化させ、内面的な心のイメージや、人が先々の行動のリハーサルをやれる世界モデルを生みだして、現実の世界で行動するときの危険や被害をまぬがれるようにしている」[5]。要するに、私が特に好んで使う言い回し、〝物語は特定の物事に存在する〟とはそういうことなのだ。

それでもなお、物語全体を一般的に語りたがる作家は多い。彼らは概念だけで人を惹きつけられると思っているか、あるいはもっと悪いことに、特定の物事に置き換えるのは読者側の仕事だという誤解に陥っている。このため本章では、特殊性と一般性の違いを探ろうと思う。よく特殊性が消えてしまうのはなぜなのか、作者も気づかないうちにこの失敗を犯すのはなぜなのかを追求してみよう。また、過剰な詳しさは、詳細の不足と同じぐらいまずい手法だということにも触れておきたい。そして最後に、「感覚的な細部描写は物語に活気を与える」という神話についても吟味してみようと思う。

脳はまず感じ、それから考える

二〇〇六年一〇月、ハリケーンによる洪水で、世界全体で六〇〇〇人近くの人々――

が犠牲になった。

この文章を読んであなたは何を感じただろうか？　たぶん、少し返答に困るのではないかと思う。

次に、大水が押し寄せてくる光景と、そのさなかで半狂乱になっている母親に必死にしがみついている幼い少年を想像してほしい。母親は息子をなだめようと、こうささやいている。「心配ないわ、私はここよ、絶対に放さないから」。耳を聾するかのような一瞬の静寂のなか、母親は息子が安心したのを感じるが、次の瞬間には大波がやってきて、息子を母の腕から奪い取る。破壊の不協和音——なぎ倒される木々、こっぱみじんになる家の数々——のなかで響く子どもの叫びは、残りの人生にわたって母親を苦しめるだろう。その叫び、そして水にさらわれる息子の驚愕の表情。〝信じてたのに〟と言いたげな顔。〝なのに僕を放すなんて〟

さて、あなたはどう感じる？　今度の返答は明快だと思う。小さな少年をさらう洪水の光景は、およそ六〇〇〇人の名もなき人々がさまざまな洪水の犠牲になったと聞くよりも、ずっとつらく感じないだろうか？　洪水の六〇〇〇人の犠牲者やその家族に、あなたが何も感じていないと言いたいのではない。ただ、最初の文章を読んでも、あまり強い感情は感じないのではないか。

心配ご無用。これは別に、あなたの根深い病理的な傾向をあらわにする心理テストではない。

人間がどう情報を処理するかを強調したかっただけだ。直観的にはそうは見えないかもしれないが、大規模な恐ろしい出来事であっても、一般的に提示されると、直接に感情に与える影響はそう大きくならず、ほとんどなかったことのようにやりすごせてしまうものなのだ。なぜか？　物語がやるように、感情的影響を与えるために物事を〝手動で〟特殊化するには、人間は立ち止まって考えなければならないからだ。なぜそうすることが必要なのか？　ダマシオはこう説明する。「賢い脳は、非常に怠惰でもある。少しでも働かないでいられるよう、ミニマリズムの哲学に熱心に従うのだ[6]」。人の脳は、大事なこと、たとえば「なぜ今夜も夫は帰りが遅いのか」については大きな関心を持つが、おそらくはハリケーンの犠牲者にまでは想像が働かない――待って、なんの話よ？　何年も前にどこかで起きた大洪水の話？　そもそも今さら何もできないし、そうでなくても悲しい話でしかないじゃない。こっちは自分のバカ夫、ママにまで「気をつけなさい」と警告された夫のことでせいいっぱいなのに、ちょっとあんた聞いてる？　はぁ？　洪水？　いったいなんの話よ！

要するに、私が何かについて「考えてくれ」とあなたに頼んでも、あなたには考えないでいる権利がある。だが、私があなたに何かを感じさせたら？　そうやってあなたの注意を惹くことはできる。感覚とは反応なのだ。感覚が人に何が重要かを知らせたら、人の思考もそれに従わずにはいられない[7]。自分に影響しない事実――直接の影響がない、あるいはほかの誰かにどう影響するか想像できない事実――は、自分にとって重要ではない。たとえ何千倍も大きな事件であろうと、非個人的で一般化された物事より、特定の個人の物語のほうが無限の影響をもたらすことができるのはこのためだ。実のところ、特定の個人の問題を通じてしか、一般的な要点を突くことはできない。でなければ、スカーレットも言ったように、それは明日考えればいいということになる。脳は人の感情をとらえない物事にエネルギーを費やすのを嫌うので、たぶん一週間たっても考えることはないだろう。

まず感じる。そして考える。これが物語の魔術だ。物語は、一般的な状況や発想や前提を持ってきて、それを特定の事象を通じて個人化する。強大で身の毛もよだつような恐怖——たとえばホロコースト——を持ってきて、ある人間の個人的なジレンマを通じてその影響を描きだす——ウィリアム・スタイロンの小説、『ソフィーの選択』（大浦暁生訳、新潮社）がそうだ。本来ならおよそ理解できない、巨大で非現実的な、耐えがたい非人間性の広がりが、ひとりの人間、愛する二人の子どものどちらの命を救うかを選ばされた母親の傷を通じて描かれる。読者はソフィーの視点に立ち、ホロコーストの筆舌に尽くしがたい残酷さや、ソフィーがくだした究極の決断の想像を絶する悲惨さを感じる。読者はその影響を、教えられるのではなく、体験するのである。

一般性はドーパミンの放出を抑える

とはいえ、物語をだめにしかねない一般性を排除するには、それがどういうものかを知る必要がある。簡単だ。一般的なものは何にも似ていない、そこが重要なのだ。一般的なものとは、特定の何かに依存しない、一般的な考え・感情・反応・出来事のことだ。たとえば、「ティムは楽しい時間を過ごした」と言っても、ティムが実際に何をしたのか、あるいは彼がどんな時間を楽しいと思うかを伝えなければ、それは一般的な話になる。「ボブはずっと自分でビジネスをやりたがっていた」と言っても、なんのビジネスなのか、ボブはなぜそのビジネスに興味を持ったのか、なぜこれまで開業してこなかったのかを伝えなければ、一般的な話にしかならない。一般概念にはずる賢いところがある。あなたの物語に飛び込んで、ブラインドをおろし、読者をシャットアウトしてしまう。以下に、一般概念が物語に忍び込んで根をおろすと、どれだけ厄介なことをしでかすかの事例をあげておく。

ジェイク「ケイト、われわれは長いこと一緒に働いてきたね」

ケイト「ええ、長いわ」

ジェイク「それで僕としては、一定の、つまり、なんと言うべきかな。君の仕事に素晴らしい何かを期待してきたんだ」

ケイト「ありがとう、ジェイク。そのとおりね」

ジェイク「残念だが、このプロジェクトでの君の仕事ぶりは、平均点以下だ」

ケイト「だけど私、やれることは全部やってるわ」

ジェイク「君がどれだけ一生懸命やってるかを訊いてるんじゃない。君の技術や、進歩のなさに疑問を感じてるんだ。これがわが社にとっていちばん威信あるプロジェクトだということを忘れたのかい？　すべてがこれにかかってる。もう何日かは待つが、もし進歩がないようなら、もとの仕事に戻ってもらわなければならない」

ケイト「あなたがそんなことを考えるなんて信じられない。四月に何が起きたか知ってるくせに」

ジェイク「問題はまさにそこなんだよ！　さあ、僕が自分の判断を後悔する前に、仕事に戻ってくれ」

作者が二人の登場人物を、緊張の対立によって生じる転換点のさなかに置いていることは明らかだ。作者の指がキーボードの上をせわしなく動き、ケイトの募る不安、ジェイクの抑えめのいらだちに声を与えようとしている姿は容易に想像できる。そして読者も、不安といらだち

だけは感じている。なぜなら、二人ががなんの話をしているのか、さっぱりわからないからだ。
同様の曖昧な文章を解体し、曖昧な文章とはどういうものなのかをわかりやすくしてみよう。

ジェーンはビリーが恐ろしいことをする人間だと噂されているのを知っていたので、ビリーがみんなの前でジェーンの容姿についてコメントしたときも、彼を叩くことは差し控えた。

表面上はまったく妥当な文章に見えるし、この文が喚起した疑問を次の文が明らかにするのなら問題はない。とはいえ残念なことに、続く文章も曖昧な一般事象ばかりというケースは非常に多いのだ。それを念頭に置き、この文が何を読み手に伝えていないのかを吟味してみよう。

この文章では、ビリーがどんな恐ろしいことをするのかがわからないだけでなく、ジェーンがどんなことを恐ろしいと思っているのかもわからない。ビリーは野良猫を火に投げ込んだのかもしれない。それは確かに恐ろしい。ビリーの人間性を伝える行為だ。それとも、ビリーは貧しい地区出身の若者とつるんでいて、ジェーンや彼女の高慢ちきな友人たちは、それを許しがたい恐ろしい行為だと見なしているのかもしれない。だとすればこれは、ビリーとジェーンの双方の人間性を伝える話になる。

また、〝みんな〟の前で起きたことに関して、みんなはどう反応したのだろう？　それは

〝みんな〟が何者かにもよる。製鋼所の従業員？　高校の生徒？　地下鉄の見知らぬ乗客？　たとえみんなの正体がはっきりしても、彼らがビリーのコメントにどう反応したのかは、コメントの内容もわからないので推測できない。

それに、ビリーの言葉の内容もさながら、〝コメントした〟という言葉も気になる。ビリーはジェーンの容姿に〝コメントした〟。けなしたのか？　口説く目的のコメントか？　それもわからない。わかっているのは、ジェーンがそれに対し強く反応していることだ。「太ったんじゃないか」と言ったのか？　それとも、「胸をじろじろ見られたくなければ、そんなぴっちりして襟ぐりの深い、ラインストーンで胸に〝肉感的《ジューシー》〟なんて書いた小さめのTシャツはやめたほうがいいぞ」とでも言ったのか？　それとも、ジェーンがビリーを叩きたいと思ったのは、ジェーンが年上の学園祭クイーンで、一方のビリーは脂ぎったオタク少年で、ジェーンは話しかけられるのも嫌だったのだろうか。真実がわからないので、どんなに理にかなった推測をしたところで、どれが正しいか知るよしもない。答えを思いつくか否かに関わりなく、ただくじ引きするのと似たようなものだ――それで満足しなければならない。

叩くことについても同じだ。ジェーンは「叩く《スマック》ことは差し控えた」とあるが、力いっぱいの平手打ちのことだろうか？　ふざけ半分に尻を叩くことだろうか？　あるいは、〝スマック〟を〝キスする〟のスラングと解釈することだってできる。ビリーが「ベイビー、今日はすごくゴージャスじゃないか」と言い、ジェーンにはその言葉が美しい音楽のように聞こえたのかもしれない。実はジェーンのひそかな趣味は猫を火に投げ込むことで、ビリーも同じことをやっていると聞いて以来、彼にべた惚れなのかもしれない。『トイストーリー』のバズ・ライトイヤーの台詞ではないが、選択肢は「無限の彼方へさあ行くぞ！」というぐらいある。読者が以下の正しい答えにたどりつく可能性は、たぶんゼロに等しいだろう。

> ジェーンは、ビリーが自由研究発表のときにミミズを食べ、それをもどして見せ、みんなを気持ち悪がらせることが好きだと知っていたので、幼稚園のクラスメートの前でビリーに弱虫呼ばわりされたときも、ビリーの腹にパンチしたりして、わざわざこちらからその楽しみを与えてやるのはやめておいた。

一般性の問題点は、まったく不明瞭で、持久力がないということだ。今何が起きているかを特定してくれないので、予想、特に次に起きる出来事の見当がつけられない。読み続けるための好奇心を持続させる、心地よいドーパミンの放出も抑えられてしまう。

重要なのは、一般事象からは特定の結果が生まれないので、物語が行き場をなくしてしまうということだ。さらにもっと曖昧なことが起きて混乱がひどくなると、やがて読者は、物語が出してくれた答えよりも、残る疑問のほうがずっと多いことに気づく。そして読むのをやめ、おやつを探しにキッチンへ向かってしまうのだ。

曖昧なことを書いてしまうのはなぜ？

以下にも見られるように、ときにはわざとやっていることもあるにはあるが、たいていの作者は自分が書いたものが曖昧だということに気づいていない。物語が一般化してしまいがちなのは、主に次の三つの理由による。

1 作者は自分の物語をよく知っているため、自分にとってはとても明白な概念が、読者にとってはまったく不明瞭にしか伝わらないことに気づかない。たとえば、「レネは、ぴったりとしたジーンズ、乱れた髪、小汚いハイカットのコンバースといういでたちのジェイクに目をやり、訳知り顔で微笑んだ」と書けば、読者が「〝訳知り顔〟ってどういうこと？」と首をひねることに、作者はまったく気づいていない。この微笑の裏に何があるのか？　ジェイクは悪意のない新しもの好きの若者のふりをしているが、実はうぬぼれた気取りやで、そのことをレネも知っているということか？　ジェイクはレネの理想の男で、彼女は今夜気持ちを告げるつもりなのか？　レネはベンの子を身ごもっているが、ジェイクにそれを知らせる気はないということか？　作者は〝訳知り顔で微笑んだ〟の意味がわかっているので、読者にもわかると決めつけていて、それを伝えようということさえ思いつかない。

2　作者が自分の物語をよく理解していない場合、レネがつんと頭をそらせ、ジェイクに訳知り顔の微笑を投げかけるのは、プロットがそうすることを必要としているというだけのことだ。もし作者に問いただせば、相手はおそらく不思議そうな顔をして、「待って、それ以上の意味が何か必要ってこと？」と聞き返してくるだろう。

3　作者が自分の物語をよく理解し、レネの訳知り顔の微笑の理由を読者に伝えていないことにも気づいているが、それを伝えることで〝明かしてはいけないことまで明かしてしまう〟のを恐れている場合もある。こうした恐れはよくある誤解から来るもので、第七章で〝種明かし〟の問題として詳しく論じるつもりだ――その件については、今はまだ種明かしはしないでおこう。

作者が理解しすぎている、理解していない、あるいは故意にやっているとしても、曖昧にすることは良いアイデアとは言えない。そんなわけで、あなたの物語のどんなところに曖昧さが忍び込んできやすいのかを明確にするために、容疑者が出没しやすい場所を以下にリストアップしてみよう。

"特定の事象"が消えやすい六つの場所

1 登場人物の行動に関する理由

これも出だしとしては悪くない文だ――「エミリーはするりと路地に入り込み、いつもと同じようにサムに会わずに済んだことを喜んだ」。まともな一文に見えないだろうか？　問題は、エミリーがなぜサムを避けてきたのかがこの場面ですでにわかっていないと、単調な一文にしかならないということだ。サムが一九六七年からずっと、エミリーのストーカーをやっているせいかもしれない。エミリーはひそかにサムに恋しているが、今日はついていない日だから会いたくないのかもしれない。ひょっとしてサムに金を借りているのかもしれない。読者にはわかりようがない。こうした特定の可能性のうち、どれが正しいかで筋書きは変わってくるし、そのどれであっても、そこで起きていることの説明になり、次に起きることを予想する助けにもなる。しかし特定されていなければ、読者にはなんの手がかりもない。

2 メタファーが明らかにしようとしている物事

人間が物語やイメージで物を考えるということは前述したとおりだが、興味深い事実をもうひとつ加えておきたい。認知言語学者のジョージ・レイコフが指摘したことだが、人間は自分でも気づかないうちに、メタファーでも物を考えている。[8] メタファーとは、思考が「抽象的な概念を具体的な言葉で言い表す」[9] ための方法だ。信じられないかもしれないが、人間は一分におよそ六つのメタファーを使っている。値段が跳ね上がった。心が沈んだ。時間が尽きた。メタファーは神出鬼没で、人がほとんど気づかないようなところにも存在している。[10] ただし、文学的メタファーはまた別物だ――新しい洞察を伝えようとするためのものだ。文学的メタファーは隠れたりしないし、メタファーとして認識されるためにある。アリストテレスはこれを完璧に定義している。「メタファーとは、物事に何かほかのものの名前を与えることで成立する」[11]。問題は、作者が美しい文章を書こうとして、メタファーをひねりだすことに夢中になるあまり、比較対象になっているその〝物事〟がなんなのかを伝え忘れてしまうことだ。たとえばこんなふうに。

サムの奥深くにある何かが弾けようとしていた。縫い目が引っぱられるのを感じた。サムが思い浮かべたのは、不器用な少年が使い古した、縫い目がすっかり灰色に汚れたソフトボールのようなものだった。しかし一度縫い目が裂けてしまえば、それはほかのものとなってしまうだろう。カバーの中から現れる醜く奇妙なもの、かつては光り輝き、痛ましいほどに希望に満ちていたソフトボール、その内側にあるとは夢にも思わないようなものになってしまうだろう。

何かを喚起しようという文章なのはわかるが、「醜く奇妙なもの」が物語上の何に対応するのか、読者にはまるでわからない。サムの内にある曖昧で不特定な何かがソフトボールのように弾けそうになっているということ以外、作者が何も明白にしようとしないので、読者の心をとらえることもできていない。メタファーが共鳴を生むのは、それが何を明らかにしようとしているかを、読者が特定できる場合だけだ。そうでなければ、重要なことを伝えようとしているらしいことは読者にもわかっても、「何か深い意味があるのはわかるけど、それがなんなの

かさっぱりわからない」と思われて終わりだ。メタファーを解き明かす義務は、読者にはこれっぽっちもない。メタファーは、読むと同時に〝理解可能〟であるべきもので、即座に意味がつかめなければならない。そればかりか、たとえいかに詩的なメタファーであろうと、読者がすでに知っていることをただ言い替えるだけでなく、読者に新しい情報や新鮮な視点を与えなければ意味がないのだ。

3 ある状況を主人公に思いださせる記憶

これも始まりとしては悪くない文章を例にあげてみよう。

> その汚くて古いソフトボールをエミリーに投げたとき、サムは間違いを犯したことに気づいた。一九六七年の夏、初心者向けキャンプでやった試合の忘れがたい一一回に、サムが教訓を学んでいれば――だが、悲しいことに、彼は学んでいなかった。

読者は、「待って、なんの教訓？　忘れがたいって、どうして？」と思うしかない。なぜなら、特定の物事――つまり、一九六七年に実際に何が起きたか――がわからなければ、サムが

何を学ぶべきだったのか、今起きていることにどうそれを応用できるのか、サムとエミリーの関係においてそれが何を意味するのかも、読者にはわからないままだ。読者には参考にすべきものが何もないので、自分ででっちあげるしかない。自分の想像が正しいかどうかも知りようがないというのは、作者が思う以上に、読者にはいらだたしいことなのだ。作者が空白のままにしている特定の物事を、読者が言い当てられるのは宝くじ並みの確率で、悪くすれば、読者は作者が実際に書いている物語と違うものを考えだしてしまうかもしれない。

4 意味のある出来事に対する、登場人物の反応

エミリーとサムの話をもう少し追ってみよう。

サムは、自分が再びソフトボールをポケットに入れてエミリーのあとをつけていることを、彼女に知られるのが恐ろしかった。きっとエミリーは、その夜にスパゲティを一緒に食べる約束を断るばかりか、ついにストーカー禁止令を出させるかもしれない。それがあまりに心配で、サムはエミリーが立ち止まって靴紐を直していることに気づかず、エミリーにぶつかってしまった。これでつけていることがエミリーにばれてしまった、もうどうにもならない。

翌日サムは仕事に向かった。上司に昇進を願い出ようと思っていたので、彼の機嫌が良いことを願っていた。
―――

読者はこう思うだろう。「ちょっと待って、サムはあとをつけていることをエミリーに知られたらどうなるか心配してたんでしょ？　それでどうなったの？　ばれた結果は？　結末は？　サムはどう感じてるの？　何か言ってよ、ちょっとぐらい！」。そればかりか、読者はサムがばれるのを極度に恐れていたことを知っているので、それでなんの反応も示さないサムに、生身の人間らしさをまったく感じられなくなってしまう。「ひょっとしてこの人、実はエイリアンなんじゃない？」と。

極端な例に見えると思うが、実はこうした文章は驚くほどひんぱんに見る。なぜだろう？　たぶん作者は、エミリーがサムにとってどういう存在なのかはすでに書いたので、サムがどう感じるかも読者にはわかるはずだと思っていて、それを書くのは時間の無駄だと思っているのかもしれない。だが、サムがどう感じるか、〝一般的な〟（大事なことなので口に出して言ってほしい）気持ちなら読者にも想像はできるが、物語はそれを特定しなければならない。

重要なのは、登場人物は起きたことすべてに反応する必要があり、読者にもその反応の理由が即座に理解できなければならないということだ。もちろん、あとになるまで読者にはわからないような、もっと深い理由がある場合もある。反応した〝本当の理由〟が、実は今そう見えているものとはまったく反対の理由だったりすることもある。が、読者に物語を読み続けさせたいなら、反応なしというのはだめだ。特に、これが起きたらこの登場人物が大きな影響を受けるはずだと読者にも理解させておいて、いざそのときが来たら本人がまばたきひとつしないようでは話にならない。物語とは何が起きたかではなく、登場人物が出来事にどう反応するかだということを、こうした面からもつねに忘れずにおきたい。

5 主人公が出来事の意味の理解に苦しんでいるとき、頭に浮かぶ可能性

さらに同じ物語から引用してみよう。

エミリーは、サムが長年にわたって自分をつけまわしていたことに気づいた。いったいなぜそんなことをするんだろう。それにあのソフトボールはなんなの? エミリーは必死に考えたが、説明のつく答えはまるで浮かんでこなかった。

今度はこう考えたくならないだろうか。「ちょっと、少なくともどんなことを考えたかぐらい教えてくれてもいいのに。エミリーの頭にはどんな考えが行き交ったの?」

反応する前に主人公の心の内にどんなことが行き交ったのかをどの程度伝えられるものか、例としてエレナー・ブラウンの『The Weird Sisters（奇妙な姉妹）』（未邦訳）の一部分を見てみてほしい。

彼女は男友だちのひとりに、年に何冊本を読むかと、ぶっきらぼうに訊かれたことを思いだした。「二、三冊ね」。そのとき彼女はそう答えた。

「よくそんなに時間があるね？」。彼は度肝を抜かれたように言った。

彼女は目を細め、思い浮かんだ答えの選択肢を吟味した。だって、つまらない番組ばかりだと文句を言いながら、ケーブルテレビのチャンネルを変え続けることに何時間も費やしたりしないもの。日曜日の丸一日を、試合前、試合中、試合後のスポーツキャスターのおしゃべりを聞いて過ごしたりはしないもの。毎晩高いビールを飲んで、ほかの金融業界人と必死に見栄を張り合ったりしないもの。列に並んでるとき、ジムにいるとき、電車の中で、ランチのあいだ、待たされて文句を言うとか、ただ空気をながめるとか、そこらに映った自分の姿に見入ったりとかしないもの。そのあいだに読書してるから！

「どうしてかしらね」。彼女はそう言って肩をすくめた。[12]

説明は必要ないだろう。

6 登場人物が考えを変えた理由となる理屈

さて、またここまで使ってきた物語に戻ろう。

サムにつけられていると気づいたエミリーは、スパゲティをサムと一緒に食べたりなど、絶対にしてはいけないと思った。だが、「お湯が沸いたから、八分で来ないとパスタがやわらかくなっちゃうよ」というメールをサムから受け取ったとき、エミリーは頭のなかで怒りの議論を繰り広げたのち、こう返信した。「ええ、私はアルデンテが好きなの、五分で行くわ」

当然、重大な疑問が浮かんだことだろう——「なぜエミリーは気が変わったんだろう？」。これに対する答えは、〝なんとなく〟では通用しない。読者はエミリーの心の葛藤も、何が最終的な決め手だったのかも知りたいはずだ。

感覚的な詳細描写をする三つの理由

自由に料理を選べるビュッフェで皿を持ったときのように、夢中になって物語を特定の物事でいっぱいにする前に、メリー・ポピンズの賢明なアドバイスを頭に置いておきたい――充分というのがご馳走なのだ。特定の物事が多すぎると読者は辟易する。人の脳は同時におよそ七つの事実しか維持できない。あまりに次々と細かいことを並べられると、受け入れきれなくなってしまう。たとえば、次の一節を最後まで理解できるだろうか？

ジェーンは黄色い部屋の中をのぞき、綿の詰まった青と緑のペイズリー柄のキルトが広げてある巨大な四柱ベッド、美しい工芸品のような揺り椅子に目をやった。揃いのオーク材の小卓には、本、ほこり、そして炎の形をした真空管の光がまたたいている大きな真鍮のランプが載っていて、不吉にぐらぐら揺れ、その隣にはまだあけていないすり切れた茶色の箱が一六もあり、ドアにいちばん近い箱は六〇年代の衣服がいっぱいに詰まっていた――革のミニスカート、モスリンのホールタートップ、しわの寄ったタイトな白エナメルのロングブーツ、黄色の子ども用エナメルブーツ、ベルボトムのジーンズ、くたっとした紫のスエードのカウボーイハット——ほかの一五箱には、マティルダがその長い生涯のあいだに集めていたすべてがおさまっていたが、マティルダという人は何でもためこむ人だったために、ほかにも……。

さて、部屋の色は何色？　そもそもここはなんの部屋？　答えられなくても無理はない。たぶんあなたの目は、三行目あたりで集中できなくなったことだろう。仮にどの品物も作者にとっては重要なものだとしても、読者にはわかりようがない。細かいことが次々出てくるし、読者はそれを理解しようと時間をかけたりもしない。結局このパラグラフが終わるまでに、読者は細部が追い切れなくなるばかりか、物語にもついていけなくなる。

　それぞれの細かい物事を、卵だと考えてみてほしい。作者が読者にたえまなく次々と卵を投げ、読者にそのまま持っていてもらう数はやみくもに増えるばかりなのに、作者はそのことに気づいていない。説明の途中で——大きな真鍮のランプあたりで——それ以上一個も持てなくなる。問題は、読者は卵を選んで落としたりはしないということだ。落とすときは全部一緒に落とす。細かいことを書けば書くほど、読者が覚えられるものは減っていき、つまりは現実の人生と同じように、過ぎたるは及ばざるがごとしとなる。偉大な歌手のトニー・ベネットは、若いころに歌っていたときにはできなかったことで、八〇代になってからできるようになったことは何かと訊かれ、間髪入れずにこう答えている。「何を省くべきかわかるようになった」[13]。それを学ぶために八〇歳になるまで待つ必要はない。

ただ、広く世間で言われていることによれば、どれだけ詳しく書いても多すぎることはないとされていることがひとつある。感覚だ。物語には、たっぷりと、降り注ぐように、音が聞こえるように、手触りを感じるように、味がわかるように、感覚的な詳しい叙述を注入すべきで、そのほうが読者を物語に引き込めるものだと言われている。

本当だろうか？

神話

感覚的な詳細描写は物語を生き生きとさせる

現実

必要な情報でないかぎり、感覚的な詳細描写は物語の流れを行き詰まらせる

物語に書くほかのすべてのことと同様、細かいことや特定の事象について書くには、書かれるだけの物語的理由がなければならない。特に感覚的な詳細描写はそうだ。私がかつて読んだ原稿のなかにも、一ページ目から、それは雄弁な言葉に満ちあふれた作品があった。静かな朝の小道を車で走っていく主人公の、その手の甲に感じられる陽射しがいかに温かいか、彼女が朝食に食べた高級なイチゴの味がどう舌に残っているか、手のひらの下にあるハンドルがどれだけひんやりとしているか、それが彼女にどんな喜びの震えをもたらすか……そのあたりまで読みながら私が考えていたことといえば、今うたた寝でもしたらすっきりするだろうなということだけだった。

主人公の肌に陽射しが当たっているからといって、読者がそれを知る必要はない。主人公が、歯を磨き、デンタルフロスを使い、六回もうがいしたにもかかわらず、まだ口の中にイチゴの味が残っているということを、読者に知らせる必要もない。ハンドルに触るとひんやりしているからといって……まあ、もういいだろう。読者が知る必要があるのは、その記述が必要な情報を提供するときだけだ。

たとえば、ルーシーという名の主人公が、高級なバニラミルクシェイクの冷たさや純粋な甘さにぞくぞくしているとする。「だからどうした?」という話だが、ルーシーがその最後のひと口を飲み、気を失うとすれば話は別だ。実は彼女は低血糖症だったのだ——ああ、確かにそれは重要だ。そのことが読者に、ルーシーに関する何かを伝えられるのならもっといい。たとえばルーシーにミルクシェイクを飲ませることで、ルーシーが健康長寿よりも、一瞬の喜びを優先する快楽主義者だと知らせることもできる。あるいは、ルーシーがバニラを好むのは、いわゆるＯＬたちが単純にチョコレートを愛するのに対抗し、バニラに忠誠を誓うことで、自分がそうした女性の仲間ではないことをほのめかし、チョコレート好きの女性たちといっしょくたにされるのを嫌っているという暗喩なのかもしれない。そうか、と読者は思うかもしれない――きっとルーシーは、衝動買いした靴でクローゼットをいっぱいにしたり、余暇の時間をエステに使ったり、セレブのゴシップを追いかけたりする女じゃないんだな、と。

　コミュニケーション学の研究者であるチップとダンのヒース兄弟が、著書『アイデアのちから』（飯岡美紀訳、日経ＢＰ社）で指摘しているように、あざやかな詳細描写は物語の信用度を高めるが、そこには意味もなければならない。象徴となり、物語の中心的アイデアを支える必要がある。[14] 五感が人間にもたらす情報は、毎秒11,000,000に及ぶことを思いだしてほしい。これらはみな感覚的な詳細だ。そして人の脳は、そのうち最低でも10,999,960をシャットアウトしなければならない。脳が招き入れる感覚的詳細は、人間に影響を与える可能性があるものだけだ。これはあなたの物語でも同じだ。あなたの仕事は、どうでもいい情報を排除し、重要な情報のために充分なスペースをあけるようにすることだ。

　以下に、物語に感覚的な詳細描写をする理由を三つあげておこう。

1　プロットに関連した〝原因と結果〟の軌跡の一部を担っている場合――ルーシーはミル

クシェイクを飲むと意識を失ってしまう。

2 登場人物に関する洞察を読者に与える場合――ルーシーは堂々と快楽主義者を自認し、それがトラブルを招いている。

3 メタファーになっている場合――ルーシーの好みの味が彼女の世界観を象徴している。

これに加え、こうした詳細が書かれる物語的な理由を、読者もわかっていなければならない。プロットに関しては簡単だ。ミルクシェイクを味わいながら、ルーシーが意識を失って床に倒れる。味覚と出来事のつながりは明白にわかる。ルーシーが快楽主義者だと伝えることに関しては、まず彼女が低血糖症だと読者に知らせておくことで、一見なんの害もなさそうなミルクシェイクの危険性を意識させることができる。こうした仕掛けは、作者がよく初稿で書き損なうことだが、改稿のときに入れ直せばいいだけだ。

三番目のメタファーは、いちばん伝えるのが難しいケースだ。具体的な何か、つまり身体的な動きにも特定の事実にも頼らずに、説得力を持たせなければならない。むしろ、読者が言外の意味をつかめるかにかかっている。逆に、作者が下地を整える能力にもかかっていると言うこともでき、ルーシーの好むミルクシェイクの味が自分のやりかたを貫くという彼女の姿勢を示しているということを、読者にわからせておく必要がある。ほかのＯＬたちにとっては、チョコレートを愛することが自分のアイデンティティの一部であり、それはルーシーにとっては息苦しく見える文化的順応なのだということを、読者にもあらかじめ知らせておかなければいけない。「ルーシーがレストランの中を見回すと、どの女性もゆっくりとチョコレートのミルクシェイクを飲んでいた。まるでなんらかの秘密の握手のように、ルーシーが入りたいとはとても思えないクラブへの加入許可のように」などと書いておけば、バニラミルクシェイクを飲むことは非常に勇敢なことなのだとわかるし、ルーシーの性格を明かすことにもなる――ルーシーは勇気を持って自分の信念を主張する女性なのだ。こうした情報の断片が、そこから先のルーシーの行動や、体験する状況すべてに対し、読者の解釈に影響をもたらすことになる。

風景を曖昧に語ってはならない

物語的な理由の必要性というルールについて考えるとき、風景や背景は例外だとする作家は多い。つまり、物語がどこで起きているかを知る必要はあるだろう、ということだ。ベッドルームのレイアウト、床板がたわんだ玄関、庭で雨粒をしたたらせる柳、そびえたつ山々――それに誰だって、美しい夕陽は好きなものじゃないか？　エルモア・レナードの鋭い助言[15]に、「読者が飛ばし読みしそうな部分は、なくすよう努力すべきだ」というものがある。そして、全部飛ばすことはなくても、読者が斜め読みしがちなのが、まさに風景、背景、天候の描写なのだ。なぜだろう？　物語とは、人間を、人間に起きる出来事を、出来事に対する人間の反応を描くものだからだ。そして、背景とはこうした物事が起きる場所のことで、もちろんとても重要なのだが、ただ風景や町や天気を描写するだけでは、それ自体がいかに巧みに興味深く書けているとしても、物語の進みを止めてしまう。

だからといって、ゴシック建築や、暗い嵐の夜や、一七九三年以来の歴史を持つ町について、何も語るなと言っているわけではない。ただ、それを書くなら、劇作家ジョージ・S・カウフマンのブロードウェイの決まり文句、「風景を曖昧に語ってはならない」というのを忘れずにおいたほうがいい。雲の不気味さ、街の活気、庭の白い柵の古風さに読者が関心を持つためには、物語的な理由が必要なのだ。風景描写が物語のトーンを決めることも多い。スティーヴン・ピンカーはこう言っている。「トーンは環境によって決まる。バスターミナルの待合室にいるときと、湖岸のコテージにいるときのことを考えてみるといい[16]」。つまり、もし苦心して情景描写をしようというのなら——それが部屋であれ、環境であれ、食事の詳細であれ、あるいは主人公の着ているものであれ——一緒にほかのものも伝えるといい。部屋の描写によって、そこに住んでいる人物の事情を明かしたり、行方不明のダイヤモンドのありかをほのめかしたり、物語に登場するコミュニティの時代精神の重要な部分を伝えたりすべきだろう——できれば、その全部を伝えることだ。

ここでちょっと巨匠の作品、かのガブリエル・ガルシア＝マルケスの『コレラの時代の愛』（木村榮一訳、新潮社）を拝借させていただこう。以下の一節は、単なる部屋の描写を使い、いかに登場人物についての洞察をもたらすかという究極の例だ。フベナル・ウルビーノ博士が、自殺してしまった親しい友人でチェス仲間だった、写真家のジェレミア・サン・タムールの居間をながめている場面だ。

居間には、公園で見かけるような車輪のついた巨大な写真機がおいてあり、背景幕にはペンキ職人の手でたそがれ時の海の風景が描かれていた。壁には、はじめての聖体拝領やウサギの扮装、幸せな誕生日といった記念日に撮った肖像写真がびっしり並んでいた。何年もの間、ウルビーノ博士は午後になると彼とチェスをさしてきたが、夢中になって次の手を考えているときに目にしていた肖像写真が、一枚、また一枚と増えていった。ずらりと並んだ写真に写っている子供たちは、この先どのような人生を送るのか見当もつかない。しかし、そんな子供たちがやがてこの町の未来を決定し、統治し、秩序を乱すことになるのだろうが、その頃には自分の栄光の名残すら残っていないのだと考えて、言いようのない悲しみを覚えた。[17]

この一節は、過去の出来事やウルビーノ博士の世界観に関する洞察を伝えるのみならず、誰もが直面する人間の普遍的状況の一面を見事にまとめている——いずれは自分たちなしでも、たぶん自分たちなど最初からいなかったかのように、世界は続いていくものだという思いを。これこそ私たちが物語を書く理由のひとつだ。岩にスプレーで〝〇〇参上〟などと書くよりもずっと良い。

もしあなたが小説を書き、会ったこともないような人々を刺激し、彼らの友人にも「ぜひこの本を読むべきだ」と伝えてほしいと思うなら、あなたは自分の物語を通じて根を張らなければならない。あらゆるぼんやりとした曖昧なこと、抽象的なこと、一般的なことを、驚くばかりに特定的な、気持ち良いほど手触りのある、心を奪うような本能的な何かに書き換えていくことだ。

チェックポイント

✓ **〝一般的〟なことはすべて〝特定的〟なことに置き換えた?**

言いかたを替えれば、「自分の仕事をしなさい」ということだ。あなたにその意図がないようなやりかたで、読者に空白を埋めさせたくはないだろう。

✓ **特定の物事が消えてしまうような箇所はない？**

あなたの主人公の行動の裏にある理由、理屈、反応、記憶、可能性が、読者から見えなくなる箇所はないか？

✓ **メタファーが〝現実世界〟の何に対応しているかを読者がすぐ理解し、その意味をつかみ、思い描くことができている？**

読者に三回も四回も読み直させるようなことにはしたくないものだ。一度だけで、メタファーを思い描き、その意味するところがわかるようにしておきたい。

✓ **〝感覚的な詳細描写〟──何かの味、感触、見ばえ──は、〝ただなんとなく〟ではなく、すべて物語的な理由があって書かれたもの？**

感覚的な詳細描写は、どれも戦略的に配置し、あなたの登場人物、物語、ときにはテーマに関する洞察を読者に与えるようにしたい。それと、言外の意味がない風景描写は、旅行記と変わらないことを忘れないでほしい。

7 *Courting Conflict, the Agent of Change*

変化の動因となる対立を作る

認知の真実

脳は、たとえ良い変化であろうと、変化には頑固に抵抗するようにできている

物語の真実

物語とは変化の記述であり、変化は避けがたい対立からしか生まれない

あらゆる変化は、それが最も切望されたものであれ、物悲しいものである。なぜならわれわれが手放すものは、自分自身の一部だからだ。われわれはひとつの人生を捨てなければ、もうひとつの人生に入っていくことはできない。

——アナトール・フランス

脳は変化を好まない。脳が進化を経てきた何百万年もの時間の目的が、不変の安定した均衡であるなら、変化を好むはずがあるだろうか？ それに脳は、単に身体的生き残りを学んだのちも、怠けたりは決してしない。人が居心地の良い幸福感をずっと保つことに目的を切り替える。そうなって初めて脳は、長期的な仕事に腰を据える——見えないところで、しかし油断なく、バランスの欠如が起きたときに飛びかかる準備をし、たいていは人の意識のレーダーに引っかかるよりも先にそれを見つける。[1] 床屋を変えようか、職場へ行くルートを変更しようか、違うブランドの歯磨き粉を買おうかと考えるとき、以前のものに忠実でいたいという不安感が生じるのは、まさにそのためなのだ。別に歯が抜け落ちたわけでもないし、歯磨きの効果は出ているはずだ。なぜわざわざ変えることがある？

脳科学ライターのジョナ・レーラーは、著書『一流のプロは「感情脳」で決断する』（門脇陽子訳、アスペクト）でこう指摘している。「自信は人を楽にする。確信を持つことの誘惑は、脳のごく基本的なレベルに組み込まれている[2]」。実のところ、人間の幸福感の大きな部分を占めているのはこれだ。自分の信条をおびやかすような疑問が生じたとき、そう、なんというか、人間がやけに偏屈になるのもそのせいだ。社会心理学者のティモシー・D・ウィルソンもこう言っている。「人はみな、脅威のある情報に対するメディアスポークスマンであり、合理化と正当化の達人であり、幸福感を保つためにはどんなことでもする[3]」

人間は変化を好まず、対立も嫌う。時間の大半は、この二つを避けるために費やされる。これはたやすいことではない。なぜなら、真に恒常的に起きる唯一のものこそが変化であり、変化は対立によって生じるからだ。これかあれか？　私かあなたか？　チョコレートかバニラか？

冷酷な物言いに聞こえるだろうか？　だが待ってほしい。深夜の情報CM風に言えば、なんとそれだけではありません！　目新しい商品、見知らぬ魅惑的な誰か、馬鹿げた夢につい夢中になったことがある人間なら誰でも知っているとおり、変化には別の面もある。新しい奇抜なもの、手の届かないところで羽ばたいているキラキラしたものに惹かれる気持ちも、同じように人に組み込まれたものなのだ。

人間はリスクを冒す生き物としても進化してきた。そうなる必要があった。冒険心がなければ、成長を続ける脳の栄養になる野生動物を探しに出かけることもないし、山にのぼり、そこから人々が命を長らえることのできる緑多き谷の下までいくこともないし、魅惑的な見知らぬ人に近づき、人生の価値を見つけるようなこともないだろう[4]。

それに、そこには矛盾もある。人間が生き延びてきたのはリスクを冒したおかげでもあるが、人が目標とすることは、絶対にそうしないとならないというとき以外は微塵も変化を求めずに安全を保つということなのだから。これぞ対立だ！　そして物語もまさにそうだ。物語の仕事は、まさに人間がこの対立をどう処理するかという取り組みであり、極論すれば恐れと欲望の闘いを示すものなのだ。

だからこそ、物語の生命線が、はるか昔から対立に求められてきたことは驚きではない。このことは誰もが賛同するところだろう。たとえそれが、安っぽい作品を大量生産する作家が書いた殺人クモの話であれ、主人公がため息をつくか何かしているかたわらで、ようやく郵便配達人が汚れた真鍮の郵便受けに待ちかねた象牙色の封筒を滑り落とす、そんな情景を洗練された筆致で描く文学小説であれだ。そうやって生みだされた対立は、見事に鮮明で、まったく率直で、気まずいほどあからさまなものとなる。

だが、あえて言おうと思うが、そのことはしばらく忘れてほしい。そもそも対立とは、受動攻撃的な悪魔なのだ。本章では、この悪魔をマット上に組み伏せる方法を学びたい。差し迫る対立をどうやって最初の一文からサスペンス展開につなぎとめるか、特定の対立やサスペンスの道筋はどこで見つかるのかを探っていきたい。のちの種明かしのために重要な情報を控えておくことが、なぜ皮肉にも読者の妨げになることが多いのかについても考えていこうと思う。

人は対立を物語で楽しむ

対立を描く場合、あなたの読者には、そこにないものがあるように見えなければならない——映画『シックス・センス』の青白い顔の少年みたいに。読者に〝一見そうとは見えない〟ものを感じさせるためには、対立が表面化するよりずっと前から確かにそこにあることを示す必要がある。起きるすべてのことに切迫感を与え、最も害のなさそうな出来事にも予兆を感じさせることが、対立の可能性だ。これによって、募る緊張感で物語全体を波立たせ、面白い物語に熱中するときに放出されるドーパミンの快感を読者に味わわせることができる。実際に何が起きているかを知りたいという欲望をかきたてる、いわゆるサスペンスというものだ。

ただ、ページ上で対立を描く場合には、現実の人生を生きるための脳の仕組みがじゃまになることがある。「人間は社会的な生き物であるため、所属欲求は、食べ物や酸素と同じぐらいに生き残りに必要な基盤だ」と、神経精神病学者のリチャード・レスタックは言っている。[5] 生き残るためにはひとりよりも二人のほうが良い、そして集団ならもっと良いと人間が考えるようになったのは、およそ二〇万年前のことだ。こうして新たな人間のゴールが生まれ、それはいまだに世界中の幼稚園の先生たちに支持されている——すなわち、ほかの人と協調して動くという目標だ。そしてこれが、人の感情、好ましいものもまったくそうでないものも含めたすべての感情を、集団でうまくやっていく方向へとうながしていく。こうした強力な感情の力を疑う人々のために言っておくと、磁気共鳴画像法（ＭＲＩ）による最近の研究によれば、強い社会的拒絶は、身体的な痛みを活性化するのと同じ脳の領域を活性化するという。[6] つまり、人の脳が証明しているのだ。対立は痛みを与えるものなのだ。

だからこそ人間は、できるだけ対立を弱めたがるのかもしれない。人間はかなり早い時期から、あえて危険を冒してでも人間関係に対立を持ち込み、それがエスカレートする前につぼみの段階で摘み取る方法を覚えるようにできていて、社会にも、脳の化学作用にもそのことを奨励される。古い歌にもあるように、マイナスなことよりもプラスなことに目を向け、どんなときでも「どっちつかずの奴なんかに近づくな」ということだ。[7] ここで重要なのは、すべての物語は〝どっちつかずの奴〟の物語だということだ。いわゆる板挟み状態を書くのが物語だ。それでもなお人間は、つい無意識に板挟み状態を避けようとし、脳の黄金律に従い、ほかの誰かを板挟みにすることも嫌うものだ——ときには自分の主人公さえも。

かつて、ある作家と仕事をしたときのことは忘れられない。彼が書いた八〇〇枚の原稿は、貧しい暮らしから這い上がり、非情なマフィアのドンとして不法に財を築いた、ブルーノという男の物語だった。というより、ブルーノはおそらく非情な男だったとは思うが、実際そうなるチャンスは与えられなかった。ブルーノの愛情深い妻は、夫がしょっちゅう〝街で〟夜を過ごしていても、愛人の存在などまるで疑わないし、ブルーノを熱愛する愛人のほうも泰然としたもので、彼の妻のことをグーグルで調べる気もない。確かに、ときどき小さな対立の可能性は生じる。銃、ナイフ、メリケンサックなどを準備し、全部失敗したときのために爆弾車まで手配した敵が、ブルーノを巧妙に待ち伏せたりする。だが、炭疽菌を塗ったドアノブにブルーノが手を伸ばそうとしたとき、ライバルの悪党のもとに、すべては解決したという知らせの電話が入る。彼らはドアをあけ、ブルーノを抱擁し、それからみんなで座って、エスプレッソと美味しいビスコッティを楽しむのだ。

作者は六〇代かそこらの成功したビジネスマンで、幼なじみと結婚して幸せな夫婦生活を送っており、賢くしつけの行き届いた子どもも何人かいた。私は作者に、現実生活の対立についてはどう思うかと訊ねた。彼は眉をひそめた。「対立は好きじゃない」と、張り詰めた声で言った。「好きな人間なんているのか？」

もちろん答えは〝いない〟だ（悲劇の主人公ぶりたい人間は例外としても）。だからこそ人は物語を読む——実生活で自分が避けたり、理屈をつけて退けたり、恐れたり、達成したい気持ちはあるがさまざまな理由でやれない・できないことを体験するために。読者は、自分または自分の知る誰かが同じ状況に置かれたら、感情的にどんな犠牲を払うことになるのか、実際にはどんな気分なのかを知りたいのだ。つまり、人は現実の人生ではすぐに対立を解消したがるが、物語においては、できるだけ長く楽しむために、対立が長引き、徐々に盛り上がることを望むものなのだ。

「ちょっと待って！」とあなたは叫ぶだろう。「主人公のやることは読者にも感じられるようにできているはずなんだから、対立がつらいものだとしたら、読者はマゾヒストってこと？」と。それは違う。一線引いたところで感じる身代わりのスリルは本物ほど強力ではないし、読者が物語に没頭しているときに体験する痛みも同様だ。もちろん読者は、主人公が感じることをそのまま感じるが、気の毒な人間に降りかかった災難が実際には本当に自分に起きているわけではないことを、脳はきちんと認識できる。ジュリエットが目覚め、隣に息絶えたロミオを見つけたときの苦しみは感じられても、自分の愛する人が劇場の隣の座席にいて、平和にいびきをかいているという事実を見失ったりはしない。そして、まさにこれこそが、物語が深い満足を与えるゆえんでもあるのだ。トラブルを試しに味わったところで、リスクはまるでないのだから。

それに、現実ではそうでなくても、物語の世界では対立は歓迎されるべきもので、サスペンスを生みだすのにも有効だ。さて、ここできわめて重要な質問をひとつ。物語上で起きる対立を、サスペンスとして活用するにはどうしたらいいのだろう？

サスペンスを生み出す対立の典型例

前述したように、物語とは〝物語前〟と〝物語後〟のあいだで、流れるように変化していくものだ。つまり物語の本質は、変化していく何かの記述だ。通常この〝何か〟は、主人公が〝物語前〟の岸辺から〝物語後〟の土手へとたどりつくため、解決すべき問題を中心に回っている。

表面上の対立とは、エスカレートしていく外面的な障害によって生まれ、主人公が迅速に問題を解決して無傷で進むのを妨げる。ただ、最初に表面下に対立の種を蒔き、やがてそのやわらかい若枝が太陽を探して地面を突き破るようにしておかなければ、この障害も意味を持たなくなってしまう。本来ならしっかりした〝物語前〟の壁に、最初の細いひびが入るところを想像してみてほしい。この裂け目の原因は、しばしば〝この物語はなぜここから始まらなければならないのか?〟という問いの答えにもなる。たとえばアニータ・シュリーヴの『パイロットの妻』で、ひどくまずい何かが起きたことを主人公のキャスリンに知らせるのは、夜明け前の不吉なノックの音だ。最初のひび割れはゆっくりと漆喰を粉々にしていき、そのあいだにキャスリンは、夫のジャックがさまざまな意味で、自分がまるで知らない人間であったことに気づいていく。とはいえこの物語は、キャスリンの置かれた状況そのものよりも、彼女がそれまで真実と信じていたものがまるで真実ではなかったということを知り、その意味を理解しようともがく姿を描いている。つまり、人間がおのずから抵抗してしまう変化とはこういうものだ。キャスリンは全身全霊で、ジャックは完璧な夫だったと信じたがっているが、彼女が慎重に——大半は無意識に——築いた正当な理屈の穴を、人生（つまりは物語）がつつきだしてしまう。

こうして、物語の最初の小さなひび割れと、その結果生じたものとが、主人公の世界の中心を突っ切る断裂となり、すべてが壊れていく。地震が起きたときのように、二つの相反する力がひび割れを作り、主人公はそのあいだで板挟みになる。こうした争いの力を〝○○vs△△〟という形で表現しようと思うが、物語がのちに闘いに発展したとき、これらの対立がひとまとまりになって闘技場を生みだすことになる。どんな物語にも複数の対立があるが、以下に典型的なものをあげておく。

- 主人公が真実と信じていることvs実際の真実
- 主人公が求めるものvs主人公がすでに持っているもの

- 主人公が求めるもの vs 主人公が期待されているもの
- 主人公 vs 主人公自身
- 主人公の内面的ゴール vs 主人公の外面的ゴール
- 主人公 vs 敵対者
- 敵対者 vs 主人公のゴール（外面的ゴール、内面的ゴール、あるいは両方）
- 敵対者 vs 慈悲（もしくはそう見えるもの）

さて、少し考えを広げてみよう。物語は、〝物語前〟と〝物語後〟のあいだの時間、対立するもののあいだの空間に存在し、主人公は二つの対立する現実のなかで行動し、双方を連帯させようとする（そうすることで問題を解決する）。それができれば対立のあいだの空間は消え、物語は終わる。そうなるまでサスペンス状態は進行し、読者には現実の対立がますます深まっていくように見え、いったいこれをどうやってまとめるのかと頭をひねることになる。

簡単に言えば、主人公をあれこれつつき、変化させるのが物語の仕事だ。これを念頭に、〝○○ vs △△〟がどう物語を形作るのかを徹底的に見てみよう。

対立による対立
——サスペンス状態を盛り上げて維持する

物語に突入する前に、人間の脳が情報をどう処理するか、三つの重要な事実を確認しておこう。

1 第一〇章でも取り上げるつもりだが、脳はすべてにおいて意味のあるパターンを探すようにできていて、パターンの反復もしくは変化に基づいて次に何が起きるかを予想する（つまり何より重要なのは、読者にもわかる意味のあるパターンが存在する必要があるということだ[8]）。

2 読者は、現実か想像上のことかにかかわらず、似た出来事における自分の個人的経験を通じてページ上の筋書きを読み、現実味があるかどうかを見る（つまり読者は、ページ上にあるよりも多くの情報を推測することができる——あるいは、推測するための情報が充分でなければ腹を立てる[9]）。

3 人間は問題解決を好むようにできている。何かを解明すると、脳はあたかも「よくできました!」と言うかのように、中毒性のある神経伝達物質を放出する。[10] 物語の楽しさとは、本当は何が起きているかを解き明かすことだ(つまり、前述の**1**と**2**を無視した物語は、読者になんの喜びも与えないことが多い)。

これらはすべて、読者はあなたが思う以上に物語の読みかたを知っているということでもあるので、手の内を明かしすぎることはないかと心配する必要はない。あなたの読者は主人公の何歩も先、つまりあなたが読者に望むぐらいまでは考えているものだ。たとえば読者は、女たらしのピーターの妻が病気の母のもとから自宅に戻ったとき、ピーターが本当に妻に別れを告げるかどうかという問題に関して、一人称の語り手でもある気むずかしい愛人のリサよりも、ずっと賢く予想できるものだ。そしてそれは良いことなのだ。なぜなら、サスペンス状態は、読者が登場人物たちの行動を推測するところから生じるのみならず、リサが結婚準備の品を選んでいる様子を見守る読者の緊張感からも生まれるものだからだ。読者はピーターが妻を捨てないということばかりか、そもそも彼には妻などいないのかもしれないと気づいている。

読者はリサを応援し、彼女がどんなに強くピーターを手に入れたいと思っているかも肌で感じているものの、それでも彼女の願いがかなってほしいとは思えない。そのかわり、本当にピーターを手に入れて手遅れになる前に、彼が実は自分に必要な相手ではないということをリサに気づいてほしいと考える。リサの本当の闘い、つまり読者が固唾をのんで見守っている物語の核は、内面的なことなのだ。言い替えればこの物語は、その世界で何が起きているかではなく、リサがその世界をどう見ているかを中心に動いているということだ。こうして幾重もの対立がリサの物語に張りめぐらされる。これを、対立による対立、としておこう。

外面的に見た対立の構図は、リサが欲しいもの（ピーター）vsリサが持っているもの（ピーターの約束）だ。内面的対立は、リサが信じているもの（ピーターは信頼できる恋人）vs実際の真実（ピーターは信用のおけない男）という構図だ。ページ上でリサがピーターにアプローチしているあいだに、ピーターはリサの思うような人間ではないということを作者が徐々に明かし、読者がそれを見守るということになる。これによって、リサが真実に気づいたときにどう感じるか、その結果どんな行動をとるか、読者が予想する余地が生まれる。

こうして読者は、物語の闘技場を定義するものでもある最重要の対立に導かれていく――リサが欲しいもの（ピーターの純粋な愛情）vsリサが期待されているもの（ピーターは自分の浮気もリサが見ないふりをしてくれると期待している）だ。ピーターはリサがどんなときでも何も言わず、ピーターの気まぐれにも喜んで応じたがっていると信じているふしがあり、リサはこの物語の全体にわたってその事実に苦しむことになる。友人たちには弱い人間だと見られているとわかっていても、リサは自分を彼らの期待どおりの人間に見せることさえできない。ピーターとは別れる、とリサは友人たちに誓う。ただ良いタイミングが見つからないだけだと。

こうしたことが、リサの頭のなかに、ピーターに対する友人たちの意見は正しいのではないかという疑いを呼び起こすようになる。だが、ピーターにすっかり夢中になっているリサは、その疑いを無視している。なるほど！　リサは今や自分自身とも闘っており、ピーターの行動に対するリサの内面的な反応にもそれが顕著になってくる。リサは正当化を試みる。自分で言っていることと実際に考えていることが、だんだん一致しなくなってくる。これこそ緊張状態を盛り上げていくということだ！

ここで疑問が出てくる。読者にとってはきわめて明白なことを、リサはなぜ無視するのか？　ピーターがリサを夢中にさせたことはともかくとしても、読者が知りたいのは、リサがなぜそうまでしてピーターとの関係を守りたいのかという理由だ。たとえば、リサの心の奥底にある動機が、ひとりになるのが怖いという感情だとしよう。

恐れ？　これもまた対立の源にできるだろうか？　リサのゴールvsリサの恐れ？　いや、そうはならない。リサの恐れは、彼女をゴールから引き離しているものというよりも、ピーターの胸に飛び込みたいという気持ちの原動力の一部なので、もしリサがピーターを手に入れれば、ひとりになるという恐怖と立ち向かう必要がなくなってしまう。これでは対立にならない。ただ、リサの内面的なゴールはまだ明らかになっていない。運命（つまり作者）が定めているリサのゴールは、誠実な男性にありのままの自分を愛してもらうことだとしよう。ピーターはそういう男性だろうか？　違う。そこには明らかに対立があり、これが以下のような便利な経験則を明らかにしてくれる。

主人公が最初に求めるものが本物のゴールなのかどうかを知るためには、こう自分に問いかけてみるといい――主人公が自分の最大の恐れに立ち向かい、内面の問題を解決することによって、あらかじめあったゴールに到達できるだろうか？　答えがノーであれば、要するにそのゴールは偽物だということだ。

どういうことかわかるだろうか？　つまりリサの恐れは、実際にはとても興味深い対立の一部なのだ。リサの恐れvsリサの本物のゴール、すなわち誠実な男から愛されたいという望みだ。もしリサが自分に忠実であろうとするのなら、ひとりになるとわかっていても、ピーターを捨てるだろう。こうした重層性をすべて意識することで、作者はリサの孤独への恐れを活用して、起きることすべてに対するリサの反応を形作ることができる。こうして、外面的な判断も、内面的な独白も、ボディランゲージも、リサが意識しているか否かにかかわらず、彼女の本当の動機を何かしら反映するものとなる。明白に書くことはできないが、リサは本当はこう思っているのだ。

そうですとも、ピーターは確かに厚かましい馬鹿よ、だけどひとりになるぐらい――

なら死んだほうがましだし、ピーターが望むことならなんでもするわ。たとえピンヒールのせいで足がくたくたになってもよ。

物語上の文章はこんな感じになるだろうか。

ピーターと私が一緒に中庭に入っていったとき、隣人のメイベルがアパートメントの自分の部屋に小走りに飛び込み、飼い猫たちが出ていかないようにすばやくドアを閉めたのが見えた。何匹飼っているんだろう？　八匹、九匹？　それでもメイベルはいつも悲しげで、猫に嫌われることさえ恐れているみたいに見える。明日はわが身だわ、と私は思い、私の肩を抱いているピーターの腕の重みに感謝した。たとえピーターのペースに合わせて速く歩くことが、ピンヒールの足には少しつらいとしても。

読者がリサの本当の動機に気づくにつれ、本来なら賢くて有能な女性でも、ピーターみたいな粗野な男に惹かれることがあるというのはわかってくる。リサも「いっそメイベルのふわふわな子猫の一匹に夢中になればいいのに」という気さえしはじめる。

ここで考えてみたいのが、最も明確な対立の源だ。敵対者——この場合はピーターのことだ。

だが、ナルシストのピーターに注目しすぎて彼を喜ばせても仕方がないし、私たちの興味の焦点はリサだ。リサはこの物語世界の太陽で、すべてはリサを中心に回っている。ピーターに関しては、彼がリサにどんな影響を与えるかという観点で考えるべきだ。

　リサが克服すべき障害、しだいに大きくなっていく障害としてピーターを使うためには、彼が面白い闘いを見せられる相手でなければならない。これは非常に重要なことで、主人公は敵対者に強いられる範囲で、せいいっぱいの強さを発揮することが求められる。読者は〝今こそ証明してみせろ！〟という段になると急にやかましくなるもので、まるで〝証拠を見せろ《ショウ・ミー》〟州と呼ばれるミズーリ州の住民並みだ。主人公がいかに勇敢かを語って聞かせても、絶対に耳を貸さない。結局のところ、自分は勇敢な人間だと言うことは誰にでもできる。大胆不敵だ、立派だ、と言うのも同じことだ。それがなんの証明になる？　ただの自慢好きかうっとうしい人間、あるいはこれがいちばんありそうだが、臆病者なのかもしれない。実際、本当に勇敢な人間ほど、自分のことを勇敢とは思っていないものだ。

　要するに、敵対者は主人公の能力を試さなければならない。ピーターはリサを誘い込むためにどんなことでもやらなければならないが、もちろんリサが望むような男になってはいけない。なぜなら、リサにとってピーター以上に必要なものは、自分の恐れに直面する力だからだ。ピーターが容赦なくリサを引きずり込むことで、実際にはピーターのおかげで、リサは自分をずっと押しとどめていた何かに向き合わされることになる。それこそ読者が応援していることだ。たいていの場合は。

実は、最後にもうひとつ対立がある。敵対者vs慈悲（もしくはそう見えるもの）という対立だ。サイコパスは別として、根っから悪い人間というのはそういるものではない。実際、サイコパスにしても、彼らを定義づける特質は、共感を装いながら何も感情を持たずにいる能力なのだ。テッド・バンディ〔アメリカの殺人犯。一九七四〜七八年におびただしい数の若い女性を殺害した〕のような連続殺人鬼のなかには、ダクトテープや弓のこを取りだす瞬間までは、まったく魅力的で慈悲深いと思わせる能力にたけた人間も多い。〝慈悲〟ルールの重要な要素は、〝もしかしたら〟と思わせるということだ。もしかしたら、すべての予想を覆して、ピーターは変わるかもしれない。読者がふと、「実のところピーターって、そう悪い奴でもないんじゃないかな？」と思ってしまう瞬間が、ひとつやふたつ欲しいところだ。こうした瞬間はたいてい、リサがピーターと二度と会わないと決意しかけているところにやってくる。だからリサは気がゆるむ。少しのあいだ、やっぱりこれでいいんだと思える状況になる。ところがその後、誰もいないところで、ピーターがメイベルの猫を思い切り蹴飛ばす場面がやってくる。そして読者は思う。ああ、なんてこった……。

なぜこれをやる必要があるのか？　わかりきっている結末を前にすると、サスペンス状態の維持が難しくなるからだ。ちょっとした〝もしかして〟も長く続くものだ。危険な妖女であれ、悪党であれ、サイボーグであれ、敵対勢力が本当に悪い奴なら、わざわざそれを強調する必要もない。脅迫の電話を一本かければ充分だ。送信者の名前を見れば、誰もそんな電話は取らないだろうが。しかし、主人公がひどいインフルエンザにかかっていて、テッド・バンディがお手製の温かいチキンスープの器を持って現れるなら、いささか話は違ってくる。もしかしたら彼は心を入れ替えたのかもしれない。あるいはスープに砒素が入っているのかもしれない。要するに、読者にはわからない。これぞサスペンスだ！

種明かしが成立する二つの条件

さまざまな対立がサスペンス状態を生むのは、敵対する欲求、事実、真実を互いに向き合わせることで、進行中の対立を本質から煽り立てることができるからだ。読者にも応援する対象ができるし、主人公の進歩を測る尺度も増え、対立のありかを明白にできる。これが独創的なサプライズとして効果を発揮することもあり、サスペンス状態をひそかに保つための巧妙なひねりが生まれる。さて、ここでひとつ〝種明かし〟だ。よく作家が使いたがるサスペンス状態のテクニックが、まったく逆効果になるケースについて説明しようと思う。

神話　**物語最大の種明かしのためには、情報を伏せておくことが読者を引き込む秘訣だ**

現実　**情報を伏せるせいで、読者の興味を薄れさせてしまうことも多い**

そもそも〝種明かし〟とは何か？　何かを変える（そしてその何かを説明する）ような事実がようやく明らかにされることだ――〝何か〟とは〝すべて〟を意味することも多い。

種明かしの多くは物語の終わり近くで読者を驚かせ、そこまでのすべての意味を変えてしまう。映画『スター・ウォーズ』のダース・ベイダーが、轟く声で「私はおまえの父親だ、ルーク」と告げる台詞。『チャイナタウン』でイヴリン・クロス・モーレイが、ジェイク・ギテスに「彼女は私の妹で、私の娘でもある」と認める台詞。『サイコ』のノーマン・ベイツが、死んだ母親の服を着ている姿。

こうした種明かしはどれもショッキングだが、聞いた瞬間に完全に腑に落ちる。なぜか？

それまでの物語がきちんと理にかなっていても、読者は、自分に見えているもの、自分がここまでずっと理解しようとしてきたもの以外にも、まだ何かが進行しているのではないかという予感を捨てきれないものだからだ。作者がずっと暗示の特定パターンを提供していれば、読者にもそれが伝わる。そうすることによってこそ、それまでの物語も充分理解可能でありながら、種明かしによってさらに合点がいくという形が作れるのだ。

ただし勘違いしないでほしいが、種明かしがすぐさま真実として受け入れられるのは、暗示のパターンがあってこそだ。でなければ、三つの恐怖のC、つまりご都合主義《コンヴィニエンス》、無理のある仕掛け《コントライヴァンス》、偶然《コーインシデンス》のどれかになるだけだ。殺人事件ミステリーのラストで、主人公が冤罪で絞首刑にされかかったとき、誰も（ひょっとしたら作者も）存在を知らずにいた双子の兄弟が、真犯人として登場してくるようなものだ。

こうした小説の問題は、作者が重大な情報をあまりに秘密にしすぎると、読者には本当に起きていることがまるでわからず、知る方法もないということだ。もっとまずいケースになると、見えないところで何かが進行しているということもわからなかったりする。昔、フレッドという名の悪辣な自動車メーカー幹部を主人公にした、五〇〇枚の原稿を読んだことがある。フレッドは会社の命運を一台の新型車に賭けていたが、発表前夜になって、致命的な問題につながりかねない設計ミスが発見される。フレッドは悲劇が起きるかもしれないと知りながら、この情報を握り潰して販売を開始する。この小説は、フレッドの悪事がいかに裁かれるかの物語だ。原稿の四五〇枚あたりまでは、何も驚くことは起きない。そのあといきなり、フレッドが実は最初からＦＢＩの秘密捜査の対象になっていたということが明かされる。実は彼の側近の数名、それに加えて愛人のサリーが、初めからフレッドのことを監視していたのだ。物語にはこうした気配はまるでなく、わずかなヒントさえもなかった。私が作者にそのことを訊ねると、彼は微笑み、わざとそうしたと答えた。どんでん返しを最後までとっておきたかったからだと。

しかし、読者はそういうふうには読んでくれない。なぜか？　あまりに読者に秘密を隠しすぎたせいで、作者が緊張感やサスペンスの源泉まで物語から奪ってしまっているからだ。これこそ皮肉というものだ！　あとから見れば明白なのだが、実際には以下のような結果をもたらしただけだ――陰謀が動いていることがわからなければ、動いている陰謀などないのと同じだ。

読者は、過去の特定の出来事を振り返り、新しい情報に照らし合わせて解釈しなおすことを楽しむ。しかしそれは、あらかじめ以下のような厳格な二つの条件が満たされてこそ可能になる。

1　物語には、見た目とは違うことが起きているかもしれないと読者を警戒させるような、特定の〝ほのめかし〟または〝気配〟のパターンがなければならない。そうやって新しい展開が起きたときに初めて、実際に起きていたことが明かされて説明できるようになる。

2 こうした〝ほのめかし〟や〝気配〟は、種明かしがおこなわれる前であっても、それ自体が単独で成立する（なおかつ理にかなっている）ものでなければならない。

読者はわざわざ前に戻って、サブプロットを挿入しなおしたりはしない。前述の例のような書きかたでは、まるで作者がこう訴えているようなものだ。「いや、四五〇ページまでは、フレッドを見てても退屈なのはわかってるけど、FBIがずっとフレッドに隠れて聞き耳をたててたってことを、最初に戻ってもう一度想像してみてよ。友だちだって言ってた連中だよ？　みんなが盗聴してたんだ。それに愛人のサリーまで！　サリーはフレッドを好きですらなかったんだよ？」

それればかりか、この種明かしのせいで、フレッドの友人たちの過去の行動からも現実味が失われてしまう。彼らが盗聴していたのなら、神経をとがらせていただろうし、たとえボディランゲージ程度でも、何かしらその気配はあったはずだ。サリーには昼下がりの情事以外に仕事があったわけで、彼女のふるまいにも何か暗示が見られたはずだ。もちろん優しい読者なら、「サリーはFBIのために働いているわけだから、プロなんだし、フレッドにばれるようなことは絶対にしないいんじゃないの」と言うのかもしれない。たとえそうやってサリーが本当の感情を隠していたのだとしても、それで物語の魅力や現実味が深まるわけではない。ボディランゲージはどうしても表に出てしまうものだし、意図せぬ間違いを犯すのが人間の性質だ、という認識が読者の側にあるからだ。
サリーが本当はどんな仕事をしていたのかを、読者が知る（あるいは少なくとも疑う）必要がある、と言っているのではない。ただ、サリーのふるまいが〝おかしい〟、目に見える以上の何かが進行しているかもしれない、ということぐらいは知らせる必要がある。それがなんなのかを、読者に予想させたい。そのためには、物語の過程で誘導すればいいのだ（嘘をつくのではなく）。

たとえばヒッチコックの映画『めまい』では、引退した刑事スコッティ・ファーガソンが、マデリンという若く美しい女性のことを、旧友のギャヴィン・エルスターの妻だと思い込むように誘導される。スコッティはエルスターに雇われ、問題を抱えた妻のマデリンが自殺しないよう見張る。やがてスコッティは謎めいたマデリンに惹かれるようになるが、観客は、マデリンもスコッティに惹かれていて、それでもその気持ちに屈しないようにしていることを察する――これが場面に緊張感やサスペンス感を与える。マデリンは人妻で、しかもスコッティの友人の妻であり、観客は彼女が二重に罪の意識を感じているのだと考える。とはいえマデリンは、エルスターが言うほど病んでいるようにも見えない。このため、実際に進行していたことを観客が知ったとき――マデリンがスコッティに惹かれていたのは事実だが、彼女がエルスターの妻だという話は事実ではなく、実はエルスターはスコッティを罠にかけるためにマデリンを雇っていたのだ――それがわかってから思い返してみると、彼女のふるまいはますます腑に落ちるものとなり、種明かしとして完全に成立するわけだ。

自動車企業幹部のフレッドと秘密捜査官のサリーの壮大な物語詩とは対照的だ。作者が二人の逢い引き場面からも、対立の暗示を徹底的に排除したせいで、読者には表立って書かれている以上の何かがあることもわからず、とても退屈な話になってしまった。サリーがフレッドから真実を隠していることを知っている作者にとっては、さぞかしエキサイティングな話だったことだろう。読者にも同じ楽しみを与えるべきだったのだ。

種明かしが失敗してしまうケース

種明かしは、的確にやれば素晴らしい効果をあげる。だが、作者が以下のような重要な点を自分に問いかけておかないと、お粗末なほど使い古しの印象を与え、逆効果にしかならない。

この情報を隠しておくことは、物語の観点からはどんな利益があるだろうか？　それによって物語はどう面白くなるか？

私が思うに、種明かしの失敗は基本的な誤解から生じることが多いので、まずその話から始めよう。読者に切迫感を与え、次に何が起きるか知りたいと思わせることが重要だとわかっている作家ほど、何かを〝秘密〟にしておきたがるものだ。そうすれば読者は、秘密を知るために物語を読み続けるものではないか？　こうした作家はしばしば、先に読者に秘密を知りたがらせる必要があるのを忘れてしまう（そこに秘密があると知らせることも）。その結果、読者を惹きつける手段として、

- 登場人物の行動の本当の理由を秘密にしすぎてしまう。おかげで、本当の理由があることすら読者には伝わらない。

もしくは、もっとよくあるケースとして、

- 秘密があることは読者に知らせるが、漠然としたことしか伝えない。おかげで読者には推測の余地がない。

というやりかたを選んでしまう。

どちらのケースも、読者は登場人物に起きる出来事に関心を持つものと、作者が最初から決めてかかっていることが問題なのだ。皮肉なことに、作者が隠しているその情報こそが、読者の関心をそそるために必要なものだったりもする。種明かしをおこなうには、最も興味深い情報を曖昧な一般性のなかに隠しておかなければならず、第五章でも確認したように、そこから面白さはほとんど出てこない。たとえば、主人公のボブが失業という〝問題〟を抱えていることが読者にわかっていても、作者がその問題の内容、すなわち失業のいきさつと、ボブの職業の種類を提示しないでおけば、何も伝わらない。ボブが本当はトイプードルで、後足でぴょんぴょんステージを跳びまわることを屈辱だと感じ、これならリスを追いかけたほうがましだと考えるようになってしまったために、シー・ワールドから解雇されたとわかれば、確かに読者は驚くだろうし、これはこれで面白くはある。だが、作者が種明かしをだいなしにしないよう、あまりにたくさんの詳細を隠してしまえば、読者はボブが不運なただの毛深い男で、失業したために高架下の木箱で寝起きしているのだと想像しながら、最初の一〇〇ページばかりを読むしかない。読者にとって明白なのはそれだけで、実際に何が進んでいるかはまるでわからない。

ほかのものが事実を〝明らかにする〟からといって、状況や登場人物を一般化したままにしておくと、物語の制限が厳しくなるばかりか、登場人物の信用も失われやすい。なぜか？　作者が主人公の大きな秘密を隠してしまうと、主人公が当然それについて考えているはずのときでも、考えることができなくなる。さらに厄介なことに、主人公が本当のことを明かせないので、自然な反応も示しにくくなってしまう。ようやく種が明かされても、過去に主人公がやってきたことが、本来のその状況下で示すはずの行動と一致しなくなる。こうして、種明かしもつまらなくなってしまうのだ。

ただしありがたいことに、まだ別の方法はある。

手の内は全部明かすべき?

いっそ手の内を明かしてしまうというのはどうだろう? そうすることで、サスペンス状態にはどんな影響が出るだろう? 違いを確かめてみよう。

まず、手の内を明かさないバージョンだ。マリアは遅くまで戻ってこないルームメイトのキャリーを捜している。近所をさんざん捜したが見つからず、仕方なく、引っ越してきた新しい近所の住人のホーマーを訪ね、キャリーの写真を見せて、彼女を見かけなかったかと訊く。ホーマーは見てないと答えるが、マリアがあまりに心配そうなので、良かったらハーブティーでも飲んでいかないかと誘う。話を大げさにしすぎたと気づいたマリアは、ホーマーが魅力的な男だったこともあって、その誘いを受ける。ホーマーは湯気の立つ二つのマグカップの向こうからマリアを元気づけ、「キャリーはきっと友だちのところへでも行ってるんだよ、心配することはない」と言う。三〇分後、マリアはだいぶ安心し、ホーマーは独身なんだろうかと考えながら部屋を立ち去る。

次に、実はキャリーはホーマーの家の地下室に監禁されていて、上から聞こえてくる二人の会話を耳にしながら、必死に脱出を試みているという事実を知ったうえで、前述の場面を思い浮かべてみよう。読者はとたんになりゆきに心を奪われ、キャリーを応援し、ホーマーがマリアのハーブティーに薬を盛ったりしないよう祈り始めるはずだ。

やはり、作者の手の内は全部明かすべきなのだろうか？　後々のために切り札を何枚か隠し持つこともできないということか？　そんなことはない。読者はだまされることが大好きなのだ。ただしそれは、物語の出来事が実際に起きたその時と、〝本物の真実〟がわかってから考え直してみた時とで、どちらもすべて筋が通って見えるという場合に限った話だ。

さて、再びマリアとホーマーの物語に戻ろう。キャリーが地下室の椅子にダクトテープで縛りつけられているとする。しかしキャリーは、ホーマーとマリアが上でしゃべっているあいだに椅子から身をほどき、地下室の窓によじのぼって脱出し、家まで逃げることができた。そうなると読者は、今度はマリアがホーマーに縛られることを心配し、マリアがそこを立ち去ることを必死に祈る。マリアがようやく帰っていくと、読者は安堵のため息をつく。

だが、ホーマーがドアを閉めたとき、電話が鳴る。ホーマーの上司であるFBI捜査官からで、援軍を向わせているという知らせだ。上司は、ホーマーが任務についてたった一週間で、遺体を切り刻む悪名高い殺人鬼のキャリー・ディンズモアをとらえたことに仰天している。なにしろついさっき、キャリーが今夜再び殺人を計画しているらしいという情報をつかんだばかりなのだ。どうやらマリアという名のルームメイトを殺そうとしているようだ。

これでまた緊張感が高まることは明白だ。この例でもわかるように、対立は決して短命なものではないし、本能に訴える。対立とは、読者が物語のほころびのあいだに飛び込み、可能性をあれこれ想像するために、作者が与える空間のようなものだ。物語は二つの敵対勢力のあいだの空間で展開するものだということを、決して忘れないでほしい。主人公が板挟みになっている相容れない現実を、読者にもつねに認識させておくようにすれば、あなたもその想像力の競争に加わることができる――読者とともに。

チェックポイント

✓のちのち生じる対立の芽を、物語の最初から発芽させている？

対立につながる道筋は、読者にも少しは見せてあるか？ 主人公がまだ気づいていない問題を、読者が予想できるようになっているか？

✓ **主人公が特定の板挟み状態に陥っていることを読者にも気づかせるため、〝○○vs△△〟という構図を確立させている？**

主人公が望むものを手に入れるためには、どう変わらなければならないかを読者が予想できるか？

✓ **主人公が言い訳をつけて逃げるにせよ、本当に自分を変えてみせるにせよ、対立の力が主人公に行動を起こさせている？**

あなたが主人公なら何を避けたいと思うか想像してみよう——そして、主人公をそれに立ち向かわせよう。

✓ **あとで大きな種明かしをするために特定の事実を隠すことは、物語の利益になっている？**

手の内を明かしすぎることを恐れてはいけない。あとでいくらでも調整はきく。手の内を見せることは、しばしば良い結果につながるものだ。

✔**種明かしが済んだあとで新しい情報に照らしてみても、それまでに起きたことはすべて理にかなって見える？**

忘れないでほしいのは、種明かしがなくても物語のつじつまは合うが、種明かしによってますます腑に落ちたと思わせなければならないということだ。

8 Cause and Effect

原因と結果で物語を展開する

認知の真実

脳がつねに主な目的としていることは、因果関係を形作ることである――〝もし○○なら、結果は△△だ〟

物語の真実

物語は、最初から最後まで、原因と結果の軌跡をたどる世界は原因と結果で織りなされている、と人間は考えている――出来事は、ただ次々に起きるものではなく、世界そのものの性質によって説明できるものだと見なされている。

――スティーヴン・ピンカー『心の仕組み』（椋田直子訳、ＮＨＫ出版）

人はよく、仮定で物事を判断することをいさめられる――そんなこと言うけど、実際に試したことあるの？　これは「息をするな」と言われるのと同じだ。人間は、すべてに対し、どんなときでも仮定をおこなっている。呼吸以外で人の生き残りの鍵を握るのは仮定だ。よく見ないで通りを横断すれば、車にはねられるだろうという仮定。キッチンカウンターにひと晩置いてあったツナのクリーム和えを食べるのは、あまり賢明ではないという仮定。午前二時に電話が鳴れば、あまり良い知らせではないだろうという仮定。結果を仮定することができないのなら、そもそも、朝どうやってベッドから出ることができる？　だから人は仮定する。哲学者のデイヴィッド・ヒュームは、人間にとっての因果関係とは「世界を結合するもの」だと指摘している。[1]

人間の仮定が間違うことはあるか？　もちろんある。アントニオ・ダマシオは、これについて適切な例をあげている。「一般に、脳はフィルムのような受動的な記憶媒体と仮定されており、感覚的な検知によって分析された対象の特性が、忠実に写し取られると考えられている。目が受動的で悪意のないカメラなら、脳も受動的な、汚れなきセルロイドだと。しかしこれはまったくの虚構である」。そしてダマシオはこう説明する。「人の記憶は、その人の過去の経歴や信念により、文字どおりゆがめられているのである[2]」

言い替えれば、人間の仮定は、これまでの経験の結果に基づいているということだ。ただしそれだけにとどまらない。初歩的な観察をおこない、次に何が起きるかを予測できる生物はほかにもいるものの、なぜそうなるかを説明できるのは人間だけだ[3]。〝これ〟がなぜ〝あれ〟の原因になったのかを理解することで、人間は次に何が起きるかを予想し、それに対し何をすべきか決めることができる。それによって、未来を理論化し、さらに自分に有利な変化を起こそうとすることもできる。

それでも誤った仮定は起きる。仮定を誤ることもまた人間の性質として容認されており、だからこそ人間は、思うようにいかないかもしれないと思いつつ、それでもあえて勇気を振り絞ることがある。仮定で判断するなと人が言いたがるのは、たいていそうやってうまくいかなかったときだ。厳密には、〝君の仮定は役に立たない〟と言っているわけだ。キャスリン・シュルツが『まちがっている――エラーの心理学、誤りのパラドックス』で立証しているように、「人がこれが起きるだろうと考えても、ほかのことが起きる」のは決してめずらしくはない。[4]

物語は、〝起きるだろうと思ったこと〟と〝かわりに起きたこと〟の対立のあいだで生まれ、最初から最後まで、原因と結果の明白な軌跡に沿って語られていく――そうでなければ、〝ただ次々と物事が起きる〟だけになってしまう。本章では、この原因と結果の軌跡について考える。驚くほど単純な三つの呪文に物語を従わせる方法を考えたり、プロットの外面的な原因と結果を、物語にひそむもっと強力な内面的原因と結果に結びつける方法を探ったりしてみようと思う。また、〝語るのではなく見せろ〟という言い回しについても概観する。さらに、原因と結果の軌跡が脱線しないようにするためのテストも紹介しようと思う。

〝もし、その後、だから〟で展開しよう

本書でもすでに論じたように、人生も物語も感情に動かされるものだが、指示を出すのは論理だ。感情が陰なら、論理は陽だ。人間の記憶、すなわち人間が理解している世界は、論理的に相互に関連づけられている。ダマシオによれば、脳は大量の入力情報や記憶を組織化する傾向があり、「あたかも映画編集者のように、ある結果の原因と見られる行動の、一貫した物語

構造のようなものを脳に与える」という。[5]

脳は原因と結果の観点からすべてを分析する。このため、物語が原因と結果の明白な軌跡に乗っていない場合、脳は何を理解していいのかわからなくなってしまう。そのせいで本を窓から投げ捨てたくなるぐらいはましなほうで、身体的な苦痛の感覚の引き金となることもある。[6]ただ、物語を軌跡にとどめておくためには、〝もし〟〝その後〟〝だから〟という三つの呪文があれば充分だ。〝もし〟私が火の中に手を入れたら（行動）、〝その後〟私は火傷する（反応）。〝だから〟私は火の中に手を入れないほうが良い（判断）という論理性だ。

行動、反応、判断——これが物語を先へと進める。物語は、最初から最後まで原因と結果の軌跡に従わなければならないため、主人公がようやく最終的なゴールに取り組むときには、主人公を導いてきたその道筋が明白に見えるのみならず、あとから振り返れば、最初からそのゴールは避けられないものだったということがわかるようになっているはずだ。この〝あとから振り返れば〟が重要だ。物語のすべては完全に予測可能であるべきだが、これはあくまで、〝結末〟がわかったあとで考えてみれば、ということでなければならない。

物語が段階的に進むべきだとか、たどった原因と結果の道筋が時系列であるべきだということではない——むしろ逆だ。時間の流れを無視してもかまわないし、逆行して語ってもいい。マーティン・エイミスの小説『時の矢——あるいは罪の性質』、ハロルド・ピンターの戯曲『背信』、あるいはクリストファー・ノーランの映画『メメント』などはまさにそうだ。ただし、最初のページから前へと進まなければならないのは、感情の軌跡の明白な論理性だ――読者が追う物語はこれだ。ジェニファー・イーガンのピューリッツァー賞受賞作『ならずものがやってくる』は、個々に独立した短編が時間を行き来しつつ何人かの登場人物を追うものだが、こうした一見〝実験的〟に見える小説でも、物語の軌跡をきちんと追っている。イーガン自身、こう言っている。「実験的という言葉を聞くと、私には、物語を消してしまう実験という意味に思えます。魅力的な物語にすること、つまり、何が起きるかを知りたいと［その物語の力で］思わせるというのは伝統的なことですし、だから私は、突き詰めれば伝統主義者ですね。読者が関心を持つのはそこです。私が読者として関心を持つのもそこです」[7]

　読者が関心を持つような物語を生みだすためには、物語は最初の段階から、感情的な原因と結果の軌跡に従っていかなければならない。どうやって？　物理的な世界の基本法則に従うのだ。思いだすべき重要なことは、もちろん、熱力学第一法則の〝無からは何も得られない〟だ。あるいは、アルベルト・アインシュタインが言ったとされる「何かが動くまでは何も起きない」という言葉だ。つまり、こちらがどれだけ油断していようが、何もないところから何かが起きることはない。それは現実の人生でも、物語の世界でも同じだ。主人公――現実の人生ならあなたや私――がそれを予測しているかどうかに関係なく、あるのはつねに原因と結果の軌跡だ。

　自分めがけて飛んできたボールに対し、たいていの人間はおめでたいほどに戸惑う――バッターがそのボールを宙に打ち上げたところは、本人以外の全員が見ていたとしてもだ。ボーイフレンドのセスが会計部のハイジと寝ていることをレベッカが知らなくても、セスがハイジの素晴らしい表計算シートをうっとりとながめだした瞬間、オフィスの全員がそのことに気づくのと同じだ。セスの厚かましい浮気にようやく気づいたとき、それがレベッカにとっては青天の霹靂でも、同僚たちはすでに何週間も前から、レベッカがセスとハイジのどちらを先に罵倒するかで賭けを始めている。もちろん、二人の情事に気づいたレベッカは、過去を振り返り、なぜあんなあからさまな予兆を見抜けなかったのだろうと腹を立てることだろう。今となっては、きちんと並んで倒れるのを待っていたドミノのように、すべてが明瞭に見えるからだ。

ただし、物語の熱力学の法則と現実の人生の熱力学の法則のあいだには、ひとつ違いがある。現実の人生においては、同時に無数の関係ないことが起きているのに対し、物語においては、原因と結果の軌跡になんらかの影響を及ぼすことしか起きない。物語における特定の〝もし、その後、だから〟パターンに焦点を合わせ、それをずっと維持していくのは作者の仕事だ。この軌跡が、物語の列車がガタゴトと走っていく線路となる。もちろん、曲がりくねったカーブやジグザグの線路、きつい起伏などもあるだろうし、ことによっては何度か折り返し運転もしなければならないが、列車そのものは、決して線路を飛びだしたり、脱線したり、あるいは燃料切れになったりしてはならないのだ。

ちょっと待った――もちろんジェニファー・イーガンに敬意は払うが、そうなると実験的文学の場合はどうなるのだろう？　アバンギャルド・フィクションは？　原因と結果の法則に縛られているようには見えないし、ときにはどんな法則もないようにも見える。フィクションにはプロットも主人公も内面的な論理性も、ひょっとすると出来事さえも必要ないと証明することで、人はそうしたものすべてを超越しているのだと示すことが、実験的文学の存在理由だという人もいる。たとえば『ユリシーズ』はどうだろう？　内省的な意識の流れという魅惑の世界に頭から飛び込んだ、史上初の小説だ。あれこそ歴史上最高の小説だと賞賛する人々はおおぜいいる。当時としてはまさに実験小説だった。そのあたりの問題を少し深く探ってみよう。

神話

実験文学は、ストーリーテリングの法則をすべて自由に破ることができる——実験小説とは実に高尚な芸術であり、普通の旧式の小説よりもずっと優れている

現実

読むのが難しい小説は読まれない

何年か前、アイルランド最高の現代作家として知られるロディ・ドイルは、ニューヨークでおこなわれたジェームズ・ジョイスの記念イベントに集まった聴衆を、このコメントで仰天させた。「『ユリシーズ』にはもっと優れた編集者がつくべきでした」。そしてさらに熱を込め、感慨深げにこう続けた。「『ユリシーズ』はつねに歴代最高峰の小説の上位一〇作にランクインしますが、読者が本当にあの本に感動しているのかは疑わしいと思っています[8]」

人々が『ユリシーズ』読破に取り組みたがるのは、あれほど難解な作品を〝最後〟まで読むことが、自分の知性（もしくは忍耐）の証になるからということもあるだろう。ただ、どれだけ賢くても、あれを読んで実際に楽しめる人間は少数だ。ああした作品の厄介な点は、たとえ読まれなくても大きな悪影響を及ぼせるということだ。作家のジョナサン・フランゼンは、『ユリシーズ』についてこう言っている。「（こうした小説は一般の読者に）文学とはひどく読みにくいものだというメッセージを送ってしまいます。そして野心ある若い作家は、極度の困難こそ敬意を勝ち取る手段だと勘違いしてしまうのです[9]」。これこそ問題だ。

〝作品を理解する〟のは読者の側の責任であり、伝える側の作者の仕事ではないと思い込んでいる文芸スクールもある。この学校は、上級学位を取得したたくさんの実験小説家を出している。つまり、われわれ読者が〝理解〟できないとき、落ち度は作者にあるのではなく読者にあるというわけだ。こうした姿勢が読者に対する無意識の蔑みを育て、その一方で作者は責任から解放され、自由な自己表現が許される。読者は最初から当たり前に、小説に関心を持って熱中するものだと決めつけられたりもする——作者の書いた一言一句を全部飲みくだす義務など、読者にはいっさいないはずなのだが。

問題は、プロット、登場人物、あるいは原因と結果を多少なりとも理解することを下等と見なした作品、そうしたものの制約を排除した作品を読むことが、急に骨の折れる仕事のようになってしまうことだ。だが、読者が率先してやろうと思う通常の仕事——人が毎日職場へ向かったり、庭の草取りをしたり、可愛い子犬を飼い慣らそうとしたりすること——とは異なり、こうした作品は、その苦い結末まで頑張って進むだけの価値を見いだすのが難しい場合もある。退屈が楽しいことに感じられるよう、退屈するとわかっている本をあえて読もうとするのならともかくだが（そしてもちろん、たいてい最後まで楽しくはならない）。ある学生が最近、私にありふれた経験談を聞かせてくれた。その学生は、ある有名大学で芸術の博士号を取得したが、そのために読んだ本の多くは叫びたくなるような作品ばかりだったそうだ——つまり、頭がおかしくなりそうなほどに退屈だったのだ。おそらく、作者はそんなつもりではなかったのだろうが。

ただ、もっと深い、もっと興味深い疑問も感じる。物語がコミュニケーションの形式であり、人間が物語に反応するようにできているということを考えれば、そもそも実験小説とはなんだろう？　それを物語と呼べるだろうか？　多くの場合、答えは完全にノーだ。だからといって、読者のなかの選ばれた集団が、こうした作品から何も学んでいないということを言いたいのではない。教科書からも、算数式からも、論文からも、学べるものはある。そして、それもまた喜びなのだ。ただ、その喜びは、困難な問題を解決し、純粋に読者を酔わせて引き込むような物語の楽しさとは違う。日曜版の新聞に載るクロスワードパズルを解くのと同じで、賢くなったような気分を味わうのは楽しい。それは悪いことでもなんでもない。

悪いのは、小説を読んで楽しいと思うことが、それ自体その読者や作品のレベルの低さを証明していると決めつけるような考えかただ。皮肉にも、面白い物語がもたらす自然な楽しみが、人間の生き残りに必要なものだということは実証されている。人間が食べ物を美味しいと感じて食べるような生物学的進化をとげてきたのと同じで、物語が喜びを引き起こすからこそ、人間はそれに注意を向けるのだ。

作家のA・S・バイアットは雄弁にこう語る。「物語は、呼吸や血液の循環と同じように、人間の性質の一部分だ。モダニズム文学は、ストーリーテリングを低俗と見なして排除し、フラッシュバック、直観的な真実、意識の流れなどに置き換えようとしてきた。しかし、ストーリーテリングは生物学的時間に備わっているものであり、人間はそこからは逃げられない」[10]

そもそも逃げたい人間はいるのだろうか？ 幸運なことに、実験小説も、読者が自然に反応するものと結びつけることはできる。実際、最高峰の作品はすでにそうしている。再びジェニファー・イーガンの言葉を聞いてみよう。イーガンは、何より重要なのは読者が次に何が起きるかを知りたがることだと断言し、さらにこう付け加えている。「そのうえで、強力なアイデアで武装して、エキサイティングなテクニックで襲撃できるなら——それこそが大成功というものでしょう[11]」

大成功とはすなわち、作者の輝かしい実験のなかで、起きるすべてに意味を与えるような物語の流れを見つけるということだ。さて、本題に戻って、どうしたらそれができるかを見ていくことにしよう。

〝登場人物の思考の流れを見せろ〟

実験的、伝統的、あるいはその中間であろうと、物語が二つの水準で展開するということはすでに論じてきた――主人公の内面的な闘争（物語の本当の核心部分）と、外面的な出来事（プロット）だ。そして当然、双方を支配し、物語の流れをなめらかにするように調整するのは、原因と結果ということになる。

1 プロット上の原因と結果は、物語の表面的なレベルで、ひとつの出来事が論理的に次の出来事の引き金になるように働く。「ジョーはポールのまっ赤なバルーンを割った。そのおかげで、ジョーはピエロ養成学校を追いだされた」というふうに。

2　物語上の原因と結果は、もっと深いレベル、すなわち意味のレベルで働く。なぜジョーは放校処分になるとわかっていてポールのバルーンを割ったのか、その説明をおこなう。

物語とは、起きたことが誰か（この場合はジョー）にどう影響するかということなので、ジョーがバルーンを割った事実よりも、彼がバルーンをなぜ割ったかという理由が重要になる。つまり、〝何（が起きた）〟よりも〝なぜ〟に重きが置かれる。優先順位として考えてみよう。〝なぜ〟が先に来るのは、〝何〟の原動力だからだ。〝なぜ〟が原因で、〝何〟は結果だ。たとえば、実はポールは殺人ピエロで、バルーンで無邪気な子どもの気を惹き、人けのないサーカスのテントに誘い込もうとしている。ジョーがそれに気づいた。ジョーの夢は、ピエロがたくさん乗り込むちっぽけな車にほかのピエロたちと一緒に乗ることだったが、ポールを止めなければ一生後悔すると思い、バルーンを割ることにした。物語上の原因と結果は、主人公が〝どうやって〟A地点（ピエロ養成学校に在籍している）からB地点（ピエロ養成学校に在籍していない）に移ったのかではなく、〝なぜ〟そうなったかという話だ。物語上の内面的な原因と結果の軌跡は、主人公の行動の動機となる内面的な問題の進展を追う。起きたことを主人公のゴールと照らし合わせ、主人公がなぜその判断にいたったのか、そのことが主人公をどんな次の場面に押しやったかが、理解しやすい形で明かされることになる。

古くから言われる〝語るのではなく見せろ〟という言葉にはこうした意味があるのだが、物語執筆の金言としては、実際にはびっくりするほど誤解されている。

神話

〝語るのではなく見せろ〟とは文字どおりの意味である。「ジョンは悲しんでいる」と書くのではなく、ジョンが泣いているところを見せる

現実

〝語るのではなく見せろ〟とは比喩である。「ジョンは悲しんでいる」と書くのではなく、なぜジョンが悲しいのかを見せる

〝語るのではなく見せろ〟は、作家が最初に教えられる言葉のひとつだと思う。優れたアドバイスだ。ただ、それ以上の説明がないまま文字どおりに受け取られ、〝見せろ〟とは映画のように視覚的に見せろという意味だと誤解されがちだ。「ジョンが悲しんでいることを語るな、見せろ」と言われたら、作者は何時間も費やして、「ジョンの涙は、あたかも地下室に流れ込んでくる豪雨のように、ジョンが長いこと抱えてきたすべてをキラキラと放出させ、彼から力を奪い、猫を溺れさせせんばかりに流れた」などと書いてしまうかもしれない。違う、違う、違う！　読者が見たいのはジョンの泣く姿（結果）ではなく、何がジョンを泣かせたか（原因）なのだ。

〝見せろ〟が意味するのは、ほとんどの場合、〝出来事がおのずから展開するのを見せろ〟ということだ。ジョンの父親が、年次株主総会の出席者が見ている前で、突然にジョンを一家のビジネスから追放し、ジョンが滝のような涙を流したことを〝語る〟のではなく、ジョンが追いだされた場面を〝見せろ〟ということだ。なぜか？　理由は二つある。

1　ジョンが解雇されたという事実をただ語れば、それはそれだけで終わり、予想の余地がまったくない。それればかりか曖昧だ――読者は何が起きたか本当のところがわからず、新しい情報も得られない。だが、ＣＥＯに指名されることを期待しているジョンが、株主総会の場にさっそうとやってくるところを見せておけば、そのあとはなんでも起きうる（サスペンスだ！）――読者にはそれも見せなければならない。ジョンは父親の寵愛を取り戻すために、説得するかもしれないし、脅迫するかもしれないし、的外れなことを言いだすかもしれない。あるいは先に辞職して、みんなを驚かせるかもしれない――その場合、読者が目にするジョンの涙は歓喜の涙かもしれない。場面（フラッシュバックも含め）での表現には即時性があり、勝つか負けるかのさまざまな可能性を示すことができる。同じ情報を事実に従って要約しても、ただの過去のニュースにしかならない。

2

読者が株主総会の場面を見れば、なぜジョンが解雇されたのか、ジョンの父親が実際になんと言ったのか、その瞬間ジョンがどんな反応をしたのかがわかるし、その場の力関係や、いざという場面で垣間見える彼らの人間性など、新鮮な洞察も得られる。第六章で述べたような特定の物事が、隠れたり消えてしまったりしがちなのはこういう場面だ。

簡単に言えば、〝語る〟とすると読者の知らない情報から引きだされた結論を参照することが多くなるが、〝見せる〟のであれば、登場人物がその結論にどうやってたどりついたかを示せる。要するに、〝語るのではなく見せろ〟とは、〝登場人物の思考の流れを見せろ〟という意味合いが強いのだ。以前一緒に仕事をした作家の作品に、すぐに約束を破るものの、その後理由もなく約束を果たす習癖がある、ブライアンという主人公が登場してきた。これだけではブライアンは信用できない人間と思われてしまうので、私は作者に、ブライアンが毎回どう判断をくだしているかを見せるべきだとアドバイスした。その結果、新たな原稿はこんな文章だらけになった。

「ねえ、ブライアン。ローヴァーがあんなことになったから、二度と犬なんて飼わないって言ってたわね。でもね、実はものすごく可愛いコッカプー〔アメリカン・

コッカー・スパニエルとプードルを掛けあわせた犬種）が、池のそばをうろついてたの。どうしたらいいと思う？」

ブライアンはソファに座り、物思わしげに窓の外を見つめ、あごをなでていた。何秒かが過ぎた。ようやくため息をつき、ブライアンはこう言った。「わかったよ、池へ行ってみよう」

作者は確かに私のアドバイスに従おうとしたのだと気づいたのは、こういう場面を六つも七つも読んでからだった。ブライアンが判断をくだすところを〝見せている〟のは事実だ。しかしもちろん、私が言いたかったのはこういうことではない。ブライアンの思考の流れ、なぜ気が変わったかという理由を見せろと言ったのだ。〝語るのではなく見せろ〟とは、登場人物の内面的論理の進み具合に注目させろということだ。「ブライアンが気持ちを変えた」と〝語る〟のではなく、彼がどうやってその判断にいたったかを〝見せろ〟ということだ。

では、〝語るのではなく見せろ〟は、身体的なものを見せるという意味ではないのか？　そうとは限らない。次のような二つのケースもある。

1　読者がすでに〝理由〟を知っている場合

何も疑っていなかったニックを、ブレンダが冷酷に捨てるという悲しい場面について考えてみよう。たいていの作者は、「ニックは悲しんだ」と書いたりはせず、視覚的なイメージで彼の悲しみを伝えようとするだろう。涙を流したり、かすれ声でしゃべったり、肩を落としたり、ひょっとしたら床にうずくまって胎児のように身を丸め、しくしく泣いたりするかもしれない。しかしここで重要なことは、ニックが何をするにせよ、その行動が読者の知らない何かを伝えていなければならないということだ。読者はニックのようなたくましい男が泣くことに驚き、予想以上に繊細なことに気づくかもしれない。あるいは、それまで気にしないふりをしていたニックが、急に肩を落とす場面を見て、本当は傷ついていたんだと読者に気づかせたりしてもいい。

2

純粋に視覚的な場面の場合

チェーホフの有名な言葉に、「月が輝いているとは書くな、割れたガラスに反射する光でそれを見せろ」というのがある。[12] ただしあえて言うなら、光を反射させている割れガラスがあるのなら、ガラスにもなんらかの物語的な理由が欲しい。文字どおりに誰かがそれを踏もうとしているのかもしれないし、ブレンダの別れの言葉がニックを粉々に砕くことの暗示であってもいい。

〝有言実行〟テスト
——主人公に判断を迫る

物語というものは、内面的にも外面的にも主人公のゴール到達を中心として回っているため、原因と結果の大なり小なりの車輪が回るたび、主人公は答えに接近しなければならない。どんなふうに？　正当な理由か強引に正当化された理由かにかかわらず、主人公を妨げているすべてを容赦なくふるい分けていくことで、持ち時間があるうちに〝今やるか、あきらめるか〟という局面に主人公を追い込むのだ。椅子取りゲームにも似ているが、どの椅子を減らすか、なぜその椅子を取り除くのか、理由はそれぞれ独特だ。原因と結果の各ペアは、独自の形で論理的に次の出来事を誘発しているため、比較的秩序だてた手法で選別される。各場面の判断は、次の場面の行動で正しいかどうかがわかる。要するに、各場面が次の場面を必然的なものにしているかどうかかだ。

これを〝有言実行〟テストと呼ぶことにしよう。主人公は判断をくだすたびにこう考える。〝ええ、これは正しい選択よ、どうしてかって……〟。その後、物語がにんまりとして傍観者面でこう言う。〝そうかな？　証明してみろよ〟

わかりやすい例をあげてみよう。感謝祭の日、あなたはまたしても食べすぎてしまった。以前はゆるかった服を脱ぎながら、いまだ満腹でちょっと胸のむかつきを感じ、明日は残り物をひと口も食べずにいようと心に誓う——そのぐらいの意思の力はあるつもりだ。あなたにはそのゴールを達成できる自信があるし、まして今は、食べ物のことを考えるだけでむかむかしてくる。そしてあなたには、行動・反応・判断する力がある。

さて翌朝。あなたの計画は素晴らしくうまくいく——しばらくのあいだは。そのあと、まったくもって予想外なことに、空腹を感じ始める。昨夜の判断は、今日の行動によって試される。あなたはどうする？　あなたが私のような人間なら、「ちょっと太るぐらい、口うるさい社会常識に対する私なりの意思表明よ」と自分に言い聞かせ、ゴムバンドのゆるいパンツがきつくなるまで食べてしまうだろう。その結果、あなたは別の判断にたどりつく——明日になったら、胃の調節バンドの施術がどんなものか、保険はきくのかを調べてみるべきかしら。こうしてますますハードルは上がっていくのだ。

原因のパワーを最大限にする

ハードルがどこまでも上がっていくようにするためには、各原因に充分な火力を持たせ、予期できない、しかし完璧に理にかなったパンチ力のある結果を誘発するようにしておきたい。たとえば映画『卒業』で、ベンジャミン・ブラドックがいちばん避けたいのは、自分が関係を結んでいるミセス・ロビンソンの娘、エレーンとのデートだ。両親にデートを仕向けられた彼は、計画を思いつく。エレーンを連れだしてひどい態度をとり、二度と会いたくないと思わせるのだ。これで一件落着だ。そう判断したベンジャミンは、自信満々で行動に出る。計画は完璧に成功したが、彼はそれ以上に強力な、予想もしなかったパンチを食らった。自分で距離を置くよう仕向けた、当のエレーンに恋をしてしまったのだ。つまり、ひとつの問題を解決したことで、さらに大きな問題が生まれてしまったということだ。これでベンジャミンは新たな判断をする。エレーンの愛を勝ち取る方法を探そうと決めるのだ（自分が童貞を失ったときのことをエレーンに訊ねられたらなんと答えるかをよく考えもせずに）。

あなたがやるべきことも、これと同様だ。個々の場面で効果的に特定の〝行動、反応、判断〟を使い、最大限の緊張を生み、ハードルを上げる。各場面の書き始めに、〝主人公はこの場面で何が起きてほしいと思っているか？〟と自分に問いかけるとき、これを考えてみるといい。〝ここで賭けの対象になるのは何か？〟ということだ。主人公が欲しいものを得るには、何を犠牲にすることになる？　そうした情報をもとに、あなたはこの場面を書くための準備を整える。書き終えたら、次の場面に進む前に、以下のことを自分に問いかけてみてほしい。

• 主人公は変わったか？　最初に感じていたものが、場面の終わりでは別のものに変わっているか？　ときには最初とまったく反対のことを感じている場合もあるはずだ。
• 主人公の選択に重きを置き、賭けの対象を踏まえて判断をくだしたとき、主人公は場面の最初とは異なる見かたを持つようになっているか？
• 主人公がその判断をくだした理由は、読者にもわかるだろうか？　主人公がどうやってその結論に到達したかが理解できるか？　とりわけ、主人公の理由づけに欠陥がある場合、それでも理解はできるというものになっているだろうか？　起きていることに対する主人公の考えがどう変わったか、主人公がそれに従ってどう自分の計画を調整したかが、読者にもわかるようになっているか？

特に注意しておきたいのが、起きていることに対する主人公の内面的な反応は、次に起きることを決めるだけでなく、出来事に意味を与えるということだ。私がこのことをしつこく言うのは、まさにこの部分で、取り返しのつかない失敗を犯す作家がたくさんいるからだ。何かが起きても、それが主人公にどんな影響を与えるか、そこから主人公が何を理解するかが読者にわからないと、感情的なインパクトもない——そしてパワーも感じない。主人公が示した外面的な反応の理由が曖昧だと、その理由の内容も、その反応にいたった経緯も、読者にはわからないままだ。何かが起きているにもかかわらず、物語そのものはそこで止まってしまう。

原因と結果が予測可能とは限らない

ここまで読んで、これでは自分の物語が救いようのないほど驚きのないものになってしまうと考えているあなた、心配しないでほしい。あなたの物語の進む道が、最初のドミノが倒れる瞬間から定まっているということはありうるが、だからといって先行きの予想がついてしまうとは限らない。原因と結果の関係を内面・外面ともに理解できれば、読者を焦らしつつ楽しませることもできるようになる。予測不能性というものが持つ四つの側面を以下に示そう。

1 原因と結果の明確なパターンがあれば、読者の気持ちは、物語にたえず現れてくる未知の要素——克服しなければならない課題を抱えた主人公が、実際にどんな行動をとるか——に集中するものだ。〝対立〟の力を思いだしてほしい。そこにはつねに、せめぎ合う欲求、恐れ、そして選択がある。人生と同じで、たやすく決められることは何ひとつない。

2

物語に存在する自由意思とは、見せかけでしかない。誰かが何かをする可能性があるからといって、本当にその人が行動をとるとは限らない。ある特定の行動が引き起こす反応も、その結果として生じる判断もさまざまだ——物語の最後にすべてが明かされたとき、あとから見たその登場人物の反応や判断は、そうするしかなかったものだと見えることはあるとしてもだ。つまり、最初は自由意思と見えても、あとから考えれば、結局は運命だったということだ。

3

実際の人間と同じように、登場人物たちもまた、完全に物事を誤解することもあるし、まったく間違った方向へと飛び込んでいってしまったりもするものだ（古典的なテレビドラマ『アイ・ラブ・ルーシー』のどの回を観てもそこは明らかだ）。

4

作者が手の内を隠したくなりがちだということを心に留めてほしい。新しい情報を戦略的に明かすことで、主人公がそこまでに起きたことすべてに対して持っている解釈を変えることもできるし、言うまでもないが、主人公の動機に対する読者の解釈もそこから変えていける。

物語は主人公の内面的な闘いによって進むものなので、主人公ができるだけあきらめることなく、できるだけ多くを手に入れようとすることで、プロットのひねりも生じてくる。次章でさらに深く探るつもりだが、現実の人生と同じで、成功をおさめるまでは状況の悪化は避けられないものだ。主人公がみずから災難を招くには、実にたくさんの創造的なやりかたがある。主人公の動機をあらかじめ確立しておけば、主人公が誤った行動に出た瞬間、読者も驚いたりハラハラしたりする。「やっぱりな！」。読者はきっとそう叫ぶ。「そうなると思ってたよ！」

　さて、物語が原因と結果の法則にきちんと支配されていない場合、何が起きるのか？　事態はだいぶ厳しいことになる。

結果のない原因は読者を脱線させる

　たとえばバーバラという主人公の物語を書いていて、彼女を予期せぬ窮地から救いだす必要が出てきたとする。作者はバーバラを即座に救いだす筋書きを考えだしたが、それが済んだあとは、場面のなかで問題解決を助ける事実や登場人物を登場させたことも、それによって読者の頭に決して消えない期待を生みだしたことも、全部忘れてしまったとしたらどうなるだろう。第一〇章でも詳しく論じるが、人間は次に何が起きるかを予想する生き物であり、決まったパターンによって予想をおこなう。なじみのあるパターンは安全に見える。パターンにずれがあると、『ロスト・イン・スペース』〔一九六〇年代のテレビシリーズ『宇宙家族ロビンソン』の映画化作品〕のロボットのように「危険だ、ウィル・ロビンソン！」という警告が発せられ、人の注意を惹きつける。このずれがレンズの役割を果たし、人はそのレンズを通じて行動を選り分ける。[13]

たとえば、厚かましい女たらしの上司ロナルドが、深夜までバーバラと一緒に仕事をしたのち、彼女を家まで送ると言いだしたとする。バーバラの気は進まないが、仕事を失いたくはないので、申し出を受け入れる。ロナルドの車が自宅に着いたとき、バーバラは安堵のため息をつくが、ロナルドが黒の大型ＳＵＶからすばやく飛び降り、助手席側に回ってドアをあけたので、バーバラはまずいことになったと感じる。ロナルドのいやらしげな笑いかたを見たバーバラは、「ここで大丈夫です」と言う。しかしロナルドは頑固に、家の中に侵入者がいないことを確かめるまでは、無防備な女性をひとり残していくわけにはいかないと言い張り、バーバラの腰に腕を回して引き寄せてくる。今すぐどうにかしないと本当にまずい、とバーバラは思う。

こうなると作者は、ロナルドの気分を害することなく、バーバラをこの状況から救いだす必要がある。そこでバーバラに、つつましい微笑とともにこう言わせる。「ご心配なく、武器は持っていますの。ええ、特殊部隊の狙撃手を務めていた二〇〇六年と比べればちょっとさびついてるかもしれませんけど、今でも、そうね、あなたが立っている場所から半マイルぐらいまでなら、どの方向でも動いている標的を撃つことぐらいはできると思います」。そして、バーバラはわざと自分のバッグに手を入れる。出そうとしているのが三八口径の短銃か、それとも家の鍵かを確かめる間もなく、ロナルドはすぐに自分の大型車に飛び乗り、猛スピードで帰っていく。これで問題解決だ。

ただし本当にこれで話が終わると、この先読者の頭には、バーバラが今後本当に銃を取りださなければならないようなことが起きるのか、それとも実は特殊部隊がどんなものかもよく知らず、トム・クランシー〔映画『レッド・オクトーバーを追え！』や『パトリオットゲーム』の原作者として知られる小説家〕の小説で一度読んだだけだと白状しなければならない状況に陥るのか、といったことがちらつくようになる。だが、問題はそれだけではない。物語の内容とは関係ない期待が高まると、そこから起きていくことすべてに対する読者の解釈が、まったく変わってしまうことになる。

たとえば、バーバラの物語が女性向けの気軽なロマンス小説だとする。バーバラにとっての最大の問題は、バーバラがつきあいたいと思っている理想主義者の若い医師のカイルに、自分が安っぽい上司のロナルドと寝たりしていないことを信じてもらうことだ。この場合、バーバラが特殊部隊の経歴を口にした時点で、読者にはまるでべつの物語が見えてきてしまう。気軽とはかけ離れたものだ。読書の楽しみの大部分は、何が起きるかを知ろうとすることであり、読者は頭のなかで可能性のある筋書きを考え続けていく――そして作者も、そうした筋書きを実際の物語と結びつけていきたい。作者は読者に、こんなことを考えてもらいたくはないはずだ――ええっ、もしバーバラが本当に特殊部隊のメンバーなら、どうして地方の肥料工場で、下劣なロナルドなんかの下で受付をやってるんだろう？　うーん、肥料から爆弾を作ってるのかな。男友だちのカイルは、バーバラの過去に警戒してるんだろうか？　そうだ、カイルは国境なき医師団で働いたことがあるって言ってたけど、その陰でちょっとドラッグの密売をやってたって可能性もあるんじゃ？　うん、ありえる……。こうして読者は脱線し、作者が夢にも思っていないような物語にはまり込んでしまう。

　あなたが物語に追加することはどれも、水を張ったボウルに落ちるペンキの一滴のようなものだ。水中で広がり、すべてを染める。現実の人生と同じで、新しい情報が出てくると、読者はそこまでのすべての意味や感情的な重要性を再評価し、新たな視点で将来を見るようになる。[14]こうしたことが、起きたすべてに対する読者の解釈、つまり、読者がさまざまなニュアンスをどう読むかに影響してくる――今後何が起きるかという特定の期待も生まれてくる。物語を魅力的にするものは、物事がどうつながっているかを見いだしていくスリルであり（人は誰しもドーパミン中毒だ！）、つながりが実際にそこに存在しなければならない。それがないなら――物語そのものになんの関係もない情報の断片をわざと埋めたりすれば――読者が把握している物語は、実際の物語とはまったく違う方向へ向かってしまう。ロナルドを帰らせるためにバーバラがしゃべった特殊部隊経験の話を、作者が完全に忘れても、読者は忘れたりはしない。これはまさに、チェーホフの言葉にあてはまる状況だ。「第一章で壁にライフルが掛けてあると書いたら、第二章か第三章で必ず発砲させなければならない。発砲しないのなら、そこに掛けておくべきではない[15]」

算数のテスト

――各場面の関係を評価する

原因と結果の法則は、作家をたじろがせるかもしれない。どうやって、、、、すべてを覚えておけというのか？　たまたま読者を違う方向へ行かせてしまうことだってあるのでは？　ハーヴァード大学心理学教授のダニエル・ギルバートも言うように、「すべての行動には原因と結果がある[16]」ので、古くからある、単純な算数のテストを使ってみるといいかもしれない。

その前に、物語に応用するための原因と結果の法則について、ここまで理解してきたことをまとめておこう。すべての場面は以下の条件を満たす必要がある。

- 前の場面でくだした〝判断〟が原因で生じている
- 起きていることに対する登場人物の反応を通じて物語が進行する
- そうなるのが当然のなりゆきという形で成立している
- 登場人物の行動の裏にある動機を読者が把握できるよう、その人物についての洞察を提供している

その場面がきちんと原因と結果の連鎖に組み込まれているかどうか、以下の問いによって確認してみよう。

- この情報なしには先々の場面にも筋が通らないというような重要な情報を、その場面が伝えているか？
- その場面で起きた出来事の原因が、読者にも明確にわかるようになっているか？（〝本当の理由〟があとから明かされる場合を含む）
- その場面で登場人物がなぜそのように行動したか、洞察できるようになっているか？
- その場面が、これから起きる特定の行動に対する読者の期待を生んでいるか？

さて、算数のテストだ。あなたの物語に出てくる各場面の関係を評価したければ、こう自分

に問いかけてみてほしい。〝もしこの場面を省いたら、あとで起きることに違いは出てくるだろうか？〟。O・J・シンプソン〔アメリカの元プロフットボール選手。一九九四年に前妻とその恋人を殺害した容疑で逮捕され、裁判で無罪判決を受ける〕の弁護士、故ジョニー・コクランの言葉を拝借させてもらえば、「答えがノーなら、無罪放免にすべきだ」。つまり、その場面は不要ということだ。ああ、もちろん、そう考えるのがたやすいことでないのはわかっている――ただ、あなたが精魂込めて書いている物語を、単に愛想を振りまくための余談でストップさせるのも残念な話ではないか。

物語の成功は何を省いたかで決まる

あなたが最近のめり込んで読んだ小説を思い返してほしい。ページをめくりながら胃に覚える感覚、次に何が起きるか知りたくてたまらない気持ちを思いだしてみてほしい。勢いづいていく感覚、本能でわかる楽しさ――そうやって脳はあなたをのめり込ませる。そこにあとで役立ちそうな情報が見えれば、なおのこと申し分ない。

　さて、今度はその物語を、時速一〇〇キロ近くで飛ばしている車だと想像してほしい。あなたはその勢いに身をゆだね、物語と一体になっている。そのとき、実に美しい花畑が作者の目をとらえた。作者はブレーキを踏み込み、あなたがフロントガラスに頭をぶつけたこともおかまいなしに、車を飛びだして花畑で浮かれ踊る。美しく詩的な瞬間をただ味わうために。それから運転しに戻ってくる。物語は引き続き一〇〇キロで飛ばせるだろうか？　無理だ。作者は車を完全に停めてしまった。作者があなたを懐柔できるかどうかはともかく、物語はそこでいったんゼロに戻ってしまう。読者が作者を信頼できなくなればなおのこと、二度とスピードに乗れなくなる可能性が大きい。作者が理由もなく物語を止めたのなら、二度と止めることはないなどとどうして言える？　それに、道をはずれたら原因と結果の連鎖も断ち切れてしまうし、何が起きているかもわからなくなってくる。おそらくそれでも読者は、花畑の浮かれ騒ぎが物語とどんな関係にあるのかを考えるとは思うが、もちろん実際には関係などない。あなたはページ上で起きていることに集中しきれなくなり、物語を本筋に戻す手がかりまで見逃してしまうかもしれない。

　つまり、こういうことが脱線の問題なのだ。多少冷酷に思えても、脱線があなたの物語をだいなしにする前に、撲滅しておく必要がある。たぶん、マーク・トウェインの言葉もそういう意味なのではないだろうか――「小説の成功は、そこに何が書かれているかではなく、何を省いたかで決まる[17]」

脱線は、いろいろな形や大きさで物語に入り込んでくるので、できるだけ油断せずにおくべきだ。場違いなフラッシュバックや物語と関係のないサブプロットも脱線のうちで、ほんのささいなことでも起きる。脱線は不要な情報であり、読者も対処に困ってしまう。

物語のすべては、物語的な理由によって存在しなければならないということを、つねに心構えとして持ってほしい。原因と結果の軌跡という観点からも、そこにあるものはすべて、読者がその場で知っておく必要があることなのだ。あなたの物語の細部にいたるまで、容赦なく問いかけておくべき質問はこれだ――〝それで？〟

あなたが問いかけなくても、読者はそう問いかけてくるはずだ。

〝それで？〟テスト
――物語的な関連を評価する

〝それで？〟という問いかけをすることで、物語的な関連をテストすることができる。この情報は、読者が知る必要のある何かを伝えているか？　その要点は何か？　この情報でどのぐらい物語が進むだろうか？　この情報が導く結果は何か？　こうした問いかけに答えられるなら大丈夫だ。が、「うーん、わからない」となることもしばしばだ。

たとえば、映画『素晴らしき哉、人生！』で、ジョージ・ベイリーが突然フライフィッシングを覚えようとする場面が出てきたとする。あなたは困惑してこう考えるだろう。「このエピソードは重要なんだろうか――なんでまた？」。メタファーになっているんだろうか、とあなたは考えるかもしれない――古い言い回しにある〝釣りの仕方を教えてやれば、その人は一生食べていける〟に引っかけた比喩だろうか？　そんなことを考えているあいだに、ビリーおじさんがうっかり八〇〇〇ドルを新聞紙に挟んでしまい、それがポッターの手に渡る場面を見逃してしまうかもしれないし、その後ずっと話がわからなくなってしまう。つまり、たとえジョージがフライフィッシングを楽しんだとしても、それを観客が知る必要はない。フライフィッシングの場面は〝それで？〟テストをパスできないし、監督のフランク・キャプラがそんな場面を撮らなかったのも当たり前だ。

あなたの物語はどうだろう？　興味深いが無関係な方向へとよろよろと歩きだし、読者に感じ取ってもらいたい因果関係を断ち切ってしまったりしていないだろうか？　赤ペンを出してすぐに始末しよう。ためらうことはない。原稿を大幅改訂したり廃棄したりするときには、一八世紀イギリスの文学者、サミュエル・ジョンソンの作家へのアドバイスを心に留めておくといい。「あなたの作品を丹念に読み、特段に素晴らしいと思える一節を見つけたら、削除してしまうことだ[18]」

チェックポイント

✔物語は一ページ目から原因と結果の軌跡を追っている？　各場面はそれに先立つ場面によって引き起こされた場面となっている？

ドミノの列を並べるようなものだ——最初のひとつを倒せば、すべては完璧に順序正しく倒れていき、前の場面でくだされた〝判断〟が次の場面で試されることになる。

✔主人公の探求（ストーリー・クエスチョン）を中心として、すべて原因と結果の軌跡を描いて動いている？

そうなっていなければ、その物語は捨ててしまったほうがいい。簡単な話だ。

✔主人公の内面的な原因と結果の軌跡が、物語の外面的な出来事（プロット）を動かしている？

ハリケーンであれ、株式市場の暴落であれ、エイリアンの地球侵略であれ、それが直接主人公の探求に影響を与えていないなら、読者はなんの関心も持たない。

✔主人公が判断をくだすとき、特に主人公が気持ちを変えた場合、なぜその判断にいたったかがつねに明確に示されている？

忘れないでほしいのは、あなたが主人公の考えを知っているからといって、あなたの読者にもわかるとは限らないということだ。

✔各場面は、行動、反応、判断のパターンに従っている？

ワルツのワン、ツー、スリーというリズムのようなものだ。行動、反応、判断――このリズムをあなたの頭に叩き込み、勢いを作るために使ってほしい。

✔物語のすべてに〝それで？〟と問いかけ、答えが出せる？

四歳児のように容赦なくこの問いかけをおこない、答えられないときは、自分だけが気に入っている描写、脱線、もしくはそれ以外の、あなたの物語をだいなしにしてしまう何かに足を取られてしまっていると思ったほうがいい。

9 What Can Go Wrong, Must Go Wrong: and Then Some

主人公にとことん試練を与える

認知の真実

脳は物語を利用し、将来の困難な状況をどう乗り越えるかシミュレーションする

物語の真実

物語の仕事は、主人公が夢想だにしない、乗り越えられるとも思えない試練の渦中に、主人公を置くことだ

嵐のなかで船を降りることができるのなら、誰も海を渡ることなどできはしなかっただろう。

——チャールズ・ケタリング

こんな古い格言がある。〝良い判断は経験から生まれる。経験は悪い判断から生まれる〟。ただし、悪い判断は取り返しのつかないものにもなりうる。ブレーキを踏むたびに変な音がするのを無視したり、足の親指にできた妙な形のほくろの診察を先延ばしにしたり、つねに儲かっているヘッジファンド投資家に全財産を預けると決意してしまったり。そればかりか、悪い判断はその人の社会生活を狂わせかねない——それも思った以上に大事になる場合が多い。脳科学者のリチャード・レスタックはこう言っている。「人間は社会的な生き物であるため、所属欲求は、食べ物や酸素と同じぐらいに生き残りに必要な基盤だ」[1]。正しい判断が重要となる厄介な状況は数限りなくあるもので、いちばん良いのは——そして言うまでもなくいちばん安全なのは——他人の経験から学ぶことだ。そこから物語は生まれてきた、と言っても過言ではないかもしれない。

脳科学者、認知科学者、進化生物学者が長い時間を費やして考えてきた疑問がある。何が安全で何がそうでないかを知るため、脳がつねに懸命に働いていることを思うと、人間が卑劣な〝現実世界〟を放置して物語に没頭するようなことを、脳はなぜ許すのだろうか？[2] 脳科学者のマイケル・ガザニガは、脳は無駄なことを絶対にしないということを踏まえてこう言っている。「人間が良質のフィクションを楽しむための報酬システムが存在しているとすれば、架空の経験が有益だということを意味するのではないだろうか[3]」

面白い物語が脳に喜びを解き放ち、人間を混乱のたえない日常生活からきっぱりと切り離してくれるのは、生き残りの観点から見てどんな理由があるのだろう？ 答えは明快だ。ほかの誰かが自分の代理として、飛んでくる運命の石や矢に苦しめられているところをのんびりとながめ、その矢が自分に向かってきたらどう避ければいいかを学ぶためだ。

スティーヴン・ピンカーによれば、作者は物語のなかで、「現実の世界でなら平凡な事実や法律に支配されてしまうはずの、仮説的な状況に架空の登場人物を置き、読者に結果を探させようとする[4]」。読者は主人公に起きている出来事を自分に起きているかのように感じるものなので、経験に関しては、美味しいところだけを手に入れることができる。当然そこが重要な点だ。

要するに、主人公は実験動物というわけだ。好むと好まざるとにかかわらず、実験動物が苦しんでくれるおかげで、読者は苦しまなくて済む。ただ、本物の実験動物なら動物愛護団体が権利を守ろうと闘ってくれるが、主人公は孤立無援だ——しかも、トラブルが当然のようにやってくる。認知心理学者のキース・オートリーとレイモンド・マーはこう書いている。「たとえば小説の主人公が愛する人とのつらい別離を経験するとき、読者は、自分が同じ立場だったらどんな心地がするだろうと考えずにはいられない。人生で同様の出来事に対処するとき、この知識は財産になる[5]」

難しいのは、主人公が心底から苦しむようにしなければならないということだ――でなければ、読者が何も学べないばかりか、主人公に起きたことを読者が気にかける理由もなくなってしまう。なんでもそうだが、言うのは簡単でも実行は難しい。本章では、あなたの主人公を痛い目に遭わせるための、(ときには複数の)仕掛けを作ることについて探っていきたい。そうすることがなぜ主人公のためになるのか、文学的な小説の主人公が商業主義の作品の主人公よりも苦しまなければならないのはなぜなのかを考え、主人公の災難を徐々に増やすやりかたを学んでいきたい。自分の主人公につらく当たることができない作家が多いのはなぜなのかも確かめよう。そして最後に、あなたの登場人物の周到な計画を、どうやってだいなしにしていくかについてもざっと見ていきたい。

主人公のためを思っていじめよう

もしかして、あくまでもしかしてという話だが、ちょっとした部分、比較的ささいな部分で、自分がいくらかサディストなんじゃないかと思ったことはないだろうか？　それは良かった。なぜなら、あなたがいかに自分の主人公を愛しているとしても、あなたのやるべきことは、主人公がこれまでずっと避けてきたすべてに、真っ向から立ち向かわなければならないようなプロットを生みだすことだからだ。主人公が必死になればなるほど、さらに苦難を用意しなければならない。主人公の良いおこないは、ほとんどが手荒な扱いを受ける。ときにはすべてがうまく行きそうに見えることもあるが、それはさらに大きな災難のための罠でしかない。あなたは主人公に息をつかせ、少し油断させて、思ってもいないところで強打を浴びせる。どれほど主人公に情けをかけてやりたくても、主人公には疑う余地も与えない。もしあなたが情けをかければ、主人公は決して英雄の立場をつかめないからだ。

　皮肉なことだが、あなたは本当はサディストなどではない。あなたがそうするのは主人公のためだ。小学校のときから大人たちがよく言うように、主人公は自分の真の可能性を最大限に生かさなければならない。そのためにも、主人公にはあなたの断固たる手助けが必要だ。誰だって、できるかぎり最高の自分になりたいと思っている——明日か、その次の日か、いつ時機が到来するかはわからないが。しかしそれはたわごとだ。時機なんてものはない、あるのは今だけだ。そして今、あなたの仕事は、手に負えない状況のせいで主人公が楽な場所から追いだされ、混乱に陥る様子をながめることだ。物語とは困難さを増していく挑戦であり、主人公が自分のゴールにふさわしい人間だと証明するために進むものだ。要するに、主人公の世話をして育て上げるためには、いかにあなたがつらくても、主人公を意地悪く扱わなければならない。主人公がいくらもがいても、圧力をかけつづけるのだ。たとえ主人公が「降参！」と叫んでもだ。主人公に口先だけの英雄になってもらっても意味がない。

ちょっと待って、とあなたは言うかもしれない。それは商業フィクションの場合だけなのでは？と。商業フィクションは、いわゆるプロット主導の物語で、たくさんの出来事が起き、それが積み重なって結果をもたらす。文学的な小説は登場人物主導の物語だから、人為的で表面的なプロットはそれほど必要ない。だったら人生の断片があれば充分なのでは？と。そうだろうか？

実は違う。本当のところ、まったく違う。

神話 文学的小説は登場人物主導であり、プロットは必要ない

現実 文学的小説にも、大衆向け作品と同じぐらいにプロットがある

まじめな文学ほど商業フィクションよりも〝大きな〟出来事が少ない傾向があるが、だからこそなおのこと、ジャッキー・コリンズ〔ハリウッドなどを舞台にしたロマンス小説で有名な小説家〕のようなベストセラー作家が思うよりもはるかに、巧みに組み立てられたプロットが必要なのだ。文学的フィクションにおいては、プロットはずっと重層的で、複雑で精密に組み立てられ、より繊細で微妙なテーマに光を当てるようになっている。登場人物主導の小説には、沈没する船や落ちてくる隕石や津波は登場しないかもしれないが、見逃されたしぐさ、わずかなうなずき、一瞬のためらいが重要になる——偉大な作家の手にかかれば、マグニチュード九の地震をも超える破壊力に感じられることもある。ただ、勘違いしないでほしい。文学的フィクションもまた、エスカレートしていく一連の試練を中心に回り、主人公が勇敢さを発揮する物語なのだ。いかに主人公を磨き上げたところで、主人公が何かをひどく欲する人間でなければならないのは同じだ。そして、その欲求が主人公を試練にさらすことがないのなら——商業フィクションで火の洗礼と呼ばれるものだが——そうなれば、主人公や物語は単調で薄っぺらなものにしかならない。忘れないでほしいが、物語は主人公を内面的な難題に取り組ませるような出来事を中心にして回っているものだ。逆説的ではあるが、文学的小説のほうがずっと伝達の準備がいるのもそのためだ。使い古しの金言にだまされてはいけない。無視することをお勧めする。

ケーススタディ
——『サリヴァンの旅』

さて、どんなに主人公を愛していようと、主人公を物語の中心に立たせようと思うなら、災難の夜を過ごしてもらう必要があることはわかった。どのぐらいの災難か？　最初は大したことはない。最初のうち、主人公の探求は簡単そうに見える——少なくとも主人公にとっては。そうしておく必要があるのだ。なぜなら、現実の人生でもそうだが、勝利を得るためには血と汗と涙にまみれた大変な努力が必要だと最初からわかっていたら、主人公はベッドからも出てこなくなってしまう。幸い読者も主人公も、これからどんな困難が待ち受けるかはまだわかっていない。たとえば、プレストン・スタージェス監督の一九四一年のクラシック映画、『サリヴァンの旅』を例にとろう。主人公で若き有名映画監督のジョン・L・サリヴァン、通称サリーは、成功してはいるがくだらない映画を撮ることに疲れ（彼の最新作のタイトルが『馬小屋でヒヒヒーン』だと聞くだけでも、そのくだらなさは明白だ）、まじめな劇映画を監督したがっている。「尊厳のある映画にしたいんだ……人類の苦しみを真に描いた作品に」と彼は言い、心配するプロデューサーの「お色気もあるんだろうね？」という言葉もつっぱねる。[6]

何か苦しんだ体験がまるでないということを指摘されたサリーは、すぐにそれを認めるが、そこであきらめるかわりに、単純な解決策を実行に移す。つまり、これから苦しむのだ。そう難しいことではないはずだ。サリーは衣装部へ行き、ひどくぼろぼろの服を選びだし（それを着るのにも執事の助けを借り）、それから一〇セントだけ持ってヒッチハイクで街を出る。だが、苦しむどころか、男好きの中年未亡人にわずらわされる程度の経験をしただけで、気づけばハリウッドに戻ってきてしまう。

貧しい人々を見るかぎり簡単だろうと思っていた苦難は意外に難しいと気づき、サリーはやりなおしを図る。だが、本人はその気満々とはいえ、サリーが本当にトラブルに巻き込まれることを心配する映画会社は、何かあったときのために、〝ベビーシッター〟連中をおおぜい乗せた大型のトレーラーハウスでついてくる。今度の旅でサリーを苦しめるのは、このおつきの道化たちだ。結局この旅もうまくいかず、サリーはいったん立ち止まり、条件を厳しくして再び出発し、ついに本物の渡り労働者たちと一緒に貨物列車に乗る。そこで彼はようやく、本当の苦しみやひどい貧困を目にする。サリーは床で眠り、空腹というものを知る。だが、貧しいことと無一文とは違うし、そうでなくても彼はいずれ裕福な暮らしに戻れる。三度目の旅も失敗した。今度も計画どおりにはいかず、居心地の悪い状況を理解するためにその暮らしにとどまるにも、あまりに居心地が悪すぎた。

いよいよサリーは、もうあきらめてハリウッドに戻り、心の整理をしようという気になってきた。やることなすこと裏目に出てしまうし、やってなんの意味がある？　それに、人の苦境をのぞき見するのも、なんだか卑劣だと感じ始めていた。破滅に誘惑されているみたいな気がする。そしてまさにそのとき、願い事をするときは気をつけろと言わんばかりに運命が動きだし、いきなり窮地が襲ってくる。ひとりのホームレスがサリーの靴を盗んだ――万一に備え、映画会社の身分証を底に隠していた靴だ――そして、そのホームレスが列車に轢かれた。警官が身分証を見つけ、死んだ男はサリーだということになってしまった。

そのころ当のサリーは、ハリウッドに戻る前に貧しい労働者たちに金を配り歩いていて、途中で強盗に襲われた。その後意識が混濁した状態で鉄道警察官に殴りかかったため、逮捕されてしまった。名を名乗れば一件落着だと思ったが、身分証もなく、新聞がサリーの死を大々的に報じている今、誰もサリーの言うことを信じない。有罪になったサリーは、労働囚人キャンプに送られた。人生はついに、サリーが求めた経験、すなわち逃げる手だてのない苦しみを与えてくれた。これでゴールには到達した。ハリウッドに戻ったら、純粋な人間の苦悩を描いた映画を作ることができる。

だが、サリーが最終的に学んだのは、当初期待していたのとはまるで反対の教訓だった。苦しんでいる人間は、ほかの誰かが苦しんでいるところなど見たがらないということを、サリーは身をもって学んだ。彼らが求めているのは、苦しみからの休息だ。彼らは、うまくいかなかった自分の人生のすべてを一瞬でも忘れ、笑いたがっている。『馬小屋でヒヒヒーン』みたいな映画を観て、人生がどれだけ面白おかしいものになりうるかを感じたがっている。

うまくいきそうもないと見えたことは、最終的にはすべて失敗した——思った以上に。しかし、だからこそサリーは、物語が主人公に与えうる完璧な経験を得た。彼は旅を始めた場所に戻り、その場所を新たな視点で見る。世界は変わらなかった。しかし彼は変わった。

もし脚本・監督のスタージェスがサリーに慈悲を与えていたら、サリーが悟るところで映画は終わっていたかもしれない。自分がいかに頑張っても、すべてを奪われる人生がどんなものなのか、自分に感じることは不可能だとサリーは悟る。彼は一生懸命やったじゃないか、そうだろう？　ここで終わってもいいんじゃないか？　いや、だめだ。サリーが逮捕され、逃げるすべを失うまでは、すべては彼の思いどおりだった。自分の思いどおりに自分を試すことは、試練でもなんでもない。スタージェスにはそれがわかっていて、だからこそ危ういところでサリーを救ってやったりせず、人生が彼に強烈なパンチをお見舞いするのを黙って見ているのだ。それがスタージェスのサリーに対する思いやりなのだ。よく言われるように、「窮地に一度も陥ったことのない人間ほど不幸な人間はいない。人生最大の苦しみは、一度も苦しんだことがないことである」ということだ。サリーをひどく苦しめることで、スタージェスはサリーが人間として成長するチャンスを与えたのである。

恥をかくことは、最高の成長の糧

作者が主人公にパンチを食らわせ、銃撃し、刺し、その他の手荒な真似をするというのも確かにつらいが、それ以上に難しいのが、主人公に恥をかかせることだ。つまり、パンチはしょせんパンチで、身体的、外面的なものだ。痛みは消え、傷も治るもので、普通はそれで終わって忘れ去られる。それに、身体的な痛みはその人だけのものだ。誰も知る必要がない。だが、恥をかくことは？ 公の出来事だ。身体的な痛みと違い、恥辱はその人の何かを物語る。過ちを犯したばかりか、それを人に知られてしまうのだ。恥、屈辱、不面目、こうした社会的な痛みは持続する。たとえ何十年過ぎても、そのことを考えると、痛みがすべて生々しくよみがえってきたりする。[7] 〝mortify（辱める）〟という言葉の語源がラテン語の〝mors（死）〟なのも驚きではないし、人は恥をかくとまさに死にたい気持ちになるものだ。

また、恥をかくことは、最高の成長の糧にもなりうる。

恥、屈辱、不面目を主人公に克服させることを、作者が嫌がるのは実に残念なことだ。作者や芸術家が自分の創造物に夢中になりがちなことは、ジョージ・バーナード・ショーによる戯曲『ピグマリオン』を読むまでもなく明白だ。だから作者は、無意識のうちに主人公のために道をならし、ゆるいボールばかり投げる――気配りのきく映画監督が、カメラがスター俳優の

“良いアングル”をとらえるよう、ずっと気を遣っているようなものだ。現実の人生でも、誰かを気まずい状況に置くのは良いやりかたではない——そのうえ、その人物をほかの人々の前で公然と非難するのはもっとひどい。

個人的な失敗と、公の場で失敗をさらされることはまったく別の話だ。ジョンという男が、有名なロースクールを卒業したものの、弁護士試験に落ちたとする。しかも二度だ。「まあいいさ、失敗したとわかってるのは自分だけだし」とジョンは考えている。だが、それがジョン・F・ケネディ・ジュニアのこととなると話は違う。『ニューヨーク・ポスト』紙の見出しは実際こんなふうだった——“セクシー男、失敗す”。失敗が公になるのは屈辱だ。しかし、それはまぎれもなく変化の引き金となる。結果として、偽名でほかの誰かになりすまして別の州に移り住むか、それともケネディのように試練に立ち向かうかは人それぞれとしてもだ（念のためにお伝えしておくが、ジョン・F・ケネディ・ジュニアはしぶとくやり抜き、試験に受かった。その後マンハッタン地方検事局の検察官となり、六つの案件をすべて勝った）。

たえずハードルを上げていくほどに、主人公の準備も整っていく。越えなければならない最後の障害がとんでもなく高いものになることを思えば、この準備は非常に重要だ。だからこそ、主人公がそこに行くまでに、あなたが与える試練は多ければ多いほど良い。一九世紀アメリカの詩人、エミリー・ディキンソンも指摘しているように、「傷ついた鹿ほど高く飛ぶ」のだ。[8]あなたの主人公が最後に歓声を浴びながら試練に立ち向かうようにしたいのなら、それまで主人公を鍛えていかなければならない。

読者に主人公の計画を知ってもらったうえで、作者のあなたはそれをだいなしにしていかなければならない。以下に主人公をいじめるための特訓コースを用意した——もちろん主人公のためを思ってのことだ。

登場人物の計画をだいなしにするためにやっていいこと・いけないこと

1 登場人物には、たとえ自分に対してでも理由もいないのに認めさせてはならない

幼いころ、あなたがやりたくないことを、誰かにやらされそうになったことはないだろうか？　あなたはこう叫んだかもしれない。「ああそう、できるもんならやらせてみなさいよ！」。これが物語のなかで何かを認めるということに関し、つねにあなたの登場人物のモットーであ

るようにしてほしい。物語のなかでは、自分から何かを明かすようなことは、誰もやってはならない——頭に銃を突きつけられたとか、もっとありそうな話として、自分の手に負えない状況に強いられたのならともかくだが。情報は通貨のようなものだ。通貨は稼ぐべきものだ。誰もただでは譲らない——すべてに値段がある。あなたの登場人物が何かを認めるときは、いたしかたない理由が必要だ。そうすることで登場人物が何かを得る、あるいは何かまずいことが起きるのを避けるといった理由づけがいる。なんとなくではだめだ。

2 主人公には秘密があってもいい——ただし秘密のままにしてはならない

人が秘密を守る理由はひとつだけだ。それが露見することで何かが起きること——つまり変化を恐れているからだ。だが、簡単に秘密を守らせてはいけない。デイヴィッド・イーグルマンは『意識は傍観者である——脳の知られざる営み』（大田直子訳、早川書房）のなかで、秘密とは「脳のなかで競い合うもののあいだに起きている争いの結果だ。脳の一部分は何かを明かしたがり、もう一部分はそれを望んでいない」と書いている。[9] 実際、秘密を持つことは、心理的にも身体的にも健全な状態ではないことがわかっている。心理学者のジェームズ・ペネベーカーはこう言っている。「ある経験について誰かと話し合ったり、告白したりしないでおくことは、その経験以上にダメージをもたらすことがある」[10]

つまり、主人公をいじめるつらさを考えても、主人公が秘密を明かすよう強要することは、結局は親切行為なので気楽に考えたほうがいい。秘密から来るストレスで、主人公が心臓発作を起こしても困る。だからこそ、主人公が必死に秘密を守ろうとしていても、あなたはそれを許してはいけないのだ。実のところ、主人公が口をつぐもうとすればするほど、物語は口をひらかせようとするものだ。

それともうひとつ。主人公の秘密を、読者にも秘密にするのはだめだ——読者にも知らせよう。読者は事情通になりたがるものだ。主人公が何を、どんな理由で隠しているのかを知ることから、読者の楽しみは生まれる。主人公が言うことと、読者にはわかっている主人公の本音とのあいだに生まれる緊張感は、読者を大いに喜ばせるものだ。

3 主人公が状況改善のためにやることすべてによって、さらに状況を悪化させる

これは皮肉要素にもなる。ひとつの場面での判断が、次の場面での行動の引き金を引くということを思いだしてほしい。状況を悪化させることで、ハードルが上がり、主人公は状況をもう一度考え直さざるをえないような圧力をかけられることになる。

ハードルを上げるやりかたは無数にある。たとえば、エイプリルがゲーリーにひそかに恋をし、彼の勤め先に職を求め、彼のことをもっと知ろうとしたとする。エイプリルは採用され、しかもゲーリーの部署に配属された。だが、大枚はたいて買った新しい服を着て職場にやってきたエイプリルは、自分がゲーリーの仕事を引き継ぐことになったと知らされる。ゲーリー自身は昇進し、ロンドン支社に転勤が決まっていた（あるいはもっと悪いことに、エイプリルの職歴がゲーリーよりずっと上だったために、ゲーリーが解雇されることになるのでもいい）。

見事に計画が成功し、主人公が期待どおりのものを得たにもかかわらず、まったく望んでいなかった皮肉な結果を招いてしまうという場合もある。たとえば、ゲーリーがすぐさまエイプリルに好意を感じ、彼女を腕に抱きしめたとしよう。だが、彼はエイプリルにこんな愛の言葉をささやくのだ。「君のことは、『ワールド・オブ・ウォークラフト』〔世界最大規模の大規模多人数同時参加型オンラインRPG〕を夜明けまでプレーするのと同じくらい大好きだよ」。ゲーリーは母親が壁を叩いて叱ってくるまで、毎晩そのゲームをプレーするような男だったのだ。

4 悪い方向に向かう可能性があるものは、すべて悪い方向へ向かわせる

ただし、あなたの主人公には、作者の計画に介入させてはいけない。最初のうち主人公には、

とにかく欲しいものを願えば、ジャジャーン！　次の朝九時には世界中の財宝が宅配便で主人公のもとに届く――あるいはそれに近いことが起きる、と思わせておく。別に主人公に妄想癖があるわけではない。これも人間の性質だ。前述のとおり、脳は貴重なエネルギーを節約するために、少しでも仕事を減らそうとするもので、[11]これは読者の脳も同じだ。最初のうちは誰ひとりとして、問題解決のために必要最低限の努力しかしようとしない。だが、率直な話、最小限の努力で問題を解決できるものだろうか？　実際、だからこそ状況は確実に悪化するわけで、できれば主人公が思ってもいなかった展開になるのが望ましい。映画で主人公が安堵のため息をつき、「まあ、少なくとも、ほかのことは悪い方向には行かないさ」と言っても、観客が安心できないのはそのせいだ。今度こそ本当に悪いことが起きようとしていることに、観客は気づいている――すべてが簡単に終わりそうになったときこそ、まずいことが起きるものだということにも。

5　最初は大したリスクも冒さないでいた登場人物に、最後には大きな賭けに出てもらう

エスカレートしていくトラブルに主人公が巻き込まれることで、もうひとつ興味深い状況が起きる。主人公は、最初のうちのリスクがせいぜい一ドル程度の安いものであっても、ひどく

怯んだり文句を言ったり悩んだりするが、最後に農場を賭けるような羽目になるころには何も言わなくなるものだ。ジョン・ヒューズの一九八六年の映画『フェリスはある朝突然に』では、フェリスの親友のキャメロンは決して父親に歯向かおうとしない――キャメロンに言わせれば、父親は自分のビンテージ物のフェラーリを命よりも愛している。だから運転すらしようとしない。だが、キャメロンはいくじなしで誰にも反抗できないため、フェリスはキャメロンをうまいこと説得し、学校をさぼらせ、そのフェラーリでちょっとだけドライブに出ようとする。フェリスはキャメロンに、何マイルか走っても、あとで車を逆走させれば走行距離計の目盛りは戻せると請け合う。キャメロンは不満たらたらだが、嫌だと言う度胸はない。

もちろんドライブがすぐに終わるはずはなく、彼らは一日中車を乗りまわし、キャメロンが思った以上の走行距離がかさんでいく。そのあいだ、フェラーリがたえず危機にさらされることは言うまでもなく、傷つきそうになったり、盗まれそうになったり、数々の事件が起きる。キャメロンは泣き言を言い始めるが、時がたつにつれ、こうした状況でタフになっていく自分を発見し、自分には想像よりはるかに度胸があることに気づく――さらに、こんな素晴らしい車をガラス張りのガレージに大事にしまい、運転もしないなんて馬鹿げていると思うようになる（それどころか、運転もしない車のことを、息子よりもずっと大事にするなんて！）。こうしてキャメロンは、ついにパパに腹を立て始める。

とはいえ、ドライブを終えた車をブロックに載せてタイヤを逆回転させても、当然のことながら走行距離計の目盛りは戻らないとわかったとき、キャメロンはさすがに少々パニックになる。激高したキャメロンは、ついに積もり積もった怒りを爆発させ、フェラーリの前部を蹴ってへこませる。父親に立ち向かう覚悟はできたと感じたキャメロンは、満足げな微笑みとともに車にもたれかかり、車はブロックから落ちてしまう。エンジンを動かしたままタイヤが地面に触れたせいで、タイヤに牽引力が生じ、車はガレージのガラスの壁を突き抜け、そのまま裏の窪地へと落ちていってしまう。

イソップの寓話のこんな言葉を思いださないだろうか。「人は大きな災難に耐える勇気はあるのに、小さな不満にはしばしば耐えられない」。一日を通して自分で立ち向かうことを学んだキャメロンは、大破したフェラーリの責任は自分が取るというフェリスの申し出を退け、みずから勇気を振り絞り、父親に何が起きたか話すことを選ぶ。落下した車が粉々になっている今、真実を話すことはそれほど恐ろしくはない。走行距離計に一〇マイルでも記録が残ってしまい、その理由を説明させられることが最悪の事態だと思っていた今朝とは、まるで違うキャメロンがそこにいた。

6 タダ飯には毒が入っていると主人公に知らしめる

言い替えれば、すべては努力して手に入れなければならない、あなたの主人公がたやすく得られるものは何もない、ということだ。結局のところ、読者が求めているのは、状況が悪化したときに主人公がどう反応するかを味わうことだ。スティーヴン・ピンカーも指摘しているように、物語は「人が災難の瀬戸際で、どこまで落ちずにいられるかを少しずつ試し、それによって人生の選択肢の範囲を広げる」ための手助けとなってくれる。[12]主人公はつねに努力して何かを手に入れなければならないし、それが予想外のやりかたになることもしばしばだ（そのうえ、予想してやることよりも、そうじゃないことのほうがずっと難しい）。たやすく手に入るのは、主人公にとって最悪の物事だけだ。

たとえば『素晴らしき哉、人生！』では、悪党ポッターが急にジョージをオフィスに呼び、猫なで声で、ジョージにとっては一生に一度となるような申し出、すなわちとんでもない高給の仕事の話を持ちかけてくる。これを受ければ、倹約ばかりの生活からすぐにでも抜けだせる。ジョージもさすがに一瞬考える。だが、だまされやすい白雪姫（そのリンゴを食べてはいけないことぐらいは小鳥でもわかる）よりもずっと賢かったジョージは、これは毒グモの罠だと察知することができた。ポッターの申し出を受けたりすれば、大きな犠牲を払うことになると感づいたのだ。

7 登場人物には積極的に嘘をつかせる

現実の人生では嘘つきは嫌われるが、物語の世界では、嘘をつく登場人物は読者の興味をそそる。刺激的な嘘ひとつで、おとなしそうな登場人物も面白くなる。なぜなら、読者はこう考えるからだ。「うーん、どうして嘘をついたんだろう。何か隠さなきゃならないことがあるんだろうか？　見た目ほど人畜無害な人じゃないのかも」

もちろんあなたは、その登場人物が本当に嘘をついていることを読者に伝える必要がある。それが嘘かどうかわからなければ、真実がわかったときにどうなるか、読者は予想することができない。秘密と同じで、いったんついた嘘は、最終的にはばれなければならない。実のところ、嘘がどんな結果を招くかを想像させることが、読者にページをめくらせる大きな力となるのだ。

嘘がばれない場合もあるだろうか？　もちろんある。ただし〝ただなんとなく〟ではだめだ。嘘がばれない理由によって、その登場人物に関する重要な何かが読者に伝わらないといけない。ときには、主人公が嘘を隠しとおすこと自体が物語になることもある。たとえばパトリシア・ハイスミスの傑作小説『リプリー』では、道徳観念のない若き主人公のトム・リプリーがあっさりと殺人を犯す。リプリーを書いた小説は全部で五作あり、トムの悪事がばれたものはひとつもない――つまり、彼はずっと嘘をつきつづけている。だからこそ、嘘はいずればれるというトムの恐怖と、なぜ、どうやって、嘘がばれないまま逃げきれるのかという読者の予想が、スリルをかきたてるのだ。脚本家のノーマン・クラスナーの言葉、「観客の予想することで観客を驚かせよ」[13]を最大限に生かした見事な例といえる。

ここで、物語において何があっても嘘をついてはならない人物、つまり作者のあなたについて考えてみよう。作者はつねに嘘をつくものだが、それは読者にまだ〝気づいてほしくない〟からだということは、第六章でも述べた。ただ、読者は暗黙のうちに作者を信頼しているので、物語に嘘があると気づくと、物語のほかの部分も真実ではないかもしれないと、すべてを疑い始めてしまうので気をつけてほしい。

8 危険を曖昧に繰り返すのではなく、今そこにある、明らかな、エスカレートしていく危険を物語に持ち込む

物語に敵対勢力が必要なことは誰でも知っている。敵となるものがなければ、主人公が立ち向かうものもなく、どんなに頑張っても自分の価値を証明できない。だからこそ、きちんと定義された敵対勢力が存在する必要がある。具体性のない曖昧な脅威では役に立たないし、どれほど卑劣に見える敵対者でも、行動に出ないまま意味ありげに飛びまわるだけで、実際には何

もしないのでは話にならない。

敵対者に必ず持ち歩かせたいものがひとつある。時計だ。刻々と近づいてくる期限ほど、集中力を高め、主人公の行動を駆り立てるものはない。時計は主人公を正しい道にとどめるだけでなく、作者の脱線も防いでくれる。作者がどれほど主人公に自分探しの旅をさせたくても、叔父さんの遺書を真夜中までに見つけなければ、夜明けに救助隊が来たときにすべて失われてしまう。

もちろん、敵対勢力は人でなくても良い。概念的なもの、たとえば社会の画一的な厳しい束縛、制御されていないテクノロジーの非人間性、法的条文の横暴さなどでもかまわない。ただし――これはとても大事なことだが――ただの概念のままではいけない。すでにわかっているように、概念は抽象的なものだからだ。概念は、物理的にも感情的にも、人に影響を与えることはない。人に影響を与えるのは、特定の具体的な概念だ。つまり、概念を敵対勢力とするなら、主人公に意思を曲げさせようとする特定の登場人物として具現化されなければならない。

たとえば、ケン・キージーの小説『カッコーの巣の上で』は、自分の信条に従おうとする人間を、社会的な画一化という概念が束縛する様子を描いている。束縛がうまくいかなければロボトミー施術だ。精神病院を舞台としたこの物語は、こうした概念を、ラチェットといういかにも似つかわしい名前の看護婦〔ratchet（歯止めをかける）と語感が似ている〕を敵対させることで表現している。ラチェットは自分が世話をしている患者たちの生活を崩壊させる張本人ではあるが、テーマを容赦なく楽しげに体現しているにもかかわらず、彼女自身はテーマの擬人化に過ぎない。

9 悪者には必ず良い面を与える

前述したように、どんなにそうは見えなくても、それがほんの一瞬のささいなものであっても、悪者にも良い面はあるはずだ。結局のところ、完全な悪人などどいない。たとえいるとしても、本人は自分を悪人だとは思っていないことがほとんどだ。歴史においても、血に飢えた卑劣な暴君が、自分が良いことをしていると考え、神や国家の名において行動していることもめずらしくない。また、それ以上に大事なのは、悪い人物であれ善い人物であれ、善悪のはっきりした登場人物は単調で、感情移入もできないということだ。実際、まったく善良な登場人物が、ときには悪役よりも不快に見えることもある。

考えてみてほしい――たくましくてハンサムな職場の同僚が、つねに正しいおこないをし、パーフェクトな家庭生活を過ごし、机の上を散らかすことさえないとしたら――彼の家の地下室に何やらあやしげなものが隠してあることを疑いたくならないだろうか？　決してうらやましいわけではなく（たぶん）、本当に〝パーフェクト〟な人間などいるものではない。主人公に欠点が必要なように、敵対者にも長所は必要だ。

それに、一〇〇パーセント悪い登場人物なら変化も見込めないし、一本調子の人物にも見えかねない。〝見たとおりの人間〟ではなんとも退屈だ。悪人に少しでも良いところがあれば、変わるかもしれないと気をもたせることもできる。だからといって、悪い登場人物を変わらせるべきだということではない。可能性を残しておけば、悪人も物語ももっと興味深く見えてくるということだ。

10 登場人物の欠点、苦悩の源、不安定さを表に出す

物語とは不安を持っている人々を描くものであり、すでに述べたとおり、変化ほど人の不安を誘うものはない。一九世紀イギリスの歴史家、トーマス・カーライルもこう言っている。「人は元来、変化を嫌うものである。本当に完全に崩れ落ちるまでは、古い家を手放そうとはしないものだ[14]」

つまり物語とは、誰かの家の梁が一本一本折れていき、しまいに崩れ落ちるところを見るようなものだとも言える。たいていの場合、物語は「もし……なら、いったい何が起きるだろうか？」という前提で始まるもので、「幸福で落ちついたあるひとりの女性が、申し分のない幸福な男性と満ち足りた結婚をし、素晴らしい仕事の経歴と、幸福で出来の良い二人の子どもに

恵まれたらどうなるか？」なんてことには誰も興味を持たない。なぜか？〝パーフェクト〟など実際には不可能だし（ありがたいことに）、壊れない物事など退屈だからだ（もちろんそれが自分の家なら退屈は歓迎だが）。

そんなわけで、あなたの主人公の安らぎの家をすべて破壊し、寒空の下に放りだすのはあなたの仕事だ。作者は気弱になりやすいので、状況が悪くなってくると、主人公に慈悲を与えようとする。だが、英雄的行為をなしとげなければ英雄にはなれないし、主人公はどんなに勝ち目が見えなくてもその状況に耐え、心の内に抱える進行中の苦悩に立ち向かわなければならない。外面的な変転をもたらすことで、あなたの主人公を正しく前進させ、主人公がこれまで見ないようにしてきた自分自身と一対一で闘うように仕向けるのは、あなたの仕事なのだ。

11 あなたの苦悩の源を表に出す

作者が自分の主人公を守ったり、本当に厳しい問いかけから身をかわさせてやろうとするのには、もうひとつ複雑な理由がある。主人公を守りたいというよりも、主人公が直面する問題に作者自身が不安を感じている場合があるのだ。主人公に問題を回避させることで、作者もまたその問題から逃げられる。あなたがあなたの登場人物の心の内を〝暴露〟するように、登場人物たちもまたあなたのことを暴露する。つまるところ、まっとうな人々が眉をひそめるような行動を登場人物にやらせているあなたもまた、人生の野蛮な側面など何も知らないと言えるような人間ではないということだ――そもそも、絶対に誰も見ていないと思えば、そうしたことをやったり考えたりすることは誰にでもある。当然ながら、それこそ読者の見たいものでもあるのだ。礼儀正しい社会とはどんなものかは誰だって知っている――説明されなくてもみんながわかっている。多くの人間が、自制心と自信を備えた表向きの顔の下に、荒れ狂う混乱をひそめている。物語とは、そんな内面の荒々しい混乱、人々が勇敢に世界を理解しようとするときに表向きの顔で隠している苦闘を描くものだ。これがしばしば真の物語が展開する闘技場となり、読者を驚かせ、救いを感じさせる要因となる。「私もそう！　そんな人間、私だけだと思ってた！」と。作者と主人公の双方に役立ちそうな賢明な助言を、ギリシャの歴史家プルタルコスが残している。「偉業をなしとげんとする人々は、激しく苦しまねばならない」[15]――しばしば公衆の面前でもだ。

もう少し哲学的な助言が良ければ、ユングの言葉を引用しておこう。「人が啓発されるのは、光の形を想像することによってではなく、闇の意識を形成することによってである」[16]

チェックポイント

✓ **悪化するかもしれない物事を間違いなく悪化させている？**

良い顔をしようとは絶対に思わないこと、社会規範は窓から投げ捨てよう。あなたのプロットは、つねに主人公がその状況に立ち向かうよう仕向けているか？

✓ **主人公の最も大事な秘密、用心深く隠している欠点を暴露している？**

どんなに恥ずかしく痛ましいことであれ、主人公の秘密や欠点がばれるよう仕向けているか？　内面の苦悩に立ち向かわせているか？　主人公がそれに取り組むまで追い詰められないかぎり、それを乗り越える（あるいは大した問題ではないと悟る）ことはできない。

✓ **主人公は、何かを得るのに見合う努力をし、失ったものの代償を支払っている？**

起きたすべてのことには結果がなければならない、というのはこの点でも同じだ。

こうした結果によって、主人公が避けたがっている行動をとることが理想的だ。

✔主人公が状況を良くするためにやっていることが、すべて逆効果になるように仕向けている？

そのとおり！　主人公にとって事態が悪化すればするほど、物語としては望ましい形になる。悪い状況がさらに悪化するように仕組むことで、あなたの物語は軌道にとどまり、緊張感はさらに増し、障害のハードルも上がる。

✔敵対勢力は、人格化されて存在し、活発に動いている？

必ずしも怒り狂った巨大ゴリラや銃を持ったサイコパスでなくてもいいが、読者は敵意を向ける誰か（何か）を望んでいるものだ。要するに、曖昧な脅威、一般的な〝悪〟、不特定の災厄の可能性などではだめだ。危険は特定のもの、そして期限つきのものでなければならない。

10 *The Road from Setup to Payoff*

パターンを作る
――伏線から伏線回収までの道筋

認知の真実

脳はでたらめなものを嫌い、未加工のデータを意味のあるパターンに変換して、次に何が起きるか予測できるようにしている

物語の真実

読者はつねにパターンを探している。読者にとっては、すべては伏線と伏線回収、またはそのあいだの道筋でしかない

芸術とは、経験にパターンを負わせることである。

――アルフレッド・ノース・ホワイトヘッド

〝その上の赤が砂利をからかい、瞬間が最も丸くなった〟。なんの話だ？　読んでいると頭のなかで転覆事故が起きている気分にならないだろうか。読んでいてもあなたの頭にある言語パターンは通用せず、これではまったくドーパミンも出てこない。それどころか、あなたの脳の神経伝達物質は通常以上に少なくなり、脳の――つまりはあなたの――不快感を訴えようとしはじめる。[1]

脳はでたらめに見えることが嫌いで、秩序を生みだすことに骨を折りたがる――そこに実際に秩序があるかどうかに関わりなく。たとえば、満天の星空のことを考えてみよう。ノーベル物理学賞受賞者のエドワード・パーセルは、進化生物学者のスティーヴン・ジェイ・グールドに宛ててこう書き送っている。「〝星〟というでたらめな領域に関して私の興味をそそるのは、そのさまざまな〝特徴〟が与える強烈な印象だ。認められるあらゆる特徴――星を、線や塊、星座や帯状の回廊、曲線を描く鎖や空隙としてとらえたもの――は、まったく意味のない偶然の産物で、私の目や脳にパターンを求める情熱をかきたてるだけであり、非常に受け入れがたい![2]」

ただ、ひとつでたらめでないと言えることは、人間はパターンを求めたがる生き物だということだ。たとえ、ときには情熱にかられ、雲の形が愛する人の顔に見えてしまうようなことはあってもだ。パターンを探すことは、トイレや冷蔵庫、あるいはドアの出現よりずっと前、立派な洞窟を家にし、寝心地の良い枯葉の山のベッドに寝ていた時代に始まった人間の習慣だ。次に何が起きるかの予測能力は、しばしば生死を分ける重要事だった。ライオンやトラや全裸の野人――うわ!――が昼夜を問わずいついきなり現れるかもわからないので、脳はありとあらゆるデータをパターンに変換し、その夜にどんなものと遭遇するかを判断できるようにしていた。そもそも、正常なパターンというものを知らなければ、異常なことを感知することは不可能だ。「脳は元来、地図作成能力にたけている」と脳科学者のアントニオ・ダマシオは言っている。[3] 世に生まれ出た瞬間から、人間はつねにひとつの計画に従って周囲の事象のパターン化を始める――〝安全なものは何か、気をつけたほうがいいものは何か?[4]〟

物語とは、人間が気をつけなければならない物事について書かれるものだ。主人公の生活パターンが機能しなくなる瞬間から始まる物語も多い――これは良いことで、研究者のチップ・ヒースとダン・ヒースもこう述べている。「人の注目を集める最も基本的なやりかたは、パターンを破るということだ[5]」。どういう意味かわかるだろうか? パターンを破るためには、何がパターンかを知る必要があるということなのだ。そして読者にとっては、すべてがパターンの一部であり、読書のスリルとはこうしたパターンを見いだすことだ。そのうえ読者は、物語のあらゆる面には相互関係があるのが当然と考えている——生態系や国境やジグソーパズルの結合と同じように、パターン同士が組み合わさっているものだと思っている。だが、こうしたことをただのプロット部分の話と片づけてしまう作家もいる。彼らは素材に水を注いでへらでかき混ぜ、微妙な陰影を主題に織り込もうと必死にやっているが、これでは焼いてもいないケーキにデコレーションをしているようなものだ。なぜなら、たとえ読者がその微妙な陰影を味わいたくとも、それが慣れ親しんだ明快なパターンを輝かせ深めるものになっていなければ意味がないからだ。空き家の窓に凝った装飾をするようなものだ。

読者の要求が非常に厳しいということは、もうわかっていると思う。人間には特定の期待というものがあり（それを意識していることはまれだが）、人の脳が望んでいるのは、その期待が満たされるか、あるいはためになることを持ち帰れるということだ。人に組み込まれている期待のひとつに、新しいパターンの始まり——つまり〝伏線〟——が、実際に伏線として成立し、正しく回収されてほしいというのがある。人は伏線に貪欲な情熱を持っている。伏線には中毒性がある。人の想像をかきたて、人のお気に入りの感覚、すなわち予想の引き金になってくれる。伏線は次に起きるかもしれない何かについて知りたいという気持ちを誘い、さらにもっと快い感覚を導く。自分で作ったつながりから導きだした洞察は、アドレナリンの放出を誘発する。[6] 伏線を見つけ、何が起きるかを予測し、そのとおりになれば、賢くなったような気分を味わえる。伏線は、人が持つあらゆる感覚のなかでも最古のもののひとつ、関心という感覚で読者を誘い込む。伏線によって、読者はそこに自分も関わっているという感覚、目的意識の感覚を感じ、何かの一部になったような気持ちを覚える――内部事情を知った気になれる。作者が読者に伝える暗号、それが伏線だ。伏線を見つけた瞬間から、読者は伏線回収につながるパターンを熱心に追うのが自分の仕事だと認識する。そして奔放にそれに取り組み、その時間を余すところなく味わう。寝る時刻を大幅に過ぎても、物語を読み続けてしまう。

疲れ果てて、それでも満足を味わってくれる読者をおおぜい獲得するために、本章では、伏線とは何か、伏線から伏線回収までの道筋がページに見えるようにするにはどうすればいいかを探っていく。意図しない伏線がいかに物語を脱線させるか、単純な伏線で大きな成果を得るにはどうしたらいいかも確かめていこう。

そもそも伏線とは何か

さて、そもそも伏線とはなんだろう？　伏線とは、事実、行動、人、出来事など、将来の動きを暗示するものだ。伏線の最も基本的な形とは、伏線回収よりずっと前に読者に与えておくべき情報の断片であり、それによって読者は、伏線回収に現実味があるかどうかを判断する。たとえば、ジェームズがスワヒリ語を話せるといった単純な情報を冒頭で示しておけば、のちに街の中心部に隕石が落ちてきて、それを撃退する指示書がスワヒリ語で書かれているとわかったとき、ジェームズがそれを読むという展開は、読者にとっても妥当なものとなる。一方で、ジェームズがバイリンガルだということを作者が伝える真の理由は、第一章の時点では読者にはわからないので、それが〝何かを伝えようとしている〟情報だということを派手に宣伝しないよう、その場でその話を持ちだしたことを不自然に見せないための物語的な理由が必要となる。読者を焦らすために小さな情報を与えて想像をかきたてることは、見え透いた情報を押しつけてサスペンスをなくしてしまうこととは違う。読者の疑いを駆り立てつつ、読者が楽しめるようでなければならない。

　作者としては、読者にこう考えさせたい。「なるほど、ジェームズの高校ではスワヒリ語しか教えてなくて、それがしゃべれないと卒業できなかったということはわかった。ただ、スワヒリ語を勉強した甲斐があったと思うようなことが、あとで何か起きそうな気はするな」。つまり、当然のことだが、スワヒリ語の話がその後二度と出てこなければ、そのエピソードは寂しいゾウとなって物語の世界を歩きまわり、やることを探し始めてしまう（そしておそらくはあたりを破壊しだす）。

もちろん、たいていの伏線はもっと複雑で、ジェームズのスワヒリ語よりも影響力が強い。スワヒリ語のエピソードは単なる支援情報のひとつだ。本来の伏線は、サブプロットや動機の引き金となったり、間もなく起きようとしている出来事の解釈を指南したりすることも多い。要するに、最初の時点で読者に伏線回収の形を予想させたとしても、その予想が必ずしも当たる必要はないのだ。いや、むしろ逆だ。伏線の真の意図は、あとからはっきりわかるということもめずらしくない。前述したヒッチコックの傑作映画『めまい』では、謎の女性マデリンは美しいが病を抱えている人妻で、元警官のスコッティ・ファーガソンはマデリンを守るために彼女の夫に雇われている、と観客に信じさせる伏線が張られている。実はマデリンは店勤めの別人の女で、雇われて本物のマデリンのふりをしていただけだということは、あとにならないとわからない。すでに述べたように、こうしたタイプの筋書きの難しさは、伏線回収のときまでに起きた出来事が元の誤った予想と矛盾せず、なおかつ新たな展開が起きたあとで振り返っても、やはりつじつまが合って見えなければならないという点だ。レイモンド・チャンドラーはいみじくもこう言っている。「解決策は、いざ明かされたとき、それが必然だったと見えなければならない[7]」

まぎれもない真理だ。読者にとっての物語とは、伏線、伏線回収、そしてそのあいだの道筋のどれかでしかないということを忘れないでほしい。

脳は複数の情報を同時に処理できない

読者はつねにパターンを探しているものなので、伏線ではないものを伏線だと読者に思い込ませてしまったり、まして読者がそれに基づいて予想を立て始めたりするようなことは、絶対に避けなければならない。隣の部屋に住む不気味な男が、あなたがいつも彼を無視するのは自分に気がある証拠だと思い込み、あなたを口説こうとするようなものだ。あなたがせっかく慎重に物語を創っても、読者は関係のない情報をずっと引きずることになり、作者が読者に予想させたいことまでわからなくしてしまう。

このことは、どれだけ強調しても足りないぐらい重要だ。読者の認知的無意識は、物語には読者の知るべき情報がすべて揃っているはずだという前提でいるので、読者はあなたが提示したすべてがパターンの一部になっていると当たり前に考えている。どの出来事も事実も行動も、重大な意味を持つものと思っている。そのため、本題からはずれたランダムな不要の事実も、あっさり伏線と勘違いしてしまう。さらに悪いことに、現在の出来事との関連が不明瞭な場合、その重要性はあとでもっと明確になるはずだと考える。そして、それをフィルターのひとつとして追加し、その先起きることの意味をふるい分けるようになる。

たとえばノーラという主人公が、夫のルーとの会話中になんの気なしに、隣の家のベティが一日中怒鳴りつけているのは、銃を所持するろくでなしのボーイフレンドだと漏らしたとする。作者側からすれば、ノーラがこの話題を出したのは夫にひどい頭痛の理由を説明するためで、姿が見えないラブラドードルの子犬のルーファスを捜すのを手伝うことはできないと暗に訴えただけのことだ。しかし読者のほうはこう思うかもしれない。「ええ？　ベティのボーイフレンドが拳銃を持ち歩いてる？　子犬がいなくなったのもそいつと関係があるのかも。それにノーラの妹のキャシーはどうしたんだろう？　ベティの家で夕食をご馳走になったあとしばらく出てこないけど、ひょっとして……」

それ以上にまずいのは、読者がこの情報を何に適用したらいいのかわからない場合だ。そもそも、出入りを制限するゲートを備えたクエーカー教徒のコミューンで、銃を持った悪党が何をしようというのか？　こうして読者は、心の片隅で銃を持った男の存在の意味をぐずぐずと考え続けつつ、ノーラとルーの子犬について読み進めることになる。スタンフォード大学の研究者たちは、世間一般に信じられていることとは逆の事実を証明している。人間が心のなかで複数の情報をきちんと処理することは不可能だという――入ってくる二種類の情報の流れを、脳は同時に処理することができない。脳科学者のアンソニー・ワグナーによれば、人間が外部の世界、もしくは浮かんできた記憶から入ってきた複数の情報に集中しようとすると、「現在の目的に関係のないものを排除することができなくなってしまう」という。[8] つまり、読者の脳がベティのボーイフレンドの意味をあれこれ考えているあいだに、物語上で実際に起きていることの意味が薄れていってしまうのだ。これは、とても訛りのきつい人間の話を聞くときと似ている。言葉を聞き取ろうと気を張るあまり、相手の言わんとすることがわからなくなった経験は誰にでもあると思う。読者もすぐに何が起きているかわからなくなり、やがて興味もなくなってしまう。

人がそう生まれついている以上、選択の余地はない。脳にはオフラインになる仕組みができている——現実の世界を無視し、架空の世界に入り込むことができる。ただしそれは、この厄介な現実世界を渡り歩くのに役立つ情報を、この物語が与えてくれると脳が信じたときだけだ。いったん物語に引き込まれれば、脳はスイッチを切って現実を遮断する。が、物語を信じられなくなれば——たとえば、伏線が何にもつながらないと感じてしまったら——たちまち現実が流入してくる。[9]

こうしたことを念頭に置き、実際の伏線はどんなふうにできているかを見てみよう。いくつか例を見て、ここまで話してきたことを感覚でつかんでみよう。

可能性を伏線で示そう

伏線は、ときとしてまったく伏線とは見られないことがある。たとえば、映画『ダイ・ハード』の冒頭、主人公のジョン・マクレーンはロサンゼルスに着陸する飛行機に乗っている。ニューヨーク・シティの警官であるマクレーンは、妻が重要なポストに昇進してロサンゼルスへ異動することになったとき、ついていくことを拒んだ。妻は子どもたちを連れて出ていった。マクレーンは妻の心を取り戻したがっている。彼は消耗しきっている——そして、飛行機が着陸したことを明らかに喜んでいる。隣の席の年長のセールスマンは、マクレーンがほっとしたことに気づき、飛行機に乗り慣れていないんだろうと考えた。そして、時差ぼけに打ち勝つためのちょっとしたアドバイスをくれた。敷物の上に素足で立ち、「つま先を丸める」といいという[10]。なるほど。ちょっとコミカルな息抜き場面だし、礼儀正しいが懐疑的なマクレーンの反応は、彼の世界観を伝えてくれる。

この場面の言外の意味は明白だ。マクレーンの飛行機嫌いの裏に、不得意な状況はもっと嫌いだという性質が見てとれる。陽射しあふれるロサンゼルスは、ニューヨーク・シティからかけ離れた場所で、特にクリスマス前はそれが顕著だ。さて、彼とセールスマンのやりとりのなかに、〝これが伏線だ!〟と言えるようなものが何かあるだろうか? そうは見えない。マクレーンの人物像を伝える場面ではあるし、技法としてもそれで充分だ。これ見よがしに〝よく見てくれ――そっちが思う以上に重要な場面だぞ〞と言いたげな場面ではないし、実際それでいい。伏線がそんなに目立ってはいけない。しかしこれは、まぎれもなく伏線なのだ。

マクレーンは、妻の職場のクリスマスパーティに出席し、幹部の豪華なトイレでひとりぴりぴりしながら、そこで靴を脱いでアドバイスを試す。そして本当に効果があることに驚き、にやりとする。気持ち良くつま先を丸めたままでいるうちに、銃声が聞こえる。彼はベレッタ銃をつかみ、慌てて廊下に飛びだし、様子をうかがう。素足のままで。

その先マクレーンはラストまでずっと裸足で、割れたガラスの散らばる危ない場所を、血を流しながら走らされる。つまりあの冒頭の場面は、コミカルな場面、マクレーンの人となりを伝える場面だというだけでなく、彼が英雄になるための道筋をますます困難なものにする伏線だったのだ。

そんな伏線にわざわざ手間をかける価値があるだろうか、と思うかもしれない。普通にマクレーンに靴を脱がせるのではだめなのか？　飛行機に乗っているあいだに足がむくんだとか、靴を脱いでいるだけでだいぶ楽だとか、そんな台詞を彼につぶやかせれば充分では？　もちろんそれでもいい。顔を洗おうとして、誤って足もとをびしょ濡れにしてしまい、乾かそうと靴を脱ぐのでも事足りる。だが、こうした筋書きにはできないことを、冒頭のシーンは可能にしてくれるのだ。それはすなわち、〝そうか！〞と観客に思わせるささいな瞬間――登場人物の行動の裏にある、特定の（ときにはとても深い）理由に気づいたときの、理解できたという愉快な感覚だ。観客は皮肉を感じながらこう思う。「あの男が飛行機で余計なことを言うから、マクレーンが血の足跡をつけながら走りまわるはめになったんだよ！」

　巧みな伏線は、あたかも運命のように見せることができる。

　これは『ダイ・ハード』のなかでは小さなひねりの例だが、キャロライン・レヴィットの小説『Girls in Trouble』には、もっと瞬時の、しかし重大な伏線が出てくる。物語はボストンから始まり、一六歳で妊娠してしまったサラと、彼女の子どもを引き取った夫婦、ジョージとエヴァの関係を中心に展開する。この養子縁組はオープン・アダプション、つまり実母と子どもとその養父母が交流を持てる形にすることを、夫婦は約束する。サラはいつでも子どもに会える。そしてこの約束は、子どもが生まれるまではまったく偽りはなかった。ジョージとエヴァはできるだけサラと一緒に過ごそうとする。二人とも純粋にサラのことを気にかけていて、サラが心変わりすることを恐れてもいるため、サラに愛や気遣いをたっぷり与える。だが、いざ子どもが生まれると、サラの信頼は二人の負担になってくる。そればかりか、自分だけが子どもの母親だと感じていたいエヴァは、サラの存在におびやかされるようになる。トラブルの兆しが明白に感じられ、読者は遅かれ早かれそれが表面化することを予感する。

　その渦中、歯科医のジョージは、新たなそれぞれの状況——驚くほど激しい愛情を子どもに注いでいる自分、愛に飢えているサラ、サラと距離を置きたいエヴァ——に重圧を感じている。

彼が一日を振り返る場面を見てみよう。

四時になり、ジョージは思っていたよりも一時間早く仕事を終えた。最後の患者も急患で、矯正ブリッジをつけているのに、リンゴ飴をかじりたいという誘惑に抵抗できなかった女性だった。彼女は間に合わせの処置を受け、食べないほうがいい食べ物のリストを持って帰っていった。衛生士の求人広告を出す必要がありそうだ。クローンでも雇えればいいのに。たいていの歯科医はひとりで診療をやっているし、誰かとパートナーを組みたいと思ったこともないが、助けにはなるだろう。必死になって長時間働く必要もなくなる。ただ、もちろん問題は、誰とパートナーを組むかだ。こういうことは慎重に決めなければならない。思い当たる人間といえば、歯科大学時代の旧友のトムぐらいで、フロリダに住んでいるトムは、しょっちゅうこっちに来ないかとジョージを誘ってくる。「青い空と砂浜があるぞ」。トムはそういって急かしてきたが、ジョージは引っ越しに乗り気ではなかった。[11]

この一節は九八ページに出てくる。ジョージはその後、トムのことも、フロリダのことも、一六九ページまで思いださない。だが、その間のおよそ七〇ページにわたり、読者はそのことを覚えている。なぜなら、トムがジョージをフロリダに呼ぼうとしている事実を無造作に説明していることが、伏線、つまり読者に対する通知のようなものに見えるからだ。たとえどこにも〝注意！　トムのことを覚えておこう〟などと書かれていなくても、読者はそれを感じ取る。ただ、どのみち読者にはわかるものだ。なぜか？　すでに物語そのものが、このささいなことがきちんとおさまる文脈、つまりはパターンを読者に提供しているからだ。読者は、この状況の居心地の悪さも、この先も悪くなるだけだろうということもすでに察知している。どうにかしなければならなくなるのは予想できるが、ジョージが最初にフロリダのトムのことを思いだすまでは、実際にどうなっていくかはわからずにいたはずだ。

トムの話が出た瞬間から、読者はジョージとエヴァが去っていくのではないかと疑い始める。そしてそうなった場合、サラがどう反応するかを予想しはじめる。こうして、伏線（ジョージが一瞬フロリダのことを考える）から伏線回収（ジョージが再びトムのことを思いだし、トムの歯科診療所を買い取り、サラに何も告げることなく家族でフロリダ州ボカラトンへ引っ越す）にたどりつくまでの七〇ページにわたり、この小さな伏線、ほんのちっぽけな塊は、しだいに重要性を増し、その間の出来事すべてに対する読者の解釈に影響するようになる。

ただ、だからといって、読者がずっとフロリダのことを考えたり、ジョージとエヴァが本当に引っ越すのか考え続けたりするというわけでもない。伏線が出てきた瞬間から、伏線回収に到達するものだとわかりきっていたら、予想をうながすどころか、予想する楽しみをじゃましてしまう。伏線の役割は可能性を示すことだ。確かに、可能性がそのまま現実化することもある――ジョージとエヴァは、実際に子どもを連れてフロリダに引っ越してしまう。だが、伏線から伏線回収への道筋の途中で、読者はつねに別の可能性も考える。結果を確かめたいという欲求の高まりが、読者が先を読みたいと思う力になるのだ。

伏線と伏線回収のあいだの道筋
――三つの交通ルール

予想は実に楽しい作業だ。伏線から伏線回収に通じる道が現れると、読者は喜々としてその道筋を追いたがる。読書の喜びの多くは、気づき、解釈し、点と点をつないでパターンを見つけていくことにある。それを実現するため、作者が知っておくべき三つの基本ルールを以下に示そう。

ルール1
必ずそこに道がなければならない

伏線が伏線回収にぴったりくっついているようではいけない、という意味だ。つまり、読者が問題を知ったその瞬間に、問題が解決されているようではだめだ。緊張感が失われ、対立を弱め、サスペンス状態が潰れ、読者に予想の余地を与えることができない。たとえば、昨夜クリスがトランプゲームで興奮し、エイミーを殴って歯を折ってしまい、歯科医が緊急手術に応じることができなければ、エイミーの長年の夢だった今朝のミス・パーフェクト・スマイル・コンテストにも前歯なしで出場しなければならないところだった、という話を、エイミーの前歯の差し歯がきれいにできたその瞬間に読者が知るようではなんの意味もない。エイミーにとっては良かったが、読者には退屈きわまりない。

エイミーの口から前歯が飛んだ瞬間を想像してみよう。ミス・パーフェクト・スマイル・コンテストまではわずか六時間しかないし、午前一時に普通の街で歯医者を見つけられるのかもわからない。もともと不安定だったクリスとの関係はどうなる？　その場の緊張感、対立、サスペンス状態を生かしたいものだ。

ルール2
道が向かう先は読者にも見えなければならない

伏線と伏線回収のあいだの道筋を、ページの外に隠してはならないということだ。作者はこの道筋を隠したがる傾向があり、それには三つの理由がある。第一に、前述したように、作者は大きな種明かしまでにすべてをとっておきたがる。第二に、隠してしまっていることに作者自身も気づいていない。優れた筋書きを組み立てておきながら、それが実際にどう展開していくかは読者の想像にまかせ、大きな種明かしをするときになって筋書きが再浮上するまで放置してしまう。これをやってしまう作者は、何が起きているかを読者にいちいち知らせることを、ある意味で読者を見くびった行為と勘違いしていることが多く、物語のかなりの部分を自分の想像の世界にとどめてしまいたがる。

たとえば、相続財産を手に入れるため、三〇歳の誕生日までに結婚しなければならないジョンという男がいるとする。その後の数百ページにわたり、ジョンは読者にも詳しいことがわからない相手とデートを繰り返す。ジョンが妻を探しているのか、そもそも本当に結婚したいのか、それがわからなければ、読者はデート相手に対して判断をくだすことができない。その後ある時点で、ジョンはなんらかの理由で相手のひとりと結婚することに決め、多額の財産を手に入れる。ジ・エンド。これでは読者にもなんのことかわからないし、おそらく彼女とは長続きはしないだろう。要するに、読者がどんなに点をつなぎたくても、それを自分で作りだすわけにはいかないのだ。

これと似たことが、第三の理由にも言える。作者は自分でも気づかないうちに、パターンを確立するのに必要な〝手がかり〟を出し惜しむところがある。作者は自分の物語のすべてを知っている――どこで起きている話なのか、誰が誰に対し何をするのか、どこに〝死体〟が埋まっているのか（文字どおり本物の死体の場合もある）。それぞれの〝点〟が本当は何を意味するのか、どうひとつにまとまるのかも正確に知っている。だが、忘れてはならないのは、読者は知らないということだ。作者にはこの点が〝すべてを明かしてしまう〟と見えても、読者にとってはじれったい〝手がかり〟以上のものではないのだ。こうした〝手がかり〟を頼りに実際起きていることを推測するのが、読者が何より求める楽しみだということは忘れないでほしい。

ルール3
伏線回収に明らかな無理があってはいけない

これは〝懸命に努力したが失敗した〟といった感覚の〝無理〟ではない。文字どおり〝不可能〟という意味の〝無理〟であって、主人公がちょっと考えれば、努力をしてもまったく無意味だと気づくようなたぐいのことだ。

なぜそういうミスが起きるのか？

主人公が何かの行動をもくろんでいるものの、その行動を妨げるようなことがあとから起きることを作者が知っている場合、作者があえて徹底的にその行動を検証しないことがある。しかし、これは検証しておくべきなのだ。

なぜなら、読者は検証するからだ。

結局のところ、主人公が苦い結末に向かって歩いているのかどうかは、読者にはわからない。そして読者は、次に何が起きるか予想するのがとても好きだ。が、それだけではない。いったん物語のパターンをつかんだ読者は、自分の知っていることに照らし合わせ、パターンの妥当性をテストしようとする。主人公より読者のほうが先を行くこともめずらしくない。作者が気づいていないことに読者のほうが気づいた場合——つまり、伏線回収が論理的に不可能だとわかった場合——読者は読むのをやめてしまうかもしれない。

たとえば、主人公のロバートは幼稚園のときからアリスにひそかに恋をしていたが、アリスのほうはまるで気づいていないとする。残念ながらアリスは、ロバートに親しい友だちという以上の気持ちは持っていない。アリスは今ハーヴァード大学の学生で、同郷の友だち何人かと共同生活をしており、彼らはみなロバートのことを知っている。寂しいロバートは策略を思いつく。ハーヴァードに入学し、イギリス訛りでしゃべって、赤の他人としてアリスを口説くのだ。しかし作者の筋書きでは、ロバートは結局ハーヴァードに入学できず、口説くところまでも行けないことになっている。だから作者は、そんなことをしたらアリスのルームメイトがすぐにロバートに気づき、彼は「ご機嫌よう！」のひと言も言えずに正体を暴かれてしまうだろうとは考えもしないのだ。こうならないためにも、あなたの登場人物がやろうとしていることの妥当性は、たとえ実際に行動する前に予期せぬ事情で阻まれるとしても、よく検証しておいたほうがいい。

ケーススタディ
――『ダイ・ハード』

『ダイ・ハード』は完璧な物語だ（流血沙汰や殺人、ありえないような大胆不敵な偉業が登場するにもかかわらず）。なぜか？　すべての伏線が満足のいく形で回収できるように設定されているからだ。素足の伏線と伏線回収がどう機能しているかはすでに述べたが、ほかにもたくさんある。実のところ、すべての主要人物が軌跡を描きながら動き、すべてのサブプロットが解決するようにできている。無駄はいっさいなく、すべてが前もって仕掛けられ、なおかつ途中でたくさんのサプライズが現れる。

登場人物の行動の軌跡、モチベーション、そしてサブプロットが伏線によってどう動いていくかを見るために、ひとつ例を示そう。ナカトミ・プラザの銃声を通報したマクレーンに最初に応じたのは、非番の警官アル・パウエルだ。彼はかつて、武器を持っているように見えた少年を誤射してしまったことがあり、今は警察の事務職についている。誤射以来八年、いまだ拳銃を抜くことができない。パウエルがマクレーンにそのことを打ち明けたとき、パウエルが限られた人間にしかその話をしていないことは、観客にも伝わってくる。パウエルがそんな話をしたのは、二人のあいだに絆が育まれつつあり、マクレーンの生き残りの望みが薄らいでいる状況だったからだ。だからこそパウエルは、マクレーンになぜ現場の仕事から事務職に異動させられたのかと訊かれたとき、逃げずに真実を話したのだ。

パウエルの告白は伏線になっている。パウエルの恐れ（罪のない人間を傷つけてしまうのが怖くて拳銃を抜けない）と彼の望み（事務職ではなく現場の警察仕事に戻りたい）の両方を観客に伝えることで、パウエルの人物像が明確になる。この告白がパウエルのサブプロットを強調し、動かし、本筋のストーリー・クエスチョン（マクレーンは生き延びられるか、そして妻の心を取り戻すことができるのか？）を支える役割を果たす。

パウエルに話を戻そう。パウエルはこの映画全体にわたり、頭の悪い警察の上層部を向こうに回してマクレーンを援護し、いよいよだめかというときにも励ましを与える。最後にきて、悪党全員が死んだとき、マクレーンはビルから出てきてすぐにパウエルを見つけ、彼を抱きしめ、彼がいなければ生き延びることはできなかったことを感謝する。パウエルはつつましく否定する。本心から否定する。自分はやらなければならないことをやっただけだ、それだけだと。英雄的なことは何もしていないのだと〔実際の映画には上記の台詞はほとんど出てこないため、撮影段階でカットされた脚本上の台詞であると想定される」。

まさにそのとき、実はまだ死んでいなかった悪党一味のひとりであるカールが、マシンガンを手にビルを飛びだしてくる。カールはマクレーンに目を留め、マシンガンを構える。今度こそマクレーンは一巻の終わりだ――そう思われたとき、「バン！」と銃声が鳴り響き、立ちすくむ群衆の前で倒れたのはカールのほうだった。カメラが反対側を向くと、そこには今度こそ本当にマクレーンを救ったパウエルの姿があった。さて、興味深いことがひとつある。脚本上では、パウエルはここで観客全員が考えたことを口に出して言う。マクレーンは正しい――確かに彼は、自分なしで生き延びることはできなかった、と。

ただし――この脚本はよろしくない――映画のパウエルはそんなことは言わない。何も言わない。彼の瞳、彼の表情には、もっと深い何か、マクレーンとはまったく関係のない何かが浮かんでいる。本当のパウエルがようやく戻ってきたことを伝えている。観客にその説明は必要ない。強い感情の共鳴のおかげで、直感でわかる。

これが見事な伏線回収となっているのは、それだけの手間がかかっているからだ。物語に沿って点が打たれるたびに、パウエルの行く手も険しくなっていく。だが、パウエルがマクレーンのために特別な努力はしたことは確かにしても、この瞬間までは本当の試練にはさらされていない。カールがビルを駆けだしてきた時点で、パウエルにとってマクレーンがどれほど意味のある存在となったか、彼がマクレーンを守るために克服しなければならないものは何か、観客にはわかっている。こうして、パウエルがマクレーンを守りきったこの場面は、ブロマンス〔男性同士の親密でプラトニックな関係〕が出てくる以前のマッチョな男たちの深い絆を描いたものとして、最も感動的な場面のひとつとなったのである。

チェックポイント

✔ **意図しない伏線が物語に紛れ込んでいない？**

実際には伏線ではないのに、そうであるかのようなささやきやほのめかし、示唆と思えるようなものはないだろうか？　第八章で使った〝それで？〟テストを思いだしてほしい。意図しない伏線を探しだすのにも非常に役立つ。

✔ **伏線とともに始まり、伏線回収時に最高潮に達するような、出来事の明確な連なり——パターン——が存在している？**

伏線と密着した伏線回収がないことを確認できているだろうか？　伏線それぞれから回収へとつながっていく〝点〟や〝手がかり〟のパターンもきちんとあるだろ

うか？

✓〝点〟は打てている？

伏線と伏線回収のあいだの点をつなげれば、納得のいく形が生まれるだろうか？　パターンが浮上してくるだろうか？　読者は、パターンがエスカレートしながら進展する様子を見て、そこから結論を導き、次に何が起きるかを想像することができているだろうか？

✓各伏線の回収は、論理的に可能なもの？

各伏線が論理的な結論にたどりつくよう、つねに気を配ること。特に、主人公がもくろんでいる行動が、（あなたの作った）状況に強いられて実行できなくなるとわかっている場合は、なおさら気をつけてほしい。

11 Meanwhile, Back at the Ranch

サブプロット、フラッシュバック、予兆を使う

認知の真実

脳は現在の出来事を評価して理解するために、過去の記憶を呼び起こす

物語の真実

サブプロット、フラッシュバック、予兆は、たとえ物語の展開につれて意味が変わっていくものであっても、中心となる物語の筋書きで起きていることについて、なんらかの洞察をその場で読者に与えなければならない

覚えていなければ理解することはできない。

——E・M・フォースター

記憶が進化したことには重要な理由がある。たとえば車のキーを置いた場所をつねに正確に知っているわけではなくても、キーを見つけることができるようにするためだ。脳が過去に得た情報から、現在直面している問題の解決につながるものを、記憶が掘り起こしてくれる。キーがソファのクッションの下に滑り落ちてしまったときのこと（うーん、今回は見当たらない）、玄関のドアノブにぶら下げたままにしておいたときのこと（いや、ここにもない）、自分が寝ているあいだによく息子が車を〝拝借〟していくこと（それだ！）などを、記憶がすぐに思いだしてくれる。脳の仕組みもそうだが、蓄積されている情報にも順応性があり、前もって確実にはわからないような将来の決定や判断をサポートしてくれる。[1] 要するに、死と税金以外のことなら、たいていはなんでも助けてくれる。

脳科学者のアントニオ・ダマシオの著書『自己が心にやってくる——意識ある脳の構築』によれば、自己と記憶との交流のおかげで、意識は人間への究極の贈り物として、「自己が安全で生産性の高い港へ入っていけるよう、想像の海のなかで未来を進んでいける能力」を与えてくれているという。[2] 人間は、明日へと生き延びるために現在を評価する尺度として、過去を活用している。さらに、過去の評価がその後学んだことによって変化することもある。[3] 記憶は人間が意味を引きだしているときもたえず改訂され、それによって将来さらに役立つものになっていく。

言い替えれば、記憶は思い出に耽るためにあるのではない。決してそういうものではない。記憶は現在を進んでいくためにあるものだ。個人の記憶ばかりでもない。物語についてここまで言ってきたことを思いだしてみてほしい。物語は脳のバーチャルリアリティであり、人は追い詰められた主人公の経験から恩恵を得ている。[4] その証拠に、人間はほかの誰か——友人、家族、あるいは敵——が、自分の通り道に無造作に放りだされたバナナの皮にどう対処したかを、見たり話し合ったりしたことから学ぶ。自分が同様の行動をとれば何が起きるかを、実際の災難に遭うことなく知ることができるというのは、とても愉快なことでもある。スティーヴン・ピンカーはこう指摘している。「ゴシップがあらゆる人間社会で面白い娯楽と見なされるのは、知識が力となるからだ」[5]。ときにはこうした知識が他者より優位に立つ力となることもあるし、自分が経験する側になったときに正しい判断をくだす力にもなる。

要するに、人がやったこと、見たもの、読んだもののすべての記憶は、今現在その人がやろうとしていることに影響を与えたり、その影響を受けたりするということだ。ＨＢＯの独創的なテレビドラマシリーズ『ザ・ソプラノズ』で、愛する意志の弱いいとこのトニー・Bを始末するよう相談役のシルヴィオから迫られたトニー・ソプラノが、（いくぶん荒っぽく）嘆きながらこんな台詞を言っている。「こう言っちゃなんだが、おまえはナンバーワンであることがどういうことかまるっきりわかってない。ナンバーワンがくだすどんな判断も、くそいまいましい物事のいろんなところに影響するんだよ。まったくやってられないよ」[6]

それが人生の真実であり、物語の真実なのだ。そして、どれだけの重圧を感じようと、トニーと同じく作家も、やってられないなどと投げだすわけにはいかない。問題は、あなたの主人公が問題と格闘しているあいだも記憶や判断のすべてが主人公に影響を与えるということを踏まえたとき、作者は物語をどうまとめあげるべきかということだ。主人公の過去、これまで見てきたもの、世界観を揺さぶられた出来事、外から受けた影響力など、主人公が気づいているか否かにかかわらず現在の問題に深く関係しているさまざまな断片を、作者はどう示していけばいい？　なおかつ、それらを自然かつスムーズにつなげていくコツはあるだろうか——物語に唐突な休憩を挟み、読者の頭に情報を詰め込んだりするようなことは避けなければならない。

サブプロット、フラッシュバック、予兆を使うのはこういうときだ。これらをどう登場させるか——文字どおり、あるいは比喩的な意味でも——それを本章で探ってみよう。新しい情報がストーリー・クエスチョンに対してどの程度関連性があるかを測る方法や、サブプロットが物語に深みを与えるようにする三つの方法、サブプロット、フラッシュバック、予兆を使うときのペースやタイミングを学んでいきたい。さらに、あなたの物語がぎくしゃくしてきたとき、思慮深く練られた小さな予兆がどう助けてくれるかも考察してみたい。

絵画のように読者をあざむく

愉快なパラドックスがひとつある。物語とは、二つの地点の最短距離のことだ——ストーリー・クエスチョンが動きだす地点と、それが解決する地点との。だが、最短距離であるにもかかわらず、その道筋は曲がりくねっている。つまり、カラスが旋回しながら飛ぶのと同じことだ。物語とは、ただ単純にA地点をスタートしてZ地点に到着するということではなく、過去、現在、未来のすべてが、内面からも外面からも主人公の闘争や歩みに影響を与えていく様子を認識していく道筋なのだ。

紙のような二次元の場で、言葉のような直線的な手段を使い、重層的な人生経験をとらえるにはどうすればいいのか？　これは絵画と同じだ。読者をあざむけばいい。皮肉なことだが、現実のあらゆる面を生き生きと再現するためには、まずあなたが語ろうとしている物語の核心に焦点を合わせ、物語に影響しない些末な部分を取り外すことが求められる。そこから、過去、進行中の補助的な筋書き、未来の手がかりといった関連要素を織り込んでいく——サブプロット、フラッシュバック、あるいはちょっとした予兆を使って。そして読者にも、それが不要で退屈な脱線ではなく、必要な情報だということがわかるようにしていく。

こうしたことはタイミングがすべてなので、手際を要する。重要な情報の断片を読者に与えるのが早すぎれば、効力がなくなって脱線と見なされてしまう。遅すぎればつまらなくなる。だからこそ、どんなサブプロットやフラッシュバックも、ストーリー・クエスチョン——主人公を駆り立てる探求や内面的な闘い——になんらかの影響を与え、読者にもそのことが即座にわかるものでなければならない。なぜなら、主人公がつねに過去のフィルターを通して現在を見ているように、読者もサブプロットやフラッシュバックや予兆を物語と照らし合わせて見ているからだ。

サブプロット
――プロットに厚みを持たせる

サブプロットのない物語は一面的になりがちで、主人公の生活を表現しているというよりも、生活の単なる青写真を見ているような印象を与える。サブプロットは物語に深みや意味を与え、さまざまなやりかたで共鳴をもたらす。主人公が考える行動の流れがどんな結果をもたらすかを、主人公に垣間見せることもできる。中心となる物語の筋書きを複雑にしたり、主人公の行動の裏にある〝理由〟を示すこともできる。そのままではプロットの穴になってしまうところをきれいに埋めたり、重要な役割を演じる登場人物を紹介したり、同時に起きている物事を示すこともできる。さらに、サブプロットによって読者に必要な息抜きを与えることで、ペースを確立し、同時に読者の認知的無意識に働きかけ、本筋がどこへ向かうか考える余地を与えることもできる。[7]

ペースを設定する

優れた文学ブロガーのネイサン・ブランスフォードは、単純かつ雄弁に、「ペースとは対立の瞬間と瞬間のあいだの時間の長さである」と定義している。[8] 対立は物語を進める原動力である一方、物語のなりゆきに予感を募らせ、読者を息つく暇もないほど魅了する力にもなる。対立の引き延ばしが多すぎると、アイスクリームサンデーしか食べられない生活をしている気分になる。驚くほど短期間で嫌気がさすことは間違いなく（私が保証する）、脂肪と糖分のせいで眠気を誘われてしまうだけだ。前章でパターンについて述べたが、パターンの持つ裏の側面がこれだ。パターンが予想しやすくなり、なじみの正常な状態となってくると、読者の注意力は逆に散漫になる。これは生物一般に共通の事象だ。[9] あまりに対立が長々と続くと、読者の許容量を超え、テレビはなんの番組をやっているだろうと考え始めてしまう。

ひっきりなしにハラハラさせるようなテンポで進めば進むほど、物語は急速に魅力を失っていく。こう考えてみよう――今の気温が三二度だとする。暑い？　そのとおり。さて、この気温が毎日変わらず、外でも室内でも同じだとしたらどうだろう。気温三二度は暑いとは感じなくなり、普通になるはずだ。そしてそれが普通なら、実際にどんなに汗をかこうと、退屈なものになる。昔、ドライブインシアターで、『インディ・ジョーンズ』のシリーズ第二作を見たことがある。結末に向かうにつれ、長くて単調で金だけはかかったチェイスシーンしか出てこなくなり、あまりに退屈して脳細胞が減りそうな気分になったので、三〇分ばかり車内を掃除して充実の時間を過ごすことにした。その夜最高にエキサイティングだった瞬間は、インディが悪党相手に勝利をおさめたときではなく（悪党はすでに前のほうでも登場したのでサスペンス感もない)、ダッシュボードの小物入れの奥深くからお気に入りのサングラスを発見したときだった。

ペースの設定は、本筋において緊迫した対立が勃発するとき――突然状況が動きだしたり、予期せぬ物語が展開したりするとき――に、その前の大きな動き以降に蓄積されてきた情報や洞察がその引き金になるようにするといい。対立がピークに達するたび、作者は一歩引き下がり、読者が状況を受け入れ、処理し、その言外の意味を推測する余地を作るようにする。サブプロットを入れたいのはこういう地点だ。

読者と暗黙の協定を交わす

サブプロットを使えば、直近の対立から少し読者を引き離し、脇道を歩かせつつ、それでもすぐに物語の中心に戻るということを匂わせておける。読者は、このサブプロットから物語の本筋に戻るときには、何が起きているかを解釈するための情報が増えているはずだと思っているので、この遠足にも喜んでついてくる。

こういったことは、サブプロットに関して読者と作者のあいだに交わされた、暗黙の協定のようなものだ。最初はサブプロットの意図がはっきり見えなくても、読者はこれを受け入れる。ただし読者の側には、すぐにサブプロットの意図が明確になるはずだ、作者はその期待に応じてくれるはすだという無言の期待がある。そして、サブプロットが本筋のストーリー・クエスチョンにどう関わり、どんな影響を及ぼすのかを熱心に探り始める。もう言いたいことはわかるだろう。もちろん影響はなければならない！　これはどんなに強調してもしきれないポイントだ。どんなサブプロットも、文字どおり、あるいは比喩的な意味でも、最後には本筋に統合され、本筋に影響を与えるものでなければならない。そうでなければ、読者は大いに失望するだろう。そして、昔の読者なら不満があっても黙っていたかもしれないが、今はアマゾンがある時代だ。レビュー欄の大量の酷評を見た未読の読者が、〝このレビューは役に立った〟をクリックするような事態はなんとか避けたいものだ。

物語に重層化をもたらす

何度も言うように、物語のあらゆる物事は、主人公の探求に影響を与えなければならない。たとえば、ニールはイエール大学入学を目標にしていたが、最終学年の歴史の授業で落第し、落ち込んでいる。落第の影響は明白にして簡明、直接的だ。これでももちろん良い。が、さらに良くできる。予想させることほど読者の関心をかき立てるものはなく、同じ情報（ニールが歴史の授業を落第する）をサブプロットを通じて提供すれば、サスペンス感を増す（「落第したとわかってニールはどう反応するだろうか？」と読者はやきもきする）ばかりでなく、物語にも興味深い重層化をもたらすことができる。

たとえば、ニールは歴史でAを取れるぐらいよく勉強していたが、彼が期末のレポートを必死に書いているあいだに、厳格でユーモアのない歴史の教師、ミスター・ホワイトがクラス全員を落第させることにした、というサブプロットを放り込んでみよう。生徒の誰かがユーチューブにあげた、ハダカデバネズミにミスター・ホワイトの顔を貼り付けた加工動画を、本人が発見してしまったのだ。このことがニールにどんな影響を与えたか具体的にわからなくても、ニールが望んでいること、つまりイエールに入学したがっていることは読者にもわかっているので、落第させられると知ったニールの衝撃はすぐに想像がつく。物語の本筋に戻ると、期末レポートを仕上げたニールが、「今までで最高のレポートが書けた、きっとクラスでトップの成績が取れるに違いない、ひょっとしたら念願だった卒業生総代になれるかもしれない」と最高の気分を味わっている。一方で読者のほうは、ニールにとっては最悪の事態になるだろうという恐れにさいなまれ、こんな不公平な話があるかと憤り、ニールがこの状況を打破する方法を見つけられるよう願う。読者はニールを応援する。ニールの味方になる。守ってやりたいと感じる。率直に言えば、読者は自分の優位な立場をちょっと楽しんでいるふしがある——つまり読者は、ニールが知らないことを知っているわけだ。次に何が起きるかに関して、すでに最大限の興味をそそられている。

ただしひとつ気に留めておくべきなのは、サブプロットは本筋への影響に応じた意味や共鳴を備えるべきものではあるが、それ自体も生命を持っているということだ。サブプロットにはサブプロットの軌跡がある。それ自体が解決すべきストーリー・クエスチョンを持つことさえある。たとえば、憎たらしいミスター・ホワイトが本当にクラスの全員を落第させるのか、そのなりゆきも気になってくるかもしれない――そもそも彼は、なぜそんなひねくれたことをしたいのだろうか？

とはいえ、すべてのサブプロットが主人公に直接的な影響を与えるわけでもない。物語が読者に洞察をもたらすのと同じように、主人公に必要な洞察を与えるためのサブプロットもある。つまり、ほかの気の毒な誰かの経験から、主人公が恩恵を得るという形のサブプロット、それが鏡像のサブプロットだ。

鏡像のサブプロットで内面的な影響を与える

第五章でも述べたように、鏡像のサブプロットは、本筋の完全な鏡像となるべきではない。重複した話に時間を費やしたい読者はいない。むしろこのサブプロットは、主人公と同じような状況にいる二次的な登場人物を中心に回るもので、そこで起きることは必ずしも主人公に直接の外面的な影響を与えなくてもかまわない。どちらかといえば影響は内面的なもので、主人公が状況を見る目が変わるきっかけとなる――要するに、ストーリー・クエスチョンを解決する別の選択肢を見せるためのサブプロットだ。警告的な物語、確認、新鮮な視点の提供、このいずれかの役割を受け持つことになる。

例をあげよう。行き詰まった夫婦、ダニエルとペリーの物語だ。ストーリー・クエスチョンは、結婚生活を生き返らせることができるのかということだ。鏡像のサブプロットとして、二人の隣人で、やはり不幸な結婚生活を送っているイーサンとフィオーナが登場し、今にもタオルを投げて離婚しようとしている。このことが、主人公二人に選択肢の考え直しをうながす。お互いから自由になろうとしているイーサンとフィオーナは、より幸せそうに見え、ダニエルとペリーも自分個人の人生についてひそかに考え始める。

ただ、鏡像のサブプロットは本筋と逆方向に進む傾向がある。サブプロットはしばしばこうささやきかける――〝これがあなたの望みなのか、本当に欲しいものなのか?〟。最終的にフィオーナとイーサンは離婚を後悔するようになり、これがペリーとダニエルにとっては、面倒だがよく知った相手とつきあっていくのもそう悪いことではないかもしれないと気づくきっかけとなる。面倒な相手でもきちんと理解すれば、案外魅力的なところもあるものだ、と。

ところで、鏡像かどうかに関わりなく、どんなサブプロットも、読者が知る必要のある情報を提供できないのなら使うべきではない。事実関係や心理的・論理的な情報を提供し、物語の本筋を理解する助けとならなければいけない。以下に、サブプロットが役割を果たすための三つの方法を示す。

1　物語の本筋で起きていることに影響を与えるような情報を提供する

たとえば、自分を馬鹿にした滑稽なユーチューブ動画のせいで、心の狭いミスター・ホワイトが歴史のクラスの全員を落第させる。このサブプロットは、ニールの望みに直接的な影響を及ぼしている。

2　主人公の探求をさらに困難なものにする

歴史のクラスの全員を落第させることで、ミスター・ホワイトはまぎれもなくニールの望みを実現困難なものにしている。

3　主人公に対する読者の理解をさらに深めるような何かを伝える

ちょっとミスター・ホワイトから離れよう。ニールの祖父がニールにシュナウザー犬の毛刈りを教えるサブプロットを挿入し、ニールはもともと犬のグルーミングをやるのが大好きだということを伝える。しかし、イエール大学にそれを学べる学科はない。読者はこう考える――「うーん、ニールはそもそも、本当にイエールに行きたいんだろうか？」。歴史の単位が取れなかったことは、最終的にニールにとっては良いことになる可能性もある。

サブプロットとフラッシュバックはタイミングが命

友だちに、「コメディの秘訣って何?」と質問してと頼んでみよう。そして相手が「コメディの秘訣って」まで言いかけたら、「タイミング!」と叫んでやろう。まったくそのとおりなのだ。実のところ、タイミングはあらゆるものの秘訣でもあり、特にサブプロット、そしてその親戚であるフラッシュバックには大事なことだ。さて、サブプロットやフラッシュバックを使おうと決めたはいいが、ただの脱線にならないようにするためには、物語の本筋のどこに挿入し、どこで本筋に戻るべきか、そのタイミングをどう判断すればいいだろう? 前にも述べたとおり、サブプロット(とフラッシュバック)は、重要なターニングポイントや突然の暴露、意外な方向転換などの強烈な場面のあとで、読者の息抜きに使うことができる。が、サブプロットやフラッシュバックの情報がその時点で本筋と関連を持っているかどうかは、どう確かめたらいいのだろう? フラッシュバックはそれ自体がサブプロットになることあるため、ここではフラッシュバックのタイミングを考えていきたい。

フラッシュバックの配置に失敗するとどうなるか

ある学生が、以前ライティングの教師に「物語執筆の第一のルールはフラッシュバックを絶対に使わないこと」と教えられた、と話してくれたことがある。私も小学校のころの先生に、「健康でいるためには赤身の肉をたくさん食べること、できればポテトと一緒に食べる」と言われたことを思いだした。おっと――これもフラッシュバックというやつかもしれない。

実のところ、この学生がもらったアドバイスには、いくらか真理が含まれている――このアドバイスはいらだちから生まれたものではないか、と私は感じた。作者が何か重要なことを伝えようと出しゃばり、特に理由もないところで物語を止め、フラッシュバックを入れるような作品はたくさんあるもので、その教師もそういう原稿を読みすぎただけなのではないだろうか。あとで知る必要が出てくる情報を提供してもらえれば幸運なほうで、不運なケースだと、作者が面白いと思ったことを、犬が自分の例のアレをなめるのと同じ理由、つまり今そうすることができるからというだけの理由で、物語に放り込んでくるだけのこともある。さらに悪いことに、そうしたフラッシュバックはたいていの場合、ページをめくってもめくっても続く説明(見せるのではなく語っているだけの文章)ばかりだったりする。

おそらくその教師が本当に言いたかったことは、「下手なフラッシュバックは絶対に使うな」ということではないか、と私はその学生に言った。野心ある作家たちがやりがちなことだし、おそらくその教師は自衛手段をとっただけなのだろう。なぜなら、下手なフラッシュバックを使うと、完全に物語が脱線してしまうからだ。

これには後日談がある。ある同僚のクラスに講師として招かれてこの話をしたとき、同僚が野太い声で笑いながらこう言ったのだ。「ああ、その教師は私よ」。このひと言にどれだけアドレナリンが駆けめぐったことか! ありがたいことに、同僚はすぐにこう付け加えてくれた。「ええ、私が言いたかったことはまさにそのとおり」。そこから彼女は、魅力的な物語になったはずの作品が、いかに軽率なフラッシュバックによって取り返しのつかない害を被るか、残念そうに語ってくれた。彼女はこのうえなく正しい。

タイミングの悪いフラッシュバックとは、映画館で、主人公がすべてを失った場面のさなかに、人の肩を叩いて話しかけてくる人間のようなものだ。今スクリーンから目を離したら、魔法が消えてしまうことはわかっている。今すぐ知らせなければならないことでなければ、話しかけないでもらいたいものだ——それが、劇場から火が出たとか、「あなたはたった今百万ドルの遺産を手に入れました」とかいう知らせでないかぎりは。

　フラッシュバックやサブプロットの面倒な点は、読者を物語から引っぱりだし、なんだかよくわからないものに追いやってしまうということだ。映画『アメリカン・グラフィティ』の最後で、ローリーがスティーヴに言ったことを思いださせられる。スティーヴは大学に行くために旅立とうとしているが、ローリーは行ってほしくないと思っている。「ねえ」と彼女は言う。「故郷を探すために故郷を出るとか、新しい人生を見つけるために人生を捨てるとか、新しい友だちに会うために大好きな友だちにさよならを言うなんて、おかしいと思うの」[10]。確かにそのとおりだ。

　配置に失敗したフラッシュバックも、まさにそんな感じがする。新しい物語を見つけるためだけに、大好きな物語にさよならを言うなんて。率直な話、そこまでその物語を愛していないのかもしれない。まさにそうしたことが起きている例を見てみよう。パム（主人公サマンサの母親）がオオカミに育てられたということを、読者がどこかの時点で知る必要が出てくると考えた作者は、今が良いタイミングだと判断し、六歳のパムがオオカミの群れとともに獲物に忍び寄るフラッシュバックを挿入することにした。作者が適当に選んだ挿入箇所は、サマンサがついに市長に立候補しようと決意する場面と、選挙運動のいちばん最初のスピーチの場面のあいだだ。サマンサの立候補決断の場面に没頭していた読者は、最初は困惑する——パムって誰？　なんでこの人、オオカミたちと一緒に地べたを這いずってるの？

読者は最初のうち、二つの物語のつながりを見いだそうとする。サマンサは環境保護を訴えて出馬するんだろうか？　これはひょっとして夢の内容？　だが、さらにパムとともに森のなかへ入っていけばいくほど、読者は選択を迫られていることに気づく。サマンサのことを忘れ、忠誠心を捨ててこの新しい物語に熱中するか、サマンサにもう一度会えるまで、オオカミのどうでもいい話を飛ばしてページをめくっていくか。まるで凍った湖の上に立っているときに、足の下の氷がきっちり二つに割れ、少しずつ分かれていくのを見ているようだ。しばらく両足を踏ん張ってはみるものの、いずれはどちらかに飛び移らなければ、水中に落ちて凍死するだけだ。皮肉なことに、今進行中なのはフラッシュバックのほうなので、読者は普通はそちらに避難してしまう。

こうして読者はオオカミについていく。そして、それはそれで楽しい。もうサマンサは別に必要ない。オオカミと一緒に走るほうが、新人政治家のまとまりのない政治討論を聞くよりずっと面白い。だが、読者の忠誠心がパムに向いたとたん、作者は読者を蒸し暑い高校の講堂へと戻し、サマンサが緊張しながら演壇へと上がるところを見せる。読者は、今度はパムのことが気になってしまう。森の場面がなんの関係があるのかも、いまだに何もわからない。あとになってパムがサマンサの母親だとわかるとしても、現在、この瞬間に読者が途方に暮れているのなら意味はない——なぜなら、読者はここで読むのをやめるかもしれないからだ。

そもそも、過去を読者に伝えるのに、長いフラッシュバックは本当に必要だろうか？　過去を語る短い文章をうまく配置すれば済むのではないか？　そうかもしれない。それはそうと、過去の物語、つまりバックストーリーと、フラッシュバックとの違いはなんだろう？

フラッシュバックとバックストーリーは同じもの？

これはしばしば浮上してくる疑問で、答えはイエスだ。同じ素材を使うが、使いかたが違うだけだ。バックストーリーとはまさに過去の物語で、本筋の物語が始まる前に起きた出来事のすべてだ。未加工の素材であり、そこからフラッシュバックが作られる。では、フラッシュバックを使うことと、バックストーリーを織り込むことの違いは何か？　単純だ。フラッシュバックは会話や行動も含んだ実際の場面で、物語の本筋を止めて使うのに対し、バックストーリーはそうではない。バックストーリーとは現在の一部分だ。

きちんと織り込まれたバックストーリーというものは、単なる短い一節、記憶の断片、過去に起きたことから生じた態度で表現でき、主人公が現在の出来事を経験し評価していくあいだに、心の内によぎるものとして描かれる。

ウォルター・モズリイの小説『Fear Itself（恐れを恐れよ）』（未邦訳）にうってつけの例があるので引用してみよう。舞台は一九五〇年代のカリフォルニア州ワッツで、主人公のパリス・ミントンが、なぜ自分は友人のフィアレス・ジョーンズのために今後も命を賭けるつもりでいるのか考えている場面だ。

私を知っていてフィアレスのことを知らない人間は、私がこんな危うい状況に身を置こうとしていることに驚くかもしれない。世間一般から見れば、私は法を遵守する心配性の人間だ。ドラッグやさいころの賭け事や盗品にも近づかず、不法に仕組まれたどんな計略にも関わらない。自慢話もしないし（私の性的能力の話なら別だが）、タフな態度をとってみせるのは檻の中の動物に怒鳴るときだけだ。

だが、それがフィアレスに関することとなると、私はしばしば別の誰かになることを強いられる。彼がサンフランシスコの暗い路地で命を救ってくれたせいだろう、そうずっと考えていた。確かにそのことは、フィアレスに対する私の感情に大きな影響を与えている。が、ここ何か月かで気づいたのだが、私を変える本当の要因は、フィアレスの持つ何かなのだ。フィアレスと一緒にいれば、自分に危害が及ぶことはないと、深く確信しているせいもあると思う。私はあの路地でセオドア・

ティマーマンに殺されるところだったが、フィアレスは信じられないようなやりかたでそれを阻んだ。だが、ただ安全を感じるというだけのことではない。フィアレスと一緒にいると、普段以上に強くなれている気がするし、それはフィアレスの能力のなせるわざなのだ。私の思考が変わるわけではないし、内面ではやっぱり臆病な男だが、フィアレスが私を頼りにしてくれるなら、たとえガタガタ震えながらでも、その立場を守ることはできる。[11]

明確な簡潔さで表現することで、より魅力的にすべてを見せているこの一節は、パリスの視点を明らかにし、彼の世界観や価値観、そして何より重要な理由を示してくれている。そして、彼の過去の重要な詳細を、物語を止めることもなく読者に知らせてくれている。

フラッシュバックも同じことはできるが、物語の一時停止ボタンを押し、読者の注意を全面的に惹きつけることにはなる。そこでそれをやるには明確な理由が求められるし、考慮に欠けるフラッシュバックをまずい場所に配置することは避けたいところだ。でないと私の同僚がまた、「自分の物語を自爆させるような作家にフラッシュバックを使わせるよりは、完全に使用禁止にしたほうがいい」と言いだすことになるだろう。

原因と結果をタイミングに利用しよう

ひとついいことを教えよう。フラッシュバックやサブプロットと物語の本筋とのあいだをなめらかに行き来するためには、原因と結果のルールを使うことができる。

- フラッシュバックを使うときは、そこで示される情報なしには次に起きる出来事がよく理解できないという場合でなければならない。つまり、フラッシュバックの引き金となる特定の必要性か原因が存在する必要がある。
- この原因は、フラッシュバックが始まった瞬間から、なぜそれが必要なのかが読者にもわかるよう、明確にしておかなければならない。この情報がなぜ今必要なのか、読者にも理解できるようでなければならない。フラッシュバックが展開するあいだは、これが今止まっている物語とどう関係しているのか、読者にもつねに伝わっている必要がある。
- フラッシュバックが終わったとき、そこから伝わった情報は、即座に、かつ必然的に、それ以降の読者の物語に対する見かたに影響を与えていなければならない。これから起きる出来事の理解につながるような情報を、フラッシュバックが読者に提供する必要がある。ただし、あとになるまで読者にわからない意味を含んだ情報は提供できないということではない――とはいえ、その情報だけのためのフラッシュバックであれば使わないほうがいい。

予兆

――登場人物の制約をなくす

よくある例をあげておこう。あなたが主人公のステファニーにさまざまな試練を投げかけるためのプロットを慎重に組み立て、ステファニーもこれによく耐え、おじのパトリックに関する真実を明らかにしようとする段になって、階段の下にある狭苦しい掃除用具の戸棚に長時間身を隠さなければならなくなったとする。ここまではいい。そこであなたは不意に、第二章でステファニーが姪のベッキーとディズニーランドへ行ったとき、閉所恐怖症のせいでアトラクションの潜水艦に乗れなかった場面を書いたことを思いだした。さてどうする？　もしあなたがステファニーの閉所恐怖症を無視し、その夜ずっと息苦しい用具入れに身をひそめさせたりすれば、読者はすぐにそれに気づき、そしてデジタル時代の今なら、すぐさまあなたに非難のメールを送ってくることだろう。だが、第二章に戻って修正を加え、彼女がベッキーと一緒に潜水艦に乗ることにすると、そこから先起きることが全部変わってきてしまう。こんなときどうすればいい？　ここで手軽に使えるのが、ささいな予兆だ。

潜水艦に乗れなかった場面から、掃除用具入れに隠れる場面までのあいだに、ステファニーは狭い場所への恐れを克服する必要性を痛感する。三〇階にある職場に行くのに階段を使うたび、エレベーターがあんなに狭くなければと考えたりもする。そうしておけば、いよいよほうきやモップや雑巾と一緒に隠れなければならなくなったとき、彼女はただうめいたりせずにこの障害に耐えようとするだろうし、読者も応援しようと思うだろう。

ちょっとしたことで物語は止まる

たとえちょっとした論理破綻でも、そこから生じるダメージの大きさをあなどってはいけない。たとえば、トッドを心から愛しているリンダという女性がいるとする。二人の記念日に、リンダはトッドのためにロマンティックなディナーを作ろうと食材を買いに出かけ、トッドが謎の見知らぬ女性とキスしているところを見てしまう。なのにリンダは、怒り狂うことも泣きわめくこともなく、そのことについてよく考えてみようともしない。だが、読者は考える。リンダはまったく彼女らしからぬ行動をとっている。いったいどういうことなのかと、作者に電話でもかけたい気分になってくる。

もし実際に電話しても、作者はくすくすと笑い、心配するなと言うだろう。リンダにはそうするだけの理由がちゃんとあり（今は明らかになっていないだけだ）、次のパラグラフでそのことを指摘するから、読者はあと一行か二行我慢して読んでほしい、と。

さて、作者と読者、どっちの言い分が正当だろう？

もちろんつねに正しいのは読者だ。なぜなら読者の目からは、トッドがほかの誰かとキスしているのをリンダが見ても反応しないという時点で、物語が急停止するようにしか見えないからだ。物語は突然筋が通らなくなり、読者は物語を追いだされ、自分の意識の世界に戻されてしまう。そしてどうなるか？　すぐに立ち止まり、その件について考える。この場面に来るまでに、何か見逃したことがあっただろうか？　トッドは突発的に記憶喪失を起こす病気にでもかかってるんだろうか？　停止はほんの一瞬かもしれなくても、勢いは完全にそがれてしまう。だからこそ、答えが次の行に書かれていようとも、問題の解決にはならないのだ。なぜか？すでに物語が止まっているからだ。

そうはならないように気をつけたい。

主人公の並外れた能力を読者に信じさせる方法

裏を返せば、たとえ並外れた能力であっても——飛ぶ、壁を通り抜ける、辞書を逆から暗唱する、といったことであっても——これらを面倒な状況を脱出する方法として使いたい場合、ずっと前から予兆として示しておきさえすれば、あなたの主人公にはできないことなどないということだ。たとえば、もし世の中の法、読者が当然のものだと思っている法を、物語のなかで破壊したり曲げたり解釈を変えたい場合、読者に向けて公明正大に警告しておく必要がある。特に、SF、ファンタジー、あるいは魔術的リアリズムの風味を足したいとき、この警告はとても大事だ。登場人物をあなたが創造した世界に解き放つことはまったく自由にやれることだが、そのかわりあなたには、その世界を動かしている論理の法則を成立させ、厳格にそれを守る責任がある。そうやって変化の予兆を示せば、読者にもそれがどんな変化なのかがよくわかるようになる。

　登場人物を正常な状態から逸脱させたいときにも、このやりかたは使える。食べなければ空腹になることは誰でも知っている。水分をとらなければ喉が渇く。道を横断する前に左右を確かめなければ、ツイッターをやりながら運転する愚か者の車にはねられる可能性がある。世間では当たり前に見えるこうした因果関係に主人公が従わなければ、読者は不満を感じる。感じないでいるのは無理だ。人間の脳は、登場人物の信用性を測る基準として、世界の仕組みにまつわる知識を使うものだからだ。[12] 読者は「ちょっと、主人公が車にはねられたっていうのに、血が出ないっていうわけ？」などと、いちいち訊くのは嫌いなのだ。

血を流さなければいけないと言っているのではない。むしろ逆だ。主人公が血を流さないのなら、前もってその理由を示したほうがいいということだ。主人公が道路に横たわっているところで話が止まり、笑い声とともにこんな解説を挟むというわけにもいかない――「ああ、ところでね、ジョンは本当は火星人なんだ。火星人がゴムでできていて、車にはねられても大丈夫だって言ってなかったっけ？　面白かっただろう？」

登場人物が何か普通でないことをやろうとするときには、以下のどちらかの条件を前もって満たしておく必要がある。

1 登場人物にその能力があるということを、読者にもすでに動きで示していること。たとえば、ウェンディがドナを気密状態の地下室に監禁し、残りの酸素を吸い出すためのスイッチを入れたときになって、ドナが補強鋼の壁を通り抜けることができると判明しても読者は納得しない。だが、できればそこまで緊迫した場面ではないときに、ドナが壁を通り抜ける場面が何度かあれば、たとえウェンディに監禁されても、読者はドナがウェンディを出し抜くはずだと安心できる。

2 読者がドナの壁通り抜け現場を見ていない場合、ドナが以前どこかでそれをやっていることを〝伝える〟ものが必要になる。単にありそうだと思わせるだけでなく、説得力がなければならない。ドナは子どものころかくれんぼが得意で、そのときに壁に寄りかかり、それを通り抜けそうになってしまった経験があるとしたらどうだろう？　なるほど、そうだったのか！（もちろんこうした補足説明をする場合、こうした出来事は自然で筋の通ったもの見せる必要がある。いかにも〝ご心配なく、これについてはあとで説明します〟と言いたげに、ものすごく目立つものにすることは避けたい）

とはいえ、プロットの必要上、本来なら絶対やらないようなことを登場人物にやらせたいという衝動がどうしても生じてしまうことはある。映画ではよく見られることでもある。たとえば、エドガーはスタンフォード大学でロケット科学と応用心理学の博士号を取得し、六か国語を話し、武道の有段者で、余暇を使って書いたミステリー小説がベストセラーになるような才能あふれる人物だが、怯えた様子の見知らぬ男に怪しげな包みを手渡され、「メキシコから国境を越えてエルパソに運んでほしい」とささやかれると、なぜかためらいもなく承諾してしまう。エドガーが国境で逮捕されないことにはクライマックスに行きつかないので、そこはしょうがないということらしい。

こうした衝動に負けないでほしい。あなたの登場人物も、自分の行動や反応、自分がしゃべる言葉、頭に突然浮かんできて世界観を変えてしまうような記憶、そういったすべてに現実味のある理由を欲しがっているはずだ。予兆、フラッシュバック、そしてサブプロットを巧みに使えれば、そうした理由を読者に示すことができる。回り道に見えても、読者は喜んでついてくる。過去の記憶がとうてい無視できないような知恵を与えてくれた経験は、読者自身にもあるはずだからだ。

チェックポイント

✔どのサブプロットも、主人公がストーリー・クエスチョンに取り組む上で、内面的もしくは外面的に影響を及ぼすものとなっている？

読者は、ただ興味深いとか叙情的だとか、物語の本筋の緊張感からの息抜きになるといった理由でサブプロットを求めてはいない。たとえそうしたものをすべて提供できるとしても、何より大事なのは、読者がそこに物語的な理由を期待しているということだ。自分に問いかけてみてほしい。たとえ脱線気味でも、このサブプロットは主人公のゴールへの探求に影響を与えているだろうか？　サブプロットが提供している情報は、主人公に何が起きているかを読者が把握するために必要な情報だろうか？

✔サブプロットやフラッシュバックを使うとき、読者にもすぐその必要性が伝わるようになっている？

あなたの頭のなかだけでなく、ページ上でも理にかなったものになっているか確かめてほしい。物語の本筋を離れるときは、読者がだだをこねたりせず、きちんとついてきてくれるようにしたいものだ。

✔物語の本筋に戻るとき、読者はそこまでとは違う視点で物語を見るようになっている？

読者が本筋に戻ってきたとき、そこで起きていることを、新たな視点とより深い知識を持って見られるようにしたい。

✔主人公が何か普通でないことをする場合、前もって予兆を示している？

「そんな馬鹿な！」ではなく「なるほど！」という反応が読者から来るように、前もってしっかりとした手がかりを与えておきたい。

✓**起きていることを理解するための情報を、充分に読者に提供できている？　読者が何か見逃したのではないかと不安になるような、登場人物の不自然な行動や言葉はない？**

読者が立ち止まり、見逃したことがなかったかと考え、さらには前のページにさかのぼってそれを探すようなことには絶対ならないようにしたい。

12 The Writer's Brain on Story

物語における作者の脳を鍛える

認知の真実

脳が認知的無意識に仕事を任せられるようになるまでには、長い時間をかけて意識的に技能を磨いていかなければならない

物語の真実

執筆という行為は存在しない。書き直しがあるだけだ

基本的原則は自分をだましてはならないということであり、いちばんだますのが簡単な人間は自分自身である。

――リチャード・P・ファインマン

ここまで長きにわたり、読者の脳に組み込まれた期待というものを通して物語をながめてきた。私たち、つまり作者のほうはどうだろう？　ページから生き生きと躍りでてくるような物語を創造する方程式において、作者の脳はどう位置づけられるだろう？　ここで公平を期すために、視点を一八〇度転換し、作者自身のDNAを顕微鏡で見てみよう。まずは私からだ。

少し前に、私は妙なことに気づいた。単語の綴りを間違えたとき、正しいスペルはどうだったかと考えれば考えるほど、ますますわからなくなることが多いのだ。何も考えずにキーボードを打つ――バンドエイドをはがすときみたいにすばやく――そうすると、十中八九は正しく打てる。最初のうちは、脳はスペルを覚えていないが、指は覚えているんだろうと考えていた。

しかし本当は、それも脳のしわざなのだ。脳は私が思う以上にさまざまなことを知っている――私が自分のやることを意識していなくても。

神経精神病学者のリチャード・レスタックはこう言っている。「人間が考えすぎるせいで、かえって正確さと効率が失われるケースは多い」[1]。レスタックはこの例として、おそらく学生時代に悔しい思いをした人がたくさんいると思われることをあげている――複数の選択肢から答えを選ぶテストで、たえず答えを考え直しているとどうなるかだ。研究結果によれば、最初に直感で選んだ答えを変えたりせず、指示どおりどんどん次の問題に進んでいけば、実力どおりAが取れるはずらしい――まあ、Aかどうかはともかく、正答率は上がる。この悔しい経験から得られる教訓があるとすれば、必死にやるほどに結果が悪くなることもたくさんあるということだ[2]。

だとすれば、最善策は即興ということか？　教えられたことをすべて忘れ、自分の感覚にのみ頼って書く作家たちに仲間入りするのが正解だということか？　おそらくこれには条件がつく。レスタックによれば、直感に頼ることが役立つのは、そのテストのために充分に準備し、なおかつ課題を熟知している場合に限られるという[3]。

一七世紀の著述家トーマス・フラーは、どんな物事も簡単にできるようになるまでは困難なものだと言っているが、これも同様の考えかたかもしれない。ノーベル賞受賞者のハーバート・サイモンは、ひとつの主題に本当に熟達するには、およそ一〇年がかかると見積もっている。そうなるまでに、人は五万以上の知識の〝塊〟を集め、脳がそれに索引をつけて、認知的無意識が必要に応じてそれぞれの塊にアクセスできるようにする。サイモンは、これが「専門家が……さまざまな状況に応じて〝直観的に〟反応できる理由である――反応は非常にすばやく、答えに到達するために使用した手順を詳細に説明できないこともしばしばである。直観はもはや謎ではない」と説明する。[4]

アントニオ・ダマシオもこれに同調する。「無意識空間からの知識の調達は、人が入念に技能を磨き、熟練の技が求められる技術的なステップを意識する必要がなくなったときにおこなわれるようになる。人間は明確な意識を持って技能を育てるが、その後は広大な思考の地下室へとその技能をひそめておくようになる……」[5]

こうしたプロセスを通じ、物語は作家にとって直観的なものとなり、筋肉記憶《マッスルメモリー》が構築される。心配はいらない、あなたの一〇年の徒弟期間は、おそらくもうずっと前から始まっている。少なくともあなたの認知的無意識のどこかで、あなたもきっとすでに理解しているのではないかと思う――執筆のプロセスの大半は書き直しだということを。そこに熱意があればもっといい。

本章では、初稿を完成させることがいかに無意味な喜びか、徹底的な批判を求めることがなぜ重要なのか、なぜ改稿が執筆プロセスの本質なのかを議論していきたい。ライターのグループというものへの賛否や、プロの文芸コンサルタントの価値についても考えてみよう。そして最後に、冷酷な他人があなたの存在の本質に容赦ない攻撃を開始する前に（つまりあなたの作品を批判しだす前に）、心を強健にしておくための簡単な方法も探してみよう。

すべての初稿はクズ？

あなたは初稿を完成させた。気分は最高だ。有頂天になっている。完成させられたこと自体が信じられない。何百万回もあきらめかけたが、あきらめなかった。ぞっとするほどまっ白なページから始めて、作家のボキャブラリーのなかでも最も美しい二つの単語、〝ジ・エンド〟にたどりつくまで進み続けた。今はまさにやるべきことをやっている――出かけていってお祝いしている最中だ。

翌朝あなたは、この純粋に素晴らしい偉業の名残にひたりつつ、原稿を文芸エージェントに送る前に、タイプミスがないかもう一度読み直そうと考える。だが、一ページか二ページ読めば、あなたも遠い昔からの謎に直面するだろう。書いているあいだは、驚くほどサスペンスに満ち、すべてにおいて魅力的で、まったくもって深遠に思えた場面の数々が、なぜ突然こんなに平凡で陳腐に見えてくるのだろう？　寝ているあいだに何かコンピューターに侵入したのだろうか？

削除キーを押し、かわりに創作ダンスでもやろうかと思い始める前に知ってほしいのだが、これは誰にでも起きることだ。大事な（そしてもちろん励ましにもなる）こととして心に留めてほしいのは、執筆はあくまで手順のひとつだということだ。一度書いただけで物語すべての問題点に対処できるということはまれなので、自分にそんなに厳しくならないでほしい。あなたのせいではなく、それが物語という野獣の性質なのだ。成功したどんな作家でも必ず通るプロセスがあるとすれば、改稿という作業だ。私の経験から言うと、才能は別として、頭角を現す作家とそうでない作家の分かれ目は、忍耐、そして、うまく書けていない作品に気持ちを傾け、修正しようという心からの熱意があるか否かだと思う。

私の言葉が信じられないだろうか？ ジョン・アーヴィングのこの言葉ならどうだろう？「私は人生の半分を改稿作業に費やしている[6]」。それともドロシー・パーカーの言葉は？「私は五つの単語を書くまでに七回直している[7]」

『Girls in Trouble』の著者キャロライン・レヴィットは、九作目の小説をエージェントに見せるまでに数回書き直し、さらにエージェントの論評に基づいて四回書き直している。この作品はすぐさま出版社に売れたが、今度は編集者の意見を聞き、さらに四回改稿している。

ヤングアダルト作家のジョン・H・リッターは、出版までに作品を一五回は書き直す。UCLA（カリフォルニア大学ロサンゼルス校）の脚本学科主任教授のリチャード・ウォルターによれば、卒業生で著名な脚本家のデイヴィッド・コープは、映画会社のために喜んで書き直しをするという。ただしそれが一七回に及ぶと、さすがに少し怒りっぽくなるらしい。

こうした作家たちの姿勢をひと言でまとめてくれるのは、そっけない雄弁さが特徴的な、アーネスト・ヘミングウェイのこの有名な言葉だろう。「すべての初稿はクズだ」。ただし、あなたに責任がないということではない。初稿が〝重要〟ではないからといって、好き勝手に自己表現していいとか、最初の一語から力を尽くさなくてもいいということにはならない。むしろ初稿は初稿で重要だ――その粗い素材に、あなたが手を加えたり、方向を変えたり、形を整えたり、切り詰めたり、解剖したりして、丁寧に磨き上げていくのだから。初稿はたいていひどいものだが、それでも重要だ。忘れないでほしいのは、〝懸命にやる〟（あなたがやるべきことはこれだ）ことと、〝最初の一語から完璧にしようとする〟（これは不可能だし、あなたのほうがまいってしまう）ことには大きな違いがあるということだ。初稿の目標は美しい作品にすることではない。あなたが語ろうとしている潜在的な物語を、できるだけ明らかにすることだ。

だからこそ、それが初稿であろうと、一五回目の改稿であろうと、気にすることはない。改稿するたびにこれを〝決定稿〟にしようと思うのではなく、前の原稿よりも少しでも良くすることだけを考えよう。結局のところ、物語は重層的なもので、起きる出来事すべてがほかのものに影響する――どの層においてもだ。つまり、あなたがひとつの問題を解決すれば、ほかのものにも処置が必要になり、さらにほかでも、ということは普通にある。最初の原稿だけで問題をすべて見つけて対処するのは不可能なのだから、無理をすることはない。

とはいえ、物語における登場人物の行動や理由を把握しているという点では、作者はもとから優位な立場にある。強大な力とまでは言えないが、改稿に当たっては便利な力になる。それについて説明しよう。

優れた作家は〝意図性〟が違う

本書の初めから取り組んできた疑問でもあるが、進化心理学者のロビン・I・M・ダンバーが、最近こんな問いを発した。物語を評価する能力が普遍的なものなら、良い作家がこんなに少ないのはなぜなのだろう？　ダンバーの研究によれば、重要な要因のひとつは、いわゆる〝意図性〟だという。簡単に言えば、ほかの誰かが考えていることを推測する能力だ。多くの人間は、必要とあらば、五つの心の動きを同時に追うことができる。ダンバーはこう言っている。「たとえば、シェイクスピアの『オセロ』のことを頭で考える場合、意図水準の四番目までを追跡しなければならない――デズデモーナが［ほかの誰かを愛することを］〝望んでいる〟とオセロが〝考える〟よう、イアーゴーが〝意図している〟と、私（観客）は〝考えている〟。シェイクスピアのこの戯曲が実際に舞台で演じられる場合、重要な場面のいくつかで四人の個人が相互に交流するため、観客は五番目の水準まで追跡しなければならない――多くの人間にできるのはそこが限界だ[8]」

優れた作家は何が違うのだろう？　物語の作者は、自分にわかっていることと自分の登場人物が考えていることを考慮し、同時に読者の考えも念頭に置き、ときには六、七番目の水準まで考えることになる。まるでビデオゲームのようだ。

特に改稿中、物語の奥深くを掘り起こしているときには、各登場人物の目に映っている現実を把握しておくことが大きな助けとなる。

登場人物と作者はまったく違う世界を生きている

作者のあなたには全体像が見えている。何が実際に起きているのかを知っている。宝物がどこに埋まっているかも、主人公がどれだけ熱心に探しても、何も手に入らないことも知っている。主人公に嘘をついているのは誰か、真実を話しているのが誰かも知っている。何が真実でどれが違うかも知っている。

一方で、あなたの登場人物のほうは、実際に何が起きているか知らないことも多い。つまり、自分たちが生きている世界ではなく、まったく違う世界を想定して行動する。

作者はときどきその観点を見失ってしまうことがある。作者が真実を知っていて、将来がどうなるかもわかっているために、逆に登場人物にはわかっていないことがあるのを忘れてしまうのだ。そしてそれも当然のことだ――四つか五つの世界が同時に動いているのだから。

このことは何を意味しているのだろう？

そこには、本当の世界、つまり、物語における実在の世界があるということだ。すべてが配置され、物事が特に解釈も説明もなしにそのまま存在する、実際の支配的な世界だ。あなたの登場人物の誰ひとりとして、この世界を全部知り尽くしている人物はいない。そもそもすべてを知ることなど絶対に不可能なのだから（たとえ架空の世界でさえも）、最初から無理な相談だ。登場人物はそれぞれに、〝本当に〟起きていることのほんの一部分しか知らない。そればかりか、彼らの〝知っている〟ことがまるで間違っていることもある――そして、そこからしばしば対立が生まれる。何より、それぞれの登場人物は、すべてにおいて各自の解釈を持っている。

もちろん主人公も、自分にとっての真実がまぎれもない真実だと信じ、その前提に基づいて行動するもので、そのせいで大きな犠牲を強いられることも多い。たとえば、ジュリエットが死んだと思い込み、悲嘆に暮れてヴェローナに戻ってきたロミオは、自分に選べる唯一の方法を実行する。毒薬をあおり、劇的に死ぬことだ。あと二分も待てば、ジュリエットが飲んだ薬の効き目が切れ、彼女があくびと伸びをしながら目を覚ますことなど知るよしもない。ロミオが死ななければ、二人でそこを出て、幸せな人生を送ることができたのだ。この場合の〝本当の世界〟と、ロミオが本当だと思っていた世界には、悲劇的なまでに大きな差があったというわけだ。

〝誰が何をいつ知るのか？〟を把握しよう

あなたが執筆や改稿を始めるうえで、各場面で自分に問いかけると役に立つ質問を以下に並べておく。

- 物語の〝本当の世界〟を客観的に見て、実際に起きていることは何か？
- 登場人物それぞれが、実際に起きていると信じていることは何か？

- 矛盾はどこにあるか？（兄のマークが父親のお気に入りだと信じているジョーは、つねに父親から認められようと頑張っている。しかしマークは、父親が本当は悪のエイリアンなのを知っていて、ジョーが生まれたときから守ってやろうとしてきた）
- 各登場人物が真実だと信じていること（実際の真実とは相容れない場合もある）を考慮すると、彼らのその場面での行動はどんなものになるだろうか？
- 各登場人物の行動は、彼らが真実だと思っていることと照らしてみても、理にかなっているだろうか？

物語全体にわたり、〝誰が何をいつ知るのか？〟という一覧表を作ってみるのも良いアイデアだと思う。

まず、物語全体にわたり、〝本当の世界〟で何が起きるかを時系列に並べる。たとえばこんなふうに――ロミオとジュリエットが出会う↓二人は恋に落ちてひそかに結婚する↓ジュリエットがロミオに、お互いの家同士の争いを止めてほしいと頼む↓ロミオはそれを試みるが、結局ジュリエットの親族のひとりを殺してしまう↓ジュリエットの両親が、ジュリエットが望まない男との結婚を決める↓ジュリエットが婚約させられたことを知らないロミオは、しばらくのあいだ逃げている↓ジュリエットは修道士の力を借り、ほかの男との結婚をまぬがれるために死を装い、ロミオにもその計画を知らせる手紙を送る↓ロミオは手紙を受け取ることができないまま慌ててヴェローナに戻り、薬を飲んで霊廟で横たわっているジュリエットを見て、彼女が死んだと信じ込み、自殺する→ジュリエットが目覚め、何が起きたかを悟り、自分も自殺する→二人の家族は打ちのめされ、和解する。

あなたの物語を支配する時系列の動きの下に、各主要登場人物の時系列の動きを併記し、彼らが真実だと信じているものは何か、物語全体にわたって書きだしていく。こうすれば、いつどこで登場人物たちの見解が食い違うかがわかるだけでなく、あなたの登場人物たちが何を信じているかに応じた、そのときどきの彼らの反応を確認する助けにもなる。

最後に、自分の信じることが変化していくもうひとりの人物を、この表に加えておきたい。読者だ。場面ごとに自分に問いかけてみてほしい。ここで読者は何が起きたと考えるだろうか？　この問いは非常に重要だ。いっそノートパソコンを閉じ、パジャマ姿のままなら着がえて、現実世界へ出かけていって考えるべきかもしれない。読者の脳がどんなものを求めるかは、あなたにはもうわかっているはずだし、その知識を生かして自分でフィードバックを求めることもできるだろう。

フィードバック入門
——質問を準備をしよう

手厳しい批判（「私が読んだなかでも最高の作品よ！　どこへ行けば買えるかしら、できれば箱で買って配りたいんだけど？」という意見以外のすべて）を聞いてみようと思う前に、あなたの作品が今どのあたりの段階にあろうと、他人からの実際の意見にさらされることなく、有益なフィードバックを受けられる方法がある。この方法で手に入る情報は、明白で簡潔で特定的で、誰にでも、たとえばあなたの年老いたおじさんにも回答を頼むことができる。できればあなたの物語の内容をいっさい知らない友人や家族がベストだ。あなたの作品をただ読んでもらい、各場面の終わりに次のような質問の答えを書きだしてもらえばいい。

- 次に何が起きると思う？
- 重要な登場人物は誰だと思う？
- 登場人物は何を望んでいると思う？
- 伏線から何が起きそうに見える？
- ここで本当に重要だと思う情報は何か？

- ここでどうしても知りたい情報は何か？
- 意味がわかりにくいと思ったところはあるか？（これについては、本当の批評に近い答えが来るかもしれない）

これらの質問の答えによって、あなたの頭のなかの物語がどの程度ページ上に表現できているかがわかるはずだ。プロットの穴や論理の破綻、冗長な部分や脱線、物語を止めてしまう長く単調な部分などを掘り起こすこともできる。ただ、自分が今欲しいフィードバックはこれだけだということは、きちんと伝えたほうがいい。おじさんに自由に記入させたりすれば、舞台はクリーヴランドではなく惑星ゼロンのほうが面白くなるとか、主人公は幼稚園の先生ではなく宇宙戦士のほうがいいとか、ビリーが休み時間にジェーンに砂を投げつけてつまらない喧嘩が起きるよりももっと大きな事件が勃発するほうがいいとか、いろいろな理論を聞かされかねない。

批評を受け入れよう

　ただ、ある時点で——改稿の三度目か六度目か二七度目かはわからないが——ほかの人に本気で物語を読んでもらう必要は出てくるだろう。あなたがどんなに客観的になろうとしても、どれだけ脱線箇所を容赦なく探しだそうとしても、物語のすべてを厳しく精査にかけようとしても、それはやはりあなたがやっていることでしかない。そして、あなたがどれだけ厳しい目を持っているとしても、一度も読んだことのない作品として自分の物語を読むことだけは絶対にできない。すでにあなたの心のなかにはその物語があり、あなたが読み始める前から完全に具体化されてしまっている。あなたには、実際に起きている物事の意味も、その場所のこともわかっているので、ページ上の言葉によってほかの誰かの頭にも同じことが思い浮かぶかどうかは、自分では確かめようがない。読者にはページ上の言葉だけしかない。〝知識の災い〟を思いだしてほしい。初めて読む読者に物語がどんな効果を与えるかは、知りすぎているあなたにはわからないことなのだ。

　だからこそ、自分の物語には、この世でいちばん残酷な仕打ちをする必要がある。読者の目にさらすということだ。信用のおける友人の作家でも、ライターのグループでも、プロフェッショナルの人間でもいいし、その全員ならもっといい。自分の子どもたちが庭で遊んでいるときに、ご近所全体から乱射されるような気分になるかもしれない。実際そうなのだ。相手は乱射してくる。読者は進んであなたの可愛い子どもを殴りにくる。彼らにとっては可愛くもなんともないからだ。読者は物語の道を阻みにやってくるただのじゃま物だ。

ユーモア作家のフランクリン・P・ジョーンズの有名な言葉がある。「正直な批評は受け入れることが難しい。特に、親類から、友人から、知人から、あるいは見知らぬ他人からの批評はなおさらだ」

友人のフィードバックにご用心

フィードバックをもらいにいくこと——そして実際にそれに耳を傾けること——の重要性は、どれだけ言っても言いすぎにはならない。さらに、少々手間はかかるが、できたら適切なフィードバックができる人間に頼みたいものだ。物語から引きだしたものを正しく評価する能力があるというだけでなく、物語に脱線があればそれにも気づいて教えてくれる相手であることが望ましい。

ソフィーという女性が書いた、回想録的な物語について考えてみよう。ソフィーは小さなコミュニティで育ち、母親はそこの有名人で、ソフィーも幼稚園のころから注目されていた。さらに興味深いことに、ソフィーの私生活はまるでヒット映画そのもののようだった——思わず笑ったり、泣かされたりして、本物の希望を与えてくれる、物語のような人生だ。問題は、ソフィーには物語の語りかたがわかっていないということだった。物語らしい流れ（すなわちストーリー・クエスチョンや内面的な問題）がなければ本にはできない。話に勢いがつかずにしぼんでしまい、ばらばらの短い場面の跡が残るばかりだ。ソフィーの回想録は、三章あたりで物語が単調になり、そのまま進行する。個々の場面がいかにうまく書けていようとも、支配的な文脈がどの場面にも意味を与えていなければ、そこから何を読み取ればいいのか、この回想がどこへ向かうのかもわからない。

ただ、ソフィーにはわかる。彼女には物語がはっきりと見えている。当然だ。自分がその物語を生きてきたのだから。親しい友人たちや年配の大学教授に原稿を見せても、みんなとても良い話だとほめ、うまく書けていると言ってくれる。このため、エージェントが書き直しの提案をしても、ソフィーはその言葉を聞かず、変更がいらない理由を長々と説明し、欠けているように見えるものは実際にはみんなそこに書かれているのだと主張した。ソフィーには満足のいく作品に思えた。彼女は誰にでも好かれる若い女性で、そしてこれまでもさまざまなことを乗り越えてきた（回想録に書かれているように）。簡単に屈したりはしない。結局原稿はそのまま二〇の出版社の編集者に送られた。編集者たちは、ソフィーのことも知らなければ、ソフィーの長い説明も聞いていない。すぐにこの原稿ではだめだと判断した。編集者はみな出版を断ってきて、彼らがくれたどの手紙にも、すでにソフィーがエージェントから聞かされ、あっさり却下したのと同様の批評が書かれていた。

友人たちが素晴らしい物語と感じたのは確かだろう。ただ、彼らはすでにソフィーの物語になじみがあり、彼女がつい書きそびれてしまったことも自分で自動的に埋めることができた。もっと厄介なことに、彼らはソフィーに愛情を持っている。ソフィーの書いたものにも愛情を感じやすい立場だし、そもそも彼女が机に向かい、物語を書き上げたということだけでも感銘を受けたかもしれない。要するに、彼らが物語を読み進められたのは、ソフィーのスキルの功績ではなかったのだ。

友人たちはソフィーに素晴らしい作品だと言ったわけだが、それは嘘だろうか？　もちろん本心だ。ソフィーの原稿を読んだときの判断基準が、書店で適当に手に取ってみた本に対する基準と同じではなかったというだけだ。

とはいえ、彼らにはそれがわかっていなかった。さらに厄介なことに、そもそもこの友人たちには、作品を気に入る基準とは何かがはっきりわかっていないのかもしれない。よく言われることだが、「ポルノグラフィの定義はできなくても、それがどんなものかは見ればわかる」[9]。つまり直感なのだ。まあ、ポルノグラフィに限って言えば、もうちょっと下のほうの感覚かもしれないが。

素晴らしい本を読んで感じる気持ちと、親しい友人が書いた原稿を読んで感じる気持ちを区別するのは、ほとんど不可能に近い。何かを感じた原因を、ほかの原因と混同するということは、驚くほどひんぱんに起きる。たとえばこんな古典的な実験がある。深い谷の上に架かっている恐ろしい吊り橋の中ほどに男性を立たせ、そこへ魅力的な女性が近づき、アンケートに答えてほしいと頼み——クラスの課題か何かだと説明して——電話番号を渡す。そのあと別の男性に同じ吊り橋を渡ってもらい、渡りきってベンチでほっとしているときに、同じ女性が同じ頼みごとをしにいく。吊り橋の上で頼まれた男性の六五パーセントが彼女に電話をかけたのに対し、ベンチですでに落ち着きを取り戻していた男性のほうは三〇パーセントしか電話をしなかった。[10] つまり吊り橋の上にいた男性の過半数が、恐怖によるアドレナリンの放出を、女性の魅力のせいだと勘違いしたのだ。これと同じことで、あなたの友人や家族があなたの物語を読んでアドレナリンの放出を感じた場合、あなたがこれを書いたという事実に感じた興奮を、あなたの作家としての腕前に感服したがゆえの興奮と勘違いすることは多い。だからといってあなたの作品が傑作でないとは言いきれないが、読み手がその区別をつけられない可能性も否定はできない。

いわば、愛は盲目というやつだ。

それに、盲目ではないとしても、甘くなる傾向はある。あなたが友人の書いたものを読むときも、まず友人に対して誠意を尽くそうとするものではないだろうか。たとえ読んだ作品が、「いっそ仕事をやめて作家になれ」と勧めるにはまだ早いと思えるものだったとしても、あなたの友人がどれだけ一生懸命書いたか、この作品が友人にとってどれだけ重要かは考慮せざるを得ないし、友人の気持ちを傷つけたくもないだろう。でなければ喧嘩になる。単なる知人でも同じだ。誰だって嫌な言葉は聞かせたくはないものだし、言葉にすれば自然と強い感情を刺激してしまう――その原稿にも出てこないような対立の緊張感が生まれること請け合いだ。とはいえ、前述したように、物語のなかの対立は読者を惹きつける要素だが、現実の人生では人が最も避けたがるものだ。友人の原稿を読み、この作品には緊張感がまったくないと思ったとしても、それを言うことで実際に緊張感を生むようなことは、誰だってやりたくない。

だから良いことを言おうとしてしまう。「設定が面白かったわ。論点も見事ね。場所のセンスがよかった、なんだか本当にニューヨークの街なかにいるみたいな気がした。それに、リックがティファニーの下着の引き出しを物色してたときの、彼女の逆襲っぷりときたら――すごかったわ！」。あなたの友人は笑顔になるし、あなたも嘘はついていない。全部は言わなかったというだけだ。胸中では、だって私プロの批評家じゃないし、と考えているかもしれないが。もしかしたら本当に傑作かもしれなくても、それを見抜くほど鑑賞眼に自信があるわけでもない。だからあなたは、心からの安堵のため息をついて、喜んで証拠不十分のままに作品を釈放する。

だが、作家としてのあなたが求めるのはそういうことだろうか？　証拠不十分？　それでもいいじゃないか！　血の涙を流すような思いで書いて、すべてを捧げた作品なら、すごい、完璧だ、見事だと言ってもらいたいのも当たり前だ。ただ、医学部時代にろくな成績もとれず、それでもずっと証拠不十分で放免されていたような医者の診察を受けたいと思うか？　自分が乗ったジャンボジェットのパイロットもそんな調子だったとしたらどう思うか？

いや、待ってほしい――そもそも物語は自分のものじゃないのか？　作家は万人を楽しませなければならないなんて誰が決めた？　何より作家というのは、自分のために書き、自分のために真実を語るものじゃないのか？　そうかもしれない。ただ、それなら自分に問いかけてみてほしい。あなたはその作家の真実を知りたくて小説を読むのだろうか？　そんなことを考えながら本を読んでいるだろうか？　読者が求めている真実は、自分自身に関わる真実だ。〝自分の真実〟に没入する作家が忘れがちなのは、読者にとっての物語とはコミュニケーションであり、自己表現ではないということだ。ここでまたひとつ、潰しておきたい神話を紹介しておこうと思う。

神話　作家は生まれつきルールを破ろうとする反逆児である

現実　成功する作家はくだらないルールにも従う

作家はよく反逆児になる。商売の波にも逆らう。なじみの物事に斬新な解釈を持ち、物語にもその視点を持ち込むことで、人々を自分の世界に誘い込もうとする。作家の仕事がオリジナリティの勝負なら、なぜ古くさい基準に従う必要がある？　ガードルを脱ぎ捨て、思いのままに息をしてはいけないか？　そもそも、作家の仕事は物語をこしらえることだ。なぜルールをこしらえてはいけないのか？

こうした議論に関しては、作家のコーマック・マッカーシー〔映画『ノーカントリー』『ザ・ロード』の原作で知られる〕がいつも引き合いに出される。彼はルールに従っていないが、それでもピューリッツァー賞を受賞した、と言われる。これに対する私の反論はつねにこうだ――彼はルールに従っているが、それが特異なやりかたであるがゆえに、彼のスタイルが新しいルールのように見えるだけなのだ。そう、まったく独自の語り口で、中毒性のある切迫感を物語にしみこませる能力を持ち、分析を寄せつけないように見える熟練の作家というのは確かに存在する。それはもはや彼らのDNAであって、誰にも真似しようがない。選ばれた少数派なのだ。彼らのように書けるなら、とっくに作品を出版できているはずだし、あちこちの大学からあなたの作品の専門セミナーをやりたいという申し出が来るに違いない。

他方、大成功をおさめている大多数の作家が、彼らのようには書けない作家であることも事実だ。

ひとつ、少々厳しい現実をお伝えしよう。成功した作家がみなルールを軽んじているように見えるとしても、本当にルールを軽んじて作品を大失敗に終わらせた作家は、それ以上に大量にいる。そういう作家の存在が知られていないのは、彼らが大失敗した作家だからに過ぎない。おそらく彼らは、フィードバックを無視したか、下手すればフィードバックを求めようともしなかった連中に違いない。

ライティンググループに入る

作家には公明正大なフィードバックが必要だが、そのための場のひとつとして、ライターのグループというものがある。優れたライティンググループのメンバーになるには、鋭い鑑賞眼を持ち、物語の欠点を指摘できるばかりでなく、その理由も説明できなければならない。もちろん、的確な批評もできなければならないというのは大事なポイントだ。うまくいっていない箇所を指摘することはそう難しくはない。難しいのは、なぜうまくいっていないかを説明することだ。アドバイスが誤解を招いてしまうことも多く、指摘された側が問題を悪化させてしまったり、別のやりかたにかえてもやはりうまくいかないということもある。そのため、もしライターのグループに参加するのであれば――特にそのグループに知り合いがいない場合は――まずはただ座って彼らの話を聞くことをお勧めする。自分の作品に対する批評よりも、ほかの人の作品に対する批評を聞くほうが、そのグループのメンバーについて多くのことがわかる。なぜか？

第一に、批評をきちんと聞くことができるからだ。特に初めて参加する際、グループのなかで名指しで批評されるのはつらいものだ。人前で自分の過ちに気づく屈辱については本書でも触れたと思う。批評されるのも同じことだ。全員が自分を見ていて、あなたの顔は赤くなり、耳には人の声が騒々しく響き、突然部屋がひどく暑く感じる。誰かがしゃべっていても、言葉の意味が入ってこない。話を聞くだけでも難しいし、まして客観的にはなれない。

ほかの誰かへの批評であれば、彼らの論評が的確か的外れかを判断するのはずっとたやすくなる。彼らのコメントが洞察に優れた鋭いものか、支援的な言葉でありながらも手加減もないものかを、作品に対するあなたの意見と比べながら確かめることができる。

当然のことだが、ライターのグループというのは、あなたの物語を断片的にしか読まないということは気に留めておいてほしい。このため、物語の組み立て、つまり、伏線が回収されているか否かといったことが、ほかのメンバーには判断しにくいこともある。つまり、ジェイミーのファーストキスの場面があまりに美しくてみんなが泣いたとしても、それが六八歳のおばあちゃんがエヴェレストに登る話と関係があるのかどうかは、メンバーには判断できないかもしれないということだ。

プロを雇う

フィードバックをもらうためのもうひとつの選択肢は、今や勢いのあるトレンドとなりつつある。ニューヨークの文芸エージェンシーにいる同業者のひとりが、最近こんな話をしていた。「作家が自分の作品を磨いて、最高に洗練されたプロっぽい原稿だけを送るというのは、今まで以上に重要になってきているようよ。誰にも――エージェントにも、［出版社勤務の］編集者にさえも頼らないで〝直し〟をするの。誰もが忙しくて時間がないから、実際の現場の人間に見てもらうまでに、原稿の書き直しや編集を済ませておかなきゃいけないってわけ。フリーランスの編集者やコンサルタントの助けを借りて原稿を直すのが、かなり普通のことになっているらしいわ」

ありがたいことに、客観的でプロフェッショナルなフィードバックをくれる有能なフリーランスの文芸コンサルタントはたくさんいて、あなたが物語を書き直すために手助けをするばかりでなく、あなたの発展途上のライティングスキルを磨く手伝いもしてくれる〔アメリカでは、作家志望者が自費出版をのぞく出版を望む場合、まずエージェントと契約する必要がある。コンサルタントは原稿のチェックをおこない、出版の可能性があると判断すれば、作家とエージェントをつなぐ役割も担う〕。ただし、選ぶのはかなり大変だ――本当に有能な人からそうでない人までたくさんいるし、ただグーグルで〝文芸コンサルタント〟と入力してみるだけでもそのことはわかる。アドバイスとしては、誰か雇うのであれば、出版業界での経歴がある人物かどうかを確認したほうがいいと思う――エージェントか編集者の経験がある人がいい。あなたが映画の脚本家なら、実際に映画の開発段階に関わった経験がある人を探すべきだろう。物語を分析してくれる人を雇いたいのなら、その人がどんな制作会社や映画会社のために作品を読んでいるか、その経歴はどのぐらいかを知っておいたほうが良い。経験は重要だ。なぜなら、その脚本や小説がだめな場合、だめと言うことはインターンでもできる（そしてやっている）が、なぜだめなのかを言える人間は少ないからだ――まして、どうすればいいかを言える人間はもっと少ない。

批評を読んでタフになろう

実際に批評を受ける前に神経を図太くするためのひとつの方法として、批評を読むというやりかたがある――書評、映画評、どんな批評でもだ。なぜか？　展望を持つためだ。訓練のコースだと思えばいい。酷評されている本の作者が自分だと想像してみる。ひとつ言っておくが、批評する側は容赦がない――そしてそれが普通だ。喜び勇んで酷評することもしばしばだ。

たとえば『ニューヨーク・タイムズ』紙の映画評論を担当するA・O・スコットは、映画

『ダ・ヴィンチ・コード』に対し、原作者のダン・ブラウンと脚本家のアキヴァ・ゴールズマンの双方に強烈な一撃を浴びせた。まずブラウンのベストセラーの原作を「いかに英語の文章を下手に書くかの入門書」と呼び、さらにゴールズマンのことは、「いくらか成熟した会話を自分ひとりで」書いたとして非難している。[11]

これは痛い。ただ、書き手自身のことではなく、その文章を責めているだけましだ。ウェブマガジン『スレート』のデイナ・スティーヴンズは、エリザベス・ワーツェルのベストセラー回顧録『私は「うつ依存症」の女』の映画版について、こんなふうに言っている。

「『私は「うつ依存症」の女』が馬鹿馬鹿しい映画なのは当然だが、考えてもみてほしい。何日も徹夜してハーヴァードの学生新聞にルー・リードの記事(「私は彼の冷たい抱擁を、ずる賢い愛撫を感じる」)を書いているような、自己演出の得意な中流階級の女の子たちは、本質的に馬鹿な連中なのだ……ワーツェルの悲劇的なそぶりを大真面目に描くたび、映画はひたすらもたつく」[12]

ますます痛い。スティーヴンズはたった一撃で、原作を、映画を、そしてワーツェル自身を叩きのめしている。文字で。誰もが見られる場所で。それにインターネットは今や、誰もがあらゆることに対してどんなことでも言える場所であり、こうした批評は、何度かキーを叩くだけで、世界中で毎日二四時間、いつまでも読まれることになるのだ。

心の準備をしてほしい。たとえあなたがどれだけ成功しようと、人々はあなたの作品を、この先ずっと、良くも悪くも分析しつづける。ときには妙な、特異な攻撃をしかけてくる人間もいる。あなたがなぜだか見逃してしまった大きな問題点を、見事なほど正確に暴きだしてくる人間もいる。

友人から個人的な場で批評を聞くのもつらいのであれば、公の場で見知らぬ相手から聞かされたらどんな心地かを想像してみてほしい。タフになる必要がある。そしてそうなれたとしても、誰でも最初は腹にパンチを食らうような気分になるものだ。避ける方法はない。『ドン・キホーテ』の著者、ミゲル・デ・セルバンテスは仲間の作家たちにこんな警告をしている。「自分の子どもを醜いと思う父母はいない。そしてこうした自己欺瞞は、精神が産んだ子にはもっと強くなるものだ[13]」

さあ、書こう！

小説や脚本を、二度も、三度も、四度も、全部書き直すことに価値はあるだろうか？　五度目や六度目はどうだろう？　何度ならいいのか？　決めることはできない。こんな逸話を聞けば満足できるだろうか――この道のりがどれだけ長いか、そして最後に得られた報いがどれほど甘美なものかを伝える話だ。

一九九九年、マイケル・アーントは、一〇年続けてきた映画脚本のリーダーと助手の仕事で、相応の経験を積めたと感じた。そのあいだに少しずつ貯めてきた準備金を手に、彼は仕事をやめ、映画の脚本を書こうと覚悟を決めた。六本の脚本を書いたが、どれもボツにした。そして七本目――三日で書いた脚本――に手応えを感じた[14]。そこでこの作品に情熱を注ぐことにした。一〇〇回以上書き直した。アーントのモットーは、〝まともにやれないのなら何をしても無駄だ〟というものだった。そして彼は、断固としてその作品をまともなものにしようとした[15]。

それを書き始めてから六年後、アーントが『リトル・ミス・サンシャイン』でアカデミー脚本賞を受賞した理由は、おそらくそこにある。なぜか？ アーントが忠誠心を捧げたのは、自分自身、最初の原稿、あるいは九九回目の書き直し原稿に対してではなかった。物語そのものに忠誠を尽くしたのだ。そして観客にも。世界は見知らぬ人間で満ちあふれていて、彼らは決して証拠不十分で釈放したりはしないとアーントは知っていた。だから彼の物語も、情状酌量など求めなかった。ただそこに座って、くつろいで、ひたむきに注目してくれることを望んだだけだった。

こうした熱意や覚悟を持つことで、あなたの物語がどこまで行けるか想像してみてほしい。あなたが天才であるに越したことはないが、天才でなければいけないわけではない。あなたに必要なのは忍耐だ。人を作家たらしめるものは書くことだ。机の前に座ろう。毎日だ。金輪際言い訳はなし。ジャック・ロンドンの有名な言葉を忘れないように。「のらくらしながらインスピレーションを招こうとしてはならない。棍棒を持ってインスピレーションを必死に追いかけるのだ[16]」。ヘミングウェイも同意見だ。「毎日努力せよ。その日や前の晩に何が起きようと、起きてすぐに取りかかれ[17]」

そうしてみて初めて、あなたが語ろうとする真の物語がゆっくりと浮かびあがってくる。秘訣はこれだ――物語のなかで人がつい反応してしまうような何か、最初の一文から読みたくてたまらなくなるような何かをうまく利用することができたら、それがあなたの真実であり、人は耳を傾ける。脳科学者のデイヴィッド・イーグルマンはこう言っている。「たくさんの断片やパーツをひとつにまとめたとき、その総計よりも大きな何かが生まれることがある……そうやって現れた特性の概念は、どのパーツにもない新しい何かを取り入れることができるということを意味する[18]」

そこに現れるものは、あなたの読者が自分の目で見る、あなたの読者がみずから経験する、あなたの想像の世界だ。ぐずぐずしている暇はない。書こう！　今のところはまだかもしれないが、いずれあなたの読者は、次に何が起きるかを知りたくてたまらなくなるはずだ。

―　ジ・エンド　―

2006, http://www.nytimes.com/2006/05/17/arts/17iht-review.1767919.html?scp=7&sq=goldsman%20da%20vinci%20brown&st=cse.
12. D. Stevens, *Slate*, March 22, 2005, http://www.slate.com/articles/news_and_politics/surfergirl/2005/03/what_have_you_done_with_my_office.single.html#pagebreak_anchor_2.
13. M. Cervantes Saavedra, *The Life And Exploits of the Ingenious Gentleman Don Quixote De La Mancha*, vol. 2 (Charleston, SC: Nabu Press, 2011), 104.
14. Wikipedia, s.v. “Michael Arndt,” accessed October 25, 2011, http://en.wikipedia.org/wiki/Michael_Arndt.
15. A. Thompson, “‘Closet screenwriter’ Arndt Comes into Light,” *Hollywood Reporter*, November 17, 2006.
16. J. London, “Getting into Print,” *The Editor*, March 1903.
17. B. Strickland, ed., *On Being a Writer* (Cincinnati, OH: Writers Digest Books, 1992).
18. Eagleman, *Incognito*.（翻訳は1章3. を参照）

11. サブプロット、フラッシュバック、予兆を使う

1. S. B. Klein et al., "Decisions and the Evolution of Memory: Multiple Systems, Multiple Functions," *University of California, Santa Barbara Psychological Review* 109, no. 2 (2002): 306-329.
2. Damasio, *Self Comes to Mind*, 211.（翻訳は1章4. を参照）
3. Gazzaniga, *Human*, 187-88.（翻訳は「はじめに」1. を参照）
4. 同上、224.
5. Pinker, *How the Mind Works*, 540.（翻訳は「はじめに」4. を参照）
6. D. Chase, R. Green, and M. Burgess, "All Due Respect," *The Sopranos*, season 5, episode 13, directed by J. Patterson, aired June 6, 2004 (HBO, Chase Films, and Brad Grey Television).［ロビン・グリーン、デイヴィッド・チェイス脚本、ジョン・パターソン監督「永訣」『ザ・ソプラノズ』シーズン5・第13話］
7. Lehrer, *How We Decide*, 237.（翻訳は1章9. を参照）
8. N. Bransford, "Setting the Pace," March 5, 2007, http://blog.nathanbransford.com/2007/03/setting-pace.html.
9. Boyd, *On the Origin of Stories*, 90.（翻訳は1章8. を参照）
10. G. Lucas, G. Katz, and W. Huyck, *American Graffiti*, directed by G. Lucas. American Zoetrope and LucasFilm, Universal Pictures, 1973.［ジョージ・ルーカス、グロリア・カッツ、ウィラード・ハイク脚本、ジョージ・ルーカス監督『アメリカン・グラフィティ』］
11. W. Mosley, *Fear Itself* (New York: Little, Brown & Company, 2003), 140.
12. Gazzaniga, *Human*, 190.

12. 物語における作者の脳を鍛える

1. Restak, *Naked Brain*, 23.（翻訳は1章2. を参照）
2. P. C. Fletcher et al., "On the Benefits of Not Trying: Brain Activity and Connectivity Reflecting the Interactions of Explicit and Implicit Sequence Learning," *Cerebral Cortex* 15, no. 7 (2005): 1002-1015.
3. Restak, *Naked Brain*, 23.
4. H. A. Simon, *Models of Bounded Rationality, Vol 3: Empirically Grounded Economic Reason* (Cambridge, MA: MIT Press, 1997), 178.
5. Damasio, *Self Comes to Mind*, 275.（翻訳は1章4. を参照）
6. J. Irving, *Trying to Save Piggy Sneed* (New York: Arcade Publishing, 1996), 5.
7. S. Silverstein, *Not Much Fun: The Lost Poems of Dorothy Parker* (New York: Scribner, 2009), 47.
8. Dunbar, Why Are Good Writers So Rare?
9. Justice P. Stewart, Jacobellis v. Ohio, 378 U.S. 184 (1964).
10. D. G. Dutton et al., "Some Evidence for Heightened Sexual Attraction under Conditions of High Anxiety," *Journal of Personality and Social Psychology* 30, no. 4 (1974): 510-517.
11. A. O. Scott, "'Da Vinci Code' Enters Yawning," *New York Times*, May 17,

6. P. Sturges, *Five Screenplays by Preston Sturges* (Berkeley, CA: University of California Press, 1986), 541.
7. Schulz, *Being Wrong*, 26.
8. H. Vendler, *Dickinson: Selected Poems and Commentaries* (Cambridge: Belknap Press of Harvard University Press, 2010), 54.
9. Eagleman, *Incognito*, 145.（翻訳は1章3. を参照）
10. J. W. Pennebaker, "Traumatic Experience and Psychosomatic Disease: Exploring the Roles of Behavioural Inhibition, Obsession, and Confiding," *Canadian Psychology/ Psychologie canadienne* 26, no. 2 (1985): 82-95.
11. Damasio, *Self Comes to Mind*, 121.
12. Pinker, *How the Mind Works*, 540.
13. P. McGilligan, *Backstory: Interviews with Screenwriters of Hollywood's Golden Age* (Berkeley and Los Angeles: University of California Press, 1986), 238.
14. T. Carlyle, *The Best Known Works of Thomas Carlyle: Including Sartor Resartus, Heroes and Hero Worship and Characteristics* (Rockville, MD: Wildside Press, 2010), 122.
15. Plutarch, *Plutarch's Lives, Volume 3* (Cambridge, MA: Harvard University Press, 1967), 399.［プルタルコス『プルタルコス英雄伝〈上中下〉』村川堅太郎編、筑摩書房、ほか］
16. C. G. Jung, *Alchemical Studies* (*Collected Works of C. G. Jung*, vol. 13) (Princeton, NJ: Princeton University Press, 1983), 278.

10. パターンを作る――伏線から伏線回収までの道筋

1. Boyd, *On the Origin of Stories*, 89.（翻訳は1章8. を参照）
2. S. J. Gould, *Bully for Brontosaurus: Reflections in Natural History* (New York: W. W. Norton, 1991), 268.
3. Damasio, *Self Comes to Mind*, 64.（翻訳は1章4. を参照）
4. Gazzaniga, *Human*, 226.（翻訳は「はじめに」1. を参照）
5. Heath and Heath, *Made to Stick*, 286.（翻訳は3章16. を参照）
6. D. Rock and J. Schwartz, "The Neuroscience of Leadership with David Rock and Jeffrey Schwartz," *Strategy + Business*, webinar, November 2, 2006, http://www.strategy-business.com/webinars/webinar/webinar-neuro_lead?gko=37c54.
7. R. Chandler, *Raymond Chandler Speaking* (Berkeley and Los Angeles, CA: University of California Press, 1997), 65.［レイモンド・チャンドラー『レイモンド・チャンドラー語る』清水俊二訳、早川書房］
8. A. Gorlick, "Media Multitaskers Pay Mental Price, Stanford Study Shows," *Stanford* Report, August 24, 2009, http://news.stanford.edu/news/2009/august24/multitask-research-study-082409.
9. Boyd, *On the Origin of Stories*, 90.
10. J. Stuart and S. E. de Souza, *Die Hard*, directed by J. McTiernan. Silver Pictures and Gordon Company, 20th Century Fox, 1988.［ジェブ・スチュアート、スティーヴン・E・デ・スーザ脚本、ジョン・マクティアナン監督『ダイ・ハード』］
11. C. Leavitt, *Girls in Trouble* (New York: St. Martin's Griffin, 2005), 98.

8. 原因と結果で物語を展開する

1. J. P. Wright, *The Skeptical Realism of David Hume* (Manchester: Manchester University Press, 1983), 209.
2. Damasio, *Self Comes to Mind*, 133.（翻訳は1章4. を参照）
3. Gazzaniga, *Human*, 262.（翻訳は「はじめに」1. を参照）
4. K. Schulz, "On Being Wrong," TED2011, March 2011, transcript and video, http://www.ted.com/talks/kathryn_schulz_on_being_wrong.html.
5. Damasio, *Self Comes to Mind*, 173.
6. Boyd, *On the Origin of Stories*, 89.（翻訳は1章8. を参照）
7. L. Neary, "Jennifer Egan Does Avant-Garde Fiction—Old School," NPR, Morning Edition, July 6, 2010, http://www.npr.org/templates/story/story.php?storyId=128702628.
8. A. Chrisafis, "Overlong, Overrated, and Unmoving: Roddy Doyle's Verdict on James Joyce's Ulysses," *The Guardian*, February 10, 2004, http://www.guardian.co.uk/uk/2004/feb/10/booksnews.ireland.
9. J. Franzen, "Q. & A. Having Difficulty with Difficulty," *New Yorker* Online Only, September 30, 2002.
10. A. S. Byatt, "Narrate or Die," *New York Times Magazine*, April 18, 1999, 105-107.
11. Neary, "Jennifer Egan."
12. チェーホフが兄弟に宛てた手紙からの引用であるこの言葉の英訳は以下を参照。W. H. Bruford, *Anton Chekhov* (New Haven, CT: Bowes and Bowes, 1957), 26.
13. Boyd, *On the Origin of Stories*, 91.
14. Damasio, *Self Comes to Mind*, 211.（翻訳は1章4. を参照）
15. The Isaiah Berlin Literary Trust, "Anton Chekhov," The Isaiah Berlin Virtual Library, 2011, quoted from S. Shchukin, *Memoirs*, 1911, http://berlin.wolf.ox.ac.uk/lists/quotations/quotations_by_ib.html.
16. D. Gilbert, "He Who Cast the First Stone Probably Didn't," *New York Times*, July 24, 2006, The Opinion Pages.
17. M. Twain, *The Complete Letters of Mark Twain* (Teddington, UK: Echo Library, 2007), 415.
18. J. Boswell, *The Life of Samuel Johnson* (New York: Oxford University Press USA, 1998), 528.

9. 主人公にとことん試練を与える

1. Restak, *The Naked Brain*, 216.（翻訳は1章2. を参照）
2. R. I. M. Dunbar, "Why Are Good Writers So Rare? An Evolutionary Perspective on Literature," *Journal of Cultural and Evolutionary Psychology*, 3, no. 1 (2005): 7-21.
3. Gazzaniga, *Human*, 220.（翻訳は「はじめに」1. を参照）
4. Pinker, *How the Mind Works*, 541.（翻訳は「はじめに」4. を参照）
5. R. A. Mar et al., "The Function of Fiction Is the Abstraction and Simulation of Social Experience," *Perspectives on Psychological Science* 3, no. 3 (2008): 173-192.

4. Damasio, *Self Comes to Mind*, 188.（翻訳は1章4. を参照）
5. V. S. Ramachandran, *The Tell-Tale Brain: A Neuroscientist's Quest for What Makes Us Human* (New York: W.W. Norton, 2011), 242.［V・S・ラマチャンドラン『脳のなかの天使』山下篤子訳、角川書店］
6. Damasio, *Self Comes to Mind*, 121.
7. 同上、46-47.
8. G. Lakoff, "Metaphor, Morality, and Politics, Or, Why Conservatives Have Left Liberals In The Dust," *Social Research* 62, no. 2 (Summer 1995): 177-214.
9. Pinker, *How the Mind Works*, 353.（翻訳は「はじめに」4. を参照）
10. J. Geary, "Metaphorically Speaking," TEDGlobal 2009, July 2009, transcript and video, http://www.ted.com/talks/lang/eng/james_geary_metaphorically_speaking.html.
11. Aristotle. *Poetics* (Witch Books, 2011), 53.［アリストテレース、ホラーティウス『アリストテレース詩学／ホラーティウス詩論』松本仁助、岡道男訳、岩波書店、ほか］
12. E. Brown, *The Weird Sisters* (New York: Amy Einhorn Books/ Putnam, 2011), 71.
13. NPR, "Tony Bennett's Art of Intimacy," September 16, 2011, http://www.npr.org/2011/10/29/141798505/tony-bennetts-art-of-intimacy.
14. Heath and Heath, *Made to Stick*, 139.（翻訳は3章16. を参照）
15. E. Leonard, *Elmore Leonard's 10 Rules of Writing* (New York: William Morrow, 2007), 61.
16. Pinker, *How the Mind Works*, 377.
17. G. G. Marquez, *Love in the Time of Cholera* (New York: Vintage Books, 2007), 6.［ガブリエル・ガルシア＝マルケス『コレラの時代の愛』木村榮一訳、新潮社］

7. 変化の動因となる対立を作る

1. Damasio, *Self Comes to Mind*, 292.（翻訳は1章4. を参照）
2. Lehrer, *How We Decide*, 210.（翻訳は1章9. を参照）
3. Wilson, *Strangers to Ourselves*, 155.（翻訳は1章1. を参照）
4. B. Patoine, "Desperately Seeking Sensation: Fear, Reward, and the Human Need for Novelty," The Dana Foundation, http://www.dana.org/media/detail.aspx?id=23620.
5. Restak, *The Naked Brain*, 216.（翻訳は1章2. を参照）
6. E. Kross et al., "Social Rejection Shares Somatosensory Representations with Physical Pain," Proceedings of the National Academy of Sciences of the United States of America 108, no. 15 (April 12, 2011): 6270-6275. http://www.ncbi.nlm.nih.gov/pmc/articles/PMC3076808.
7. J. Mercer, "Ac-cent-tchu-ate the Positive (Mister In-Between)," by J. Mercer and H. Arlen, October 4, 1944, *Over the Rainbow*, Capitol Records.
8. Damasio, *Self Comes to Mind*, 54.
9. Gazzaniga, *Human*, 188-89.（翻訳は「はじめに」1. を参照）
10. D. Rock and J. Schwartz, "The Neuroscience of Leadership with David Rock and Jeffrey Schwartz," *Strategy + Business*, webinar, November 2, 2006, http://www.strategy-business.com/webinars/webinar/webinar-neuro_lead?gko=37c54.

University of California, Berkeley, Fall/ Winter 2005-6, http://greatergood.berkeley.edu/article/item/a_feeling_for_fiction.
10. M. Proust, *Remembrance of Things Past*, trans. C. K. Scott-Montcrieff (New York: Random House, 1934), 559. ［マルセル・プルースト『失われた時を求めて〈1 ～ 13〉』鈴木道彦訳、集英社、ほか］
11. J. Nash, *The Threadbare Heart* (New York: Berkley Trade, 2010), 9.

5. 主人公の内面の問題を掘り起こす

1. Wilson, *Strangers to Ourselves*, 31.（翻訳は1章1. を参照）
2. Gazzaniga, *Human*, 272.（翻訳「はじめに」1. を参照）
3. K. Schulz, *Being Wrong: Adventures in the Margin of Error* (New York: ecco, 2010), 109. ［キャスリン・シュルツ『まちがっている――エラーの心理学、誤りのパラドックス』松浦俊輔訳、青土社］
4. Damasio, *Self Comes to Mind*, 211.（翻訳は1章4.を参照）
5. T. S. Eliot, *Four Quartets* (Boston: Mariner Books, 1968), 59. ［T・S・エリオット『四つの四重奏』岩崎宗治訳、岩波書店］
6. B. Forward, "Beast Wars, Part 1," *Transformers: Beast Wars*, season 1, episode 1, directed by I. Pearson, aired September 16, 1996. ［ボブ・フォワード脚本、イアン・ピアーソン演出「超生命体トランスフォーマー登場!!」『超生命体トランスフォーマー／ビーストウォーズリターンズ』第1巻・第1話］
7. G. Plimpton, "Interview with Robert Frost," in *Writers at Work: The Paris Review Interviews*, 2nd series (New York: Viking, 1965), 32.
8. T. Brick, "Keep the Pots Boiling: Robert B. Parker Spills the Beans on Spenser," *Bostonia*, Spring 2005.
9. K. A. Porter, interview by B. T. Davis, *The Paris Review* 29 (Winter-Spring 1963).
10. J. K. Rowling, interview by Diane Rehm, *The Diane Rehm Show*, WAMU Radio Washington, DC, transcript by Jimmi Thøgersen, October 20, 1999, http://www.accio-quote.org/articles/1999/1299-wamu-rehm.htm.
11. J. K. Rowling, interview by C. Lydon, *The Connection* (WBUR Radio), transcript courtesy *The Hogwarts Library*, October 12, 1999, http://www.accio-quote.org/articles/1999/1099-connectiontransc2.htm; J. K. Rowling, interview, Scholastic, transcript, February 3, 2000, http://www.scholastic.com/teachers/article/interview-j-k-rowling.
12. Gazzaniga, *Human*, 190.（翻訳は「はじめに」1. を参照）
13. 同上、274.

6. 特定のイメージを脳に刻む

1. Pinker, *How the Mind Works* 285.（翻訳は「はじめに」4. を参照）
2. 同上、290.
3. Gazzaniga, *Human*, 286.（翻訳は「はじめに」1. を参照）

Penguin, 1994), 34-50.［アントニオ・R・ダマシオ『デカルトの誤り——情動、理性、人間の脳』田中三彦訳、筑摩書房］

3. Pinker, *How the Mind Works*, 373.（翻訳は「はじめに」4. を参照）
4. Gazzaniga, *Human*, 226.（翻訳は「はじめに」1. を参照）
5. Damasio, *Self Comes to Mind*, 254.（翻訳は1章4. を参照）
6. Gazzaniga, *Human*, 179.
7. Wilson, *Strangers to Ourselves*, 38.（翻訳は1章1. を参照）
8. E. George, *Careless in Red* (New York: Harper, 2008), 94.
9. A. Shreve, *The Pilot's Wife* (New York: Little, Brown & Company,1999), 1.［アニータ・シュリーヴ『パイロットの妻』高見浩訳、新潮社］
10. E. Leonard, *Freaky Deaky* (New York: William Morrow Paperbacks, 2005), 117.［エルモア・レナード『フリーキー・ディーキー』高見浩訳、文藝春秋］
11. George, *Careless in Red*, 99.
12. Restak, *Naked Brain*, 65.（翻訳は1章2. を参照）
13. Pinker, *How the Mind Works*, 421.
14. J. W. Goethe, "The Poet's Year," in *Half-Hours with the Best Authors*, vol. IV, ed. C. Knight (New York: John Wiley, 1853), 355.
15. Gazzaniga, Human, 190.
16. C. Heath and D. Heath, *Made to Stick: Why Some Ideas Survive and Others Die* (New York: Random House, 2007), 20.［チップ・ハース、ダン・ハース『アイデアのちから』飯岡美紀訳、日経BP社］
17. M. Twain, *Following the Equator* (Hartford, CT: American Publishing Company, 1898), 156.［マーク・トウェイン『赤道に沿って〈上下〉』飯塚英一訳、彩流社］
18. W. Grimes, "Donald Windham, 89, New York Memoirist (Obituary)," *New York Times*, June 4, 2010.
19. J. Franzen, Life and Letters, "Mr. Difficult," *New Yorker*, September 30, 2002, 100.

4. 主人公のゴールを定める

1. Pinker, *How the Mind Works*, 188.（翻訳は「はじめに」4. を参照）
2. M. Iacoboni, *Mirroring People: The New Science of How We Connect with Others* (New York: Farrar, Straus & Giroux, 2008), 34.［マルコ・イアコボーニ『ミラーニューロンの発見——「物まね細胞」が明かす驚きの脳科学』塩原通緒訳、早川書房］
3. Gazzaniga, *Human*, 179.（翻訳は「はじめに」1. を参照）
4. Boyd, *On the Origin of Stories*, 143.（翻訳は1章8. を参照）
5. PhysOrg.com, "Readers Build Vivid Mental Simulations".
6. Pinker, *How the Mind Works*, 61.
7. *Public Papers of the Presidents of the United States, Dwight D. Eisenhower*, 1957 (Washington, DC: National Archives and Records Service, Federal Register Division, 1958).
8. J. Barnes, *Flaubert's Parrot* (New York: Vintage, 1990), 168.
9. K. Oatley, "A Feeling for Fiction," *Greater Good*, The Greater Good Science Center,

9. J. Lehrer, *How We Decide* (Boston and New York: Houghton Mifflin Harcourt, 2009), 38. ［ジョナ・レーラー『一流のプロは「感情脳」で決断する』門脇陽子訳、アスペクト］
10. R. Montague, *Your Brain Is (Almost) Perfect: How We Make Decisions* (New York: Plume, 2007), 111.
11. C. Leavitt, *Girls in Trouble* (New York: St. Martin's Griffin, 2005), 1.
12. J. Irving, "Getting Started," in *Writers on Writing*, ed. R. Pack and J. Parini (Hanover, NH: University Press of New England, 1991), 101.
13. Restak, *Naked Brain*, 77.
14. D. Devine, "Author's Attack on Da Vinci Code Best-Seller Brown," WalesOnline.co.uk, September 16, 2009, http://www.walesonline.co.uk/news/wales-news/2009/09/16/author-s-astonishing-attackon-da-vinci-code-best-seller-brown-91466-24700451.

2. 要点に迫る——脳の注意をとらえる

1. M. Lindstrom, *Buyology: Truth and Lies About Why We Buy* (New York: Broadway Books, 2010), 199. ［マーティン・リンストローム『買い物する脳——驚くべきニューロマーケティングの世界』千葉敏生訳、早川書房］
2. P. Simpson, *Stylistics* (London: Routledge, 2004), 115.
3. Boyd, *On the Origin of Stories*, 134.
4. Wilson, *Strangers to Ourselves*, 28.（翻訳は1章1. を参照）
5. Lehrer, *How We Decide*, 37.（翻訳は1章9. を参照）
6. Boyd, *On the Origin of Stories*, 134.
7. Damasio, *Self Comes to Mind*, 168.（翻訳は1章4. を参照）
8. R. Maxwell and R. Dickman, *The Elements of Persuasion: Use Storytelling to Pitch Better, Sell Faster & Win More Business* (New York: HarperBusiness, 2007), 4.
9. Pinker, *How the Mind Works*, 539.（翻訳は「はじめに」4. を参照）
10. E. Strout, *Olive Kitteridge* (New York: Random House, 2008), 281. ［エリザベス・ストラウト『オリーヴ・キタリッジの生活』小川高義訳、早川書房］
11. 同上、224.
12. E. Waugh, *The Letters of Evelyn Waugh*, ed. by M. Amory (London: Phoenix, 1995), 574.
13. M. Mitchell, *Gone with the Wind* (New York: Simon & Schuster Pocketbooks, 2008), 1453. ［マーガレット・ミッチェル『風と共に去りぬ』荒このみ訳、岩波書店、ほか］
14. W. Golding, *Lord of the Flies* (New York: Perigee Trade 2003), 304. ［ウィリアム・ゴールディング『蠅の王』平井正穂訳、新潮社、ほか］
15. "Gabriel (Jose) García Márquez," *Contemporary Authors Online, Gale, 2007. Reproduced in Biography Resource Center.* (Farmington Hills, MI: Gale, 2007).
16. Mitchell, *Gone with the Wind*, 1453.（翻訳は2章13. を参照）

3. 登場人物の感情を書く

1. Lehrer, *How We Decide*, 13.（翻訳は1章9. を参照）
2. A. Damasio, *Descartes' Error: Emotion, Reason, and the Human Brain* (New York:

註

※翻訳がある書籍と日本で公開された映画・TVドラマは［］で記した。
本書の翻訳にあたり、既訳を引用・参考に使わせていただいた。

はじめに

1. M. Gazzaniga, *Human: The Science Behind What Makes Your Brain Unique* (New York: Harper Perennial, 2008), 220.［マイケル・S・ガザニガ『人間らしさとはなにか？――人間のユニークさを明かす科学の最前線』柴田裕之訳、インターシフト］
2. J. Tooby and L. Cosmides, 2001. "Does Beauty Build Adapted Minds? Toward an Evolutionary Theory of Aesthetics, Fiction and the Arts," *SubStance* 30, no. 1 (2001): 6-27.
3. 同上.
4. S. Pinker, *How the Mind Works* (New York: W. W. Norton, 1997/2009), 539.［スティーブン・ピンカー『心の仕組み――人間関係にどう関わるか〈上中下〉』椋田直子訳、NHK出版］
5. M. Djikic, K. Oatley, S. Zoeterman, and J. B. Peterson, "On Being Moved by Art: How Reading Fiction Transforms the Self," *Creativity Research Journal* 21, no. 1 (2009): 24-29.
6. J. L. Borges, "Tlön, Uqbar, Orbis Tertius," in *Ficciones*, trans. Emecé Editores (New York: Grove Press, 1962), 22.［J・L・ボルヘス「トレーン、ウクバール、オルビス・テルティウス」『伝奇集』鼓直訳、岩波書店］
7. PhysOrg.com, "Readers Build Vivid Mental Simulations of Narrative Situations, Brain Scans Suggest," January 6, 2009, http://www.physorg.com/print152210728.html.

1. 読者を引き込む――脳の潜在意識に働きかける

1. T. D. Wilson, *Strangers to Ourselves: Discovering the Adaptive Unconscious* (Cambridge, MA: Belknap Press of Harvard University Press, 2002), 24.［ティモシー・ウィルソン『自分を知り、自分を変える――適応的無意識の心理学』村田光二訳、新曜社］
2. R. Restak, *The Naked Brain: How the Emerging Neurosociety Is Changing How We Live, Work, and Love* (New York: Three Rivers Press, 2006), 24.［リチャード・レスタック『はだかの脳』高橋則明訳、アスペクト］
3. D. Eagleman, *Incognito: The Secret Lives of the Brain* (New York: Pantheon, 2011), 132.［デイヴィッド・イーグルマン『意識は傍観者である――脳の知られざる営み』大田直子訳、早川書房］
4. A. Damasio, *Self Comes to Mind: Constructing the Conscious Brain* (New York: Pantheon, 2010), 293.［アントニオ・R・ダマシオ『自己が心にやってくる』山形浩生訳、早川書房］
5. 同上、173.
6. 同上、296.
7. Pinker, *How the Mind Works*, 543.（翻訳は「はじめに」4. を参照）
8. B. Boyd, *On the Origin of Stories: Evolution, Cognition, and Fiction* (Cambridge, MA: Belknap Press of Harvard University Press, 2009), 393.

著　者

リサ・クロン
Lisa Cron

カリフォルニア大学バークリー校（UCB）卒業後、W・W・ノートン、ジョン・ミュアー・パブリケーションズと出版社で10年働いた。その後テレビ業界に入り、コートTV、ショウタイムで放映する番組のスーパーバイジング・プロデューサーなどを務める。ワーナー・ブラザーズやウィリアム・モリス・エージェンシー、ヴィレッジ・ロードショー・ピクチャーズ、アイコン・プロダクションズ、ドン・バックウォルド・エージェンシーなどのストーリー・コンサルタントもおこなっている。長年にわたり、作家、プロデューサー、書籍制作や映画プロジェクトをおこなうエージェントなどと、一対一で仕事をしている。また、アンジェラ・リナルディ・リタラリー・エージェンシーで文芸エージェントとしても働いている。現在はUCLAの文芸プログラム公開講座の講師も務める。夫、みすぼらしいが愛すべき猫二匹、いたずら好きの犬一匹とともに、カリフォルニア州サンタモニカで暮らす。

本書のサイト：wiredforstory.com

訳　者

府川由美恵
（ふかわ・ゆみえ）

翻訳家。明星大学通信教育部教育心理コース卒業。主な訳書に、『黙示』『上海ファクター』（以上、早川書房）、『物語の法則――強い物語とキャラを作れるハリウッド式創作術』、「アイスウィンド・サーガ」シリーズ（以上、アスキー・メディアワークス）、『作家たちの秘密――自閉症スペクトラムが創作に与えた影響』（東京書籍）などがある。

脳が読みたくなるストーリーの書き方

2016年9月30日　初版発行

著者　リサ・クロン
訳者　府川由美恵

デザイン　小林剛（UNA）
日本語版編集　須賀藍子（フィルムアート社）

発行者　上原哲郎
発行所　株式会社フィルムアート社
〒150-0022
東京都渋谷区恵比寿南1丁目20番6号　第21荒井ビル
TEL 03-5725-2001／FAX 03-5725-2626
http://www.filmart.co.jp
印刷・製本　シナノ印刷株式会社

Printed in Japan
ISBN978-4-8459-1608-5　C0090